楚辞後語全注釈

五

目次

凡例

一、本書に収録したものは、南宋・朱熹『楚辞後語』巻五（招海賈文・懲咎賦・閔生賦・夢帰賦・弔屈原文・弔萇弘文・弔楽毅・乞巧文・憎王孫文）、巻六（幽懐賦・書山石辞・寄蔡氏女・服胡麻賦・毀璧・秋風三畳・鞠歌・擬招）である。

一、底本は、宋・端平刊本『楚辞後語』（一九五三年八月人民文学出版社刊、景印本『楚辞集注』第五・第六冊、一九五三年二月二十日、鄭振鐸跋あり）である。

一、使用漢字は、常用漢字にあるものは、その字体を用い、俗字・異体字の類は、正字に改めた。

一、原文の書き下し文は歴史的かな遣いとしたが、読みがなは、現代かな遣いを用いた。

一、巻五収録の各篇の注解には、明・蔣之翹輯注『柳河東集』（汲古書院刊和刻本漢詩集成本、および四部備要本）からの注釈を挙げたほか、語句の解釈も適宜示しておいた。

一、巻末の原漢文は、さきに示した人民文学出版社刊『楚辞集注』第六冊、『楚辞後語』巻五・六である。

一、『楚辞後語』各篇は、『楚辞』の後継作品として『楚辞』を出典とする表現が多用される。注解では、その指摘に努め、併せて拙著『楚辞集注全注釈』（明徳出版社刊・全八冊）の該当箇所を略号（↓『全注釈』）を用いて記した。一例をあげれば、（↓『全注釈』①二五～三四）は『楚辞集注全注釈』一、離騒。頁二五～三四、の如くである。また本冊においては、『楚辞後語』に収録されている作品についても、同様に略号（↓『後語』）を用いて拙著『楚辞後語全注釈』（明徳出版社刊・既刊四冊）の該当箇所を示している。

楚辞後語巻第五

〈本文〉

楚辞後語　巻第五

招海賈文　第三十六

①晁《ちょう》（補之）氏《し》曰《い》はく、「②招海賈《しょうかいこ》の文《ぶん》」は、唐《とう》の柳州《りゅうしゅう》の③刺史《しし》、④柳宗元《りゅうそうげん》の作《つく》る所《ところ》なり。昔《むかし》、⑤屈原《くつげん》楚《そ》に遇《ぐう》せられず。⑥彷徨《ほうこう》して依《よ》る所無《ところな》し。雲《くも》に乗《の》り竜《りゅう》に騎《の》りて、⑦八極《はつきょく》に遨遊《ごうゆう》し、以《もっ》て己《おのれ》の志《こころざし》に従《したが》はんと欲《ほっ》す。而《しか》れども不可《ふか》なり。猶《な》ほ⑧怛然《だつぜん》として其《そ》の故国《ここく》を念《おも》ふ。将《まさ》に死《し》せんとするに至《いた》りて、⑨精神離散《せいしんりさん》して、四方上下《しほうしょうか》、往《ゆ》かざる所無《ところな》し。又《ま》た衆鬼《しゅうき》・虎豹《こひょう》・怪物《かいぶつ》の害《がい》有《あ》り。故《ゆえ》に大《おお》いに其《そ》の魂《こん》を招《まね》きて之《これ》を復《かえ》し、皆楚国《みなそこく》の楽《たの》しき者《もの》に若《し》か

晁（補之）が言うことには、「招海賈の文」は、中唐の柳州の長官、柳宗元が作ったものである。戦国の末期、憂国詩人屈原は楚王に遇合されなかった。当て所なくさまよって身のたよる所もなかった。時に雲に乗り、時に竜にまたがって、八方のはてまで楽しみ遊んで、自分の望みのままに従おうと思った。そうではあるが適わなかった。やはり傷み悲しんで自分が生まれた楚国に思いを馳せる。すぐにも死にそうな時になって、魂は散りぢりに離れて、天地四方、行かない所はなかった。その上また衆鬼・虎や豹・妖怪などの害に見舞われた。だから大いにその

ずと言《い》へり。「招海賈《しょうかいこ》の文《ぶん》」は、其《そ》の義《ぎ》を変《へん》ずと雖《いえど》も、蓋《けだ》し諸《これ》を此《ここ》に取《と》るならん。言《い》はく、賈《こ》すら尚《な》ほ為《な》すべからず、而《しか》るを又《ま》た海《うみ》に浮《う》かぶをや。⑩大泊《たいはく》𣶏淪《いんりん》として八方位《はっぽうくらい》を易《か》へ、魚竜神怪《ぎょりょうしんかい》ありて、其《そ》の禍測《かはか》らず。上党《じょうとう》の⑪易野《いや》の、出入《しゅつにゅう》⑫虞《はか》り無《な》くして楽《たの》しむべきに孰与《いずれ》ぞや、と。上党《じょうとう》も亦《ま》た晋《しん》の地《ち》なり。宗元《そうげん》以謂《おも》へらく、⑬崎嶇《きく》として利《り》を冒《おか》し、遠《とお》くして復《かえ》らず、己《おの》が故郷《こきょう》の⑭常産《じょうさん》の楽《たの》しみに如《し》かず、と。亦《ま》た以《もっ》て世《よ》の士《し》⑮険《けん》を行《おこな》ひて以《もっ》て幸《さいわい》を徼《もと》むるは、易《やす》きに居《お》りて以《もっ》て命《めい》を俟《ま》つに如《し》かずと諷《ふう》すと云《い》ふ、と。

魂を招いて離散した魂を戻そうとし、みな楚の国の楽しいものには及ばないと言った。「招海賈の文」は、その義を変えてはいるが、思うにこの発想をこの文に採択したのだろう。「海商はやはり行ってはならない、それなのにまた海に出て仕事をするなんて」。「沖の錨を下した処は、白波が激しくうず巻きかえって八方位をかえ、魚竜や神怪などがいて、その禍いは測り知れない」。上党（山西省東南部）の平野が、出入りに心配はなくして楽しめることとどちらか」と記している。上党も同じ晋の地である。宗元が思うことに、苦しんで利を貪り、遠く離れて帰れない。わが故郷の一定の生業のある楽しみに及ばない、と。また世の士も危険なことを行なって、それで幸を強く求めるのは、安楽な地位にいて、天命を待つに及ばないと諫める、と言う次第であると。

▼原文二四一頁

注解 ①**晁氏**―晁補之のこと。宋、鉅野の人。字は无咎。号は帰来子。『宋史』巻四四四。『宋元学案』巻九十九を見よ。②**招海賈の文**―『柳河東集』巻十八に見ゆ。海賈は、船に乗って海外に出る商人。船商人。③**刺史**―州の長官。④**柳宗元**―七七三～八一九。中唐の文人・政治家。字は子厚。号は柳州。河東（今の山西省）の人。韓愈とともに古文復興を提唱し、韓柳と併称される。『旧唐書』巻一六〇、『新唐書』巻一六八。⑤**屈原**―楚の国の大夫。名は平、字は原。憂国の詩人（→『全注釈』[1]二五～三四）。『史記』巻八十四、屈原賈生列伝を見よ。⑥**傍徨**―さまよう。うろつく。⑦**八極に遨遊し**―八極は、八方のはて。八方は、四方と四隅。東・西・南・北、乾・坤・艮・巽。転じて、全世界。遨遊は、遊ぶ。王逸「九思」逢尤に「八極を周くして九州を歴」とある。従は、まかせる。⑧**怛然**―驚くさま。恐れるさま。いたみ悲しむさま。⑨**精神**―心。魂。⑩**大泊滃淪**―大泊は、水の白いさま。一説に、船つき場。ここでは、沖の錨を下した処。滃淪（インリン）は、水勢のめぐりかえるさま。水流の旋回するさま。⑪**易野**―住み易い平坦な地。『周礼』夏官「大司馬」に「険野は人を主と為し、易野は車を主と為す。」とある。⑫**虞り無く**―無虞は、思いがけないこと。不慮。『孟子』「離婁」に「虞（はか）らざるの誉有り。」とある。なお『書経』大禹謨を見よ。⑬**崎嶇**―山路が険しいさま。山の傾いているさま。辛苦する。おちつかない。苦しむ。世路の困難なさま。人生の困難なさま。⑭**常産**―一定の財産。一定の生業。恒産。皇甫謐「三都賦序」に「士に常産有り、俗に旧風有り。」とある。⑮**険を行ひて**―『中庸』第十四章に「君子は易（平安）きに居りて以て命（天命）を俟（ま）ち、小人は険を行ひて以て幸を徼（もと）む。」とある。居易は、安楽な地位にいる。安らかな位置に居る。徼幸は、まぐれあたりのしあわせ。また、それを求める。

①咨《ああ》 海賈《かいこ》よ
君胡《きみなん》ぞ利《り》を以《もつ》て生《せい》に易《か》へて卒《つい》に其《そ》の形《かたち》を離《はな》れたるや
②大海盪泊《たいかいとうはく》として日月《じつげつ》を顚倒《てんとう》し
③竜魚《りようぎよ》傾側《けいそく》し神怪《しんかい》隳突《きとつ》す
④滄茫《そうぼう》として形《かたち》無《な》く往来遽卒《おうらいきよそつ》なり
⑤陰陽開闔《いんようかいこう》して氛霧《ふんむ》滃渤《おうぼつ》す

ああ、海商たちよ
あなたはどうして命を軽んじて利益を重んじこの地を離れ去ったのか
大海は広大で太陽と月が入れ違いに出入し
魚龍は気ままに遊泳し神怪はあばれまわる
青々と果てなき水面に名も知れぬ者の往来が慌しい
陰陽は開閉して定めなく霧は盛んに湧きおこる

▼原文二四二頁

注解　①**咨海賈よ**―『柳河東集』巻十八「招海賈文」蔣之翹注（以下『蔣注』と略称す）に「易は、音亦（エキ）」とある。咨（シ）は、嘆く声。感嘆の声。海賈は、海上を貿易する商人。船に乗って海外に出る商人。賈、音「コ」では、商い。「カ」では、価。離其形は、郷を離れて他国に行く。形跡を離れる。　②**大海盪泊として**―『蔣注』に「泊は、一本に汨に作る。隳（キ・やぶる）は、還規の切。突は、陁没の切。」とある。盪泊は、ただようさま。広大なさま。顚倒は、さかさまになる。ひっくりかえる。『楚辞』王逸「九思」遭厄に「参辰回りて顚倒す」とある。　③**竜魚傾側し**―『楚辞』厳忌「哀時命」に「肩傾側して容れられず」とある（→『全注釈』8九二～九四）。傾側は、かたむく。かたむける。ここでは、勝手気ままに振る舞う。大手を振りのし歩く。隳突は、つきあたりやぶる。暴れまわる。柳宗元「補蛇者説」に「南北に隳突す」とある。　④**滄茫として形無く**―

『蔣注』に「卒は、子忽の切。」とある。滄茫は、水面が青々と広いさま。無形は、名のはっきりしないこと。遽卒は、にわか。あわただしい。⑤**陰陽開闔して**―『蔣注』に「滃は、烏孔の切。渤は、蒲末の切。」とある。闔（コウ）は、閉じること。とびら。天上の門。滃渤（オウボツ）は、雲や霧が盛んに湧くさま。湧きかえるさま。

君返《きみかえ》らずんば①逝《ゆ》きて怳惚《こうこつ》たらん
②舟航軒昂《しゅうこうけんこう》して下上飄鼓《かしょうひょうこ》す
③騰趠嶢嵲《とうたくぎょうげつ》として万里一覩《ばんりいっと》す
④崒《しゅつ》として泓坳《おうよう》に入《い》りて天《てん》を視《み》るに畝《うね》の若《ごと》し
⑤奔螭《ほんちい》出で抃《う》ちて翔鵬《しょうほう》振《ふ》るひ舞《ま》ふ
⑥天呉九首《てんごきゅうしゅ》ありて更《かわるがわ》る笑《わら》ひ迭《たが》ひに怒《いか》る
⑦涎《よだれ》を垂《た》れ舌《した》を閃《ひらめ》かして揮霍旁午《きかくぼうご》たり

あなたはもしも帰らなければ気抜けしてぼんやりするだろう
荒波に舟は高揚し上下にゆれてひるがえりうつ
舟は飛び跳ね高く揚がって万里のはてまで一望される
高くうず巻く処に入って天を視ると旋るさまはまるで畝のよう
走るみずちは手を打って喜び舞い天翔る大鳥も振るい舞う
海神の天呉は九首があって笑ったり怒ったりする
よだれを垂らし舌をひらめかして素早くあたりをさまよう

▼原文二四二頁

注解　①逝きて怳惚たらん―『蔣注』に「一に逝の字無し。怳は、恍と同じ。」とある。怳惚は、われを忘れるさま。うっとりするさま。気抜けしてぼんやりするさま。恍惚。『文選』巻十九「神女賦」序に「晡夕（夕暮れ）の後、精神怳忽（意識がぼんやりする）として、喜ぶ所有るが若（ごと）し。」とある。　②舟航軒昂して―舟航は、舟で航行する。ここでは、舟のこと。軒昂は、高く上がること。飄鼓は、ひるがえりうつ。　③騰趠嶢嵲として―『蔣注』に「趠（タク・飛ぶ。おどる）は、敕角の切。嶢（山の高いさま）は、音堯。嵲（ゲツ・山が高い）は、魚列の切。○趠は、超（こえる）なり。嶢嵲は、危高なり。」とある。騰趠は、飛び越える。すばやいこと。ここでは、舟が上がり跳ること。嶢嵲は、危ういさま。ここでは、波のために舟が高くあがること。覩（ト）は、見る。よく見る。見分ける。　④崒として泓坳に―『蔣注』に「崒は、才律・昨莫の二切。泓（オウ）は、烏宏の切。坳（ヨウ）は、於交の切。畞は、莫候の切。畮・畝と同じ。『説文』（十三下）に、六尺を歩と為し、二百〔歩百〕を畝〔畮〕と為す、と。崒は、高くけわしいさま。高いさま。泓坳は、低くくぼんだ淵。深く渦巻く処。畞は、畝。　⑤奔螭出で抃ち―奔螭は、走るみずち。抃（ベン・うつ）は、喜んで手をたたく。翔鵬は、空飛ぶ大鳥。　⑥天呉九首ありて―『蔣注』に「更は、平声。○『山海経』（海外東経）に、朝陽の谷の神を天呉（海神の名）と曰ひ、是を水伯（水神）と為す。其の獣為るや八首（人面）・八足・八尾、背〔皆〕青黄、人面なり、と。此（ここ）に九首に作るは、恐らくは誤りならん。」とある。　⑦涎を垂れ舌を―涎（セン・ゼン）は、よだれ。揮霍（キカク）は、勢いが激しいさま。早いさま。変わるさま。旁午は、いり混じる。行きかう。往来が激しい。午は、交錯。

君返《きみかえ》らずんば終《つい》に虜《とりこ》と為《な》らん
①黒歯《こくし》桟齴《さんげん》にして鱗《うろこ》肌《はだえ》に文《あや》す
②三角駢列《さんかくへんれつ》して耳離《みみり》披《ひ》す
③齗《はぐき》を反《かえ》し牙《きば》を叉《しや》にして嶔崖《きんがい》に踔《おど》る
④蛇首豨鬣《だしゆきりよう》にして虎豹《こひよう》の皮《かわ》あり
群《むら》がり没《ぼつ》し互《たが》ひに出《い》でて⑤讙《よろこ》んで遨嬉《ごうき》す
百里《ひやくり》を臭腥《しゆうせい》して霧雨《むうび》瀰たり

あなたはもしも帰らなければ遂には捕虜にされよう
黒歯人は歯並びが悪く肌には鱗の文様があり
三本の角は並び連なり耳は大きく離れ開いている
反り返った歯ぐき・欠けたふたまたの歯を露にし、
高く険しいがけで跳り狂う
蛇首で豚の毛、虎豹の皮を身に着け
群がり隠れ互いに出て喜んで遊び楽しむ
百里の間を生臭くして小糠雨は一面に降りそそぐ

▼原文二四二頁

注解　①黒歯桟齴にして―『蔣注』に「齴（サン・歯のくいちがうさま）は、士眼の切。齴（ゲン・わらう。歯があらわれるさま）は、魚蹇の切。○木華（玄虚）の「海賦」（『文選』巻十二、賦）に、或は黒歯（歯を黒く染める習慣のある国。『淮南子』墬形訓を見よ）の邦に泛泛〔汎汎〕悠悠（流れに従うさま）たり、と。注に、黒歯は、海外の国の名なり（『山海経』大荒東経を見よ）。齴は、歯正しからず。齴は、歯露（あらわ）るるなり。」とある。桟齴は、『柳河東集』には齴齴に作る。桟齴は、高くけわしいさま。　②三角駢列して―『蔣注』に「『山海経』（海内北経・郭璞注逸文カ）に、鯪魚は背腹皆刺有り、三角の菱の如し、と。」とある。『楚辞』「天問」に「鯪魚何れの所ぞ」とあり（↓『全注釈』③八六～九〇）、王注に「鯪魚は、鯉なり。一に云ふ、鯪魚は、鯪鯉なり、と。四足有り、南方に出づるなり。」とある。離披は、はなれひらく。『楚辞』「九弁」第三段に「白露既に百草に下れば、奄（たちま）ち此の梧楸を離披す」とある（→『全注釈』⑥二一～二三）。③**齗を反し牙を叉に**—『蔣注』に「齗（ギン・はぐき）は、魚巾の切。踔（タク・ふむ。走る）は、敕教、又た尺約・敕角の切。嶔は、音欽。○齗は、歯根の肉なり。踔（おどる）は、踶（テイ・ふむ）なり。嶔は、崟。山の高く険しきなり。」とある。叉牙は、欠けてまたになった歯。分かれ出る。嶔崟は、高く険しいがけ。　④**蛇首豨鬣にして**—『蔣注』に「豨は、音希。○『臨海異物志』に、虎鯌（シャク・さめ）は長さ五尺、黄理斑文、耳目歯牙、虎の形に似たる有り。或は変じて乃ち虎と成る。豨は、豕（シ・ぶた）なり。」とある。豨鬣は、豚の毛。鬣は、たてがみ。　⑤**讙んで遨嬉す**—讙は、喜ぶ。遨嬉は、遊び楽しむ。臭腥は、においが生臭い。霧雨は、細い雨。小糠雨。瀰（ビ）は、広い。水の広いさま。

君《きみ》返《かえ》らずんば以《もっ》て飢《うえ》を充《み》たさん
①溺水蓄縮《じゃくすいちくしゅく》して其《そ》の下極《しもきわ》まらず
之《これ》に投《とう》ずれば必《かなら》ず沈《しず》み羽《はね》を負《お》ふに力《ちから》無《な》し
②鯨鯢《けいげい》疑《うたが》ひ畏《おそ》れて淫淫《いんいん》疑疑《ぎょくぎょく》たり

あなたはもしも帰らなければ彼らの飢をみたすだろう
溺水は水を蓄積してその深さは測り知れない
身を投じると必ず沈み水力弱くして羽毛を浮かべる力もない
くじらのような大魚は沈むを恐れて遠く去り賢いことよ

▼原文二四二頁

注解 ①溺水蓄縮して―『蔣注』に「弱（『柳河東集』）は、一に溺に作る。嶷（ギョク）は、魚力・魚其の二切。『山海経』（大荒西経）に云ふ、崑崙の丘、其の下に弱水有りて之を環る。鴻毛を載すること能はず、と。」とある。蓄縮は、ちぢまりひっこむ。事を怠る。ここでは、蓄積する。たくわえる。 ②鯨鯢疑ひ畏れて―鯨鯢は、くじら。鯨は、雄くじら。鯢は、雌くじら。淫淫は、涙や水の流れるさま。『楚辞』「九章」哀郢に「涕（なみだ）淫淫として其れ霰（あられ）の若し」とある（↓『全注釈』④九四・九五）。遠く去るさま。往来するさま。『文選』巻十九「高唐賦」に「洪（大）波淫淫（遠く行くさま）として溶滴（ヨウエイ・揺れ動くさま）たり」とある。嶷嶷（ギョクギョク）は、小児の知慧の優れたさま。賢いさま。徳の高いさま（『史記』巻一「五帝本紀」を見よ）。

君返《きみかえ》らずんば卒《つい》に自《みずか》ら賊《やぶ》らん
あなたはもしも帰らなければ最後には我が身を損なうだろう

①怪石森立《かいせきしんりつ》して重淵《ちょうえん》に涵《ひた》す
奇怪な石が並んでそびえ立ち深淵にひたっている

②高下迾置《こうかれっち》して危顚《きてん》に滔《はびこ》る
高低に並べ置くと傾き倒れ一杯になる

③崩濤捜疏《ほうとうそうそ》して戈鋋《かえん》を劌《けず》る
くずれる大波に洗われ戈や手ぼこを鋭くしたよう

▼原文二四三頁

注解 ①怪石森立して― 怪石は、怪異の石。玉に似た石。森立は、高く並び立つ。いかめしく立つ。並んでそびえ立つ。いかめしくそびえ立つ。重淵は、深いふち。九重のふち。 ②高下迾置して―

『蔣注』に「迾（レツ・さえぎる。はらう。つらねる）は、呂結の切。○迾は、遮（シャ・さえぎる。とめる）なり。」とある。迾置は、つらねおく。排列する。危顚は、傾き倒れる。　③崩濤捜疏して―『蔣注』に「鋋（エン）は、時連の切。○鋋は、小矛なり。」とある。崩濤は、くずれる大波。波浪。捜疏は、さぐりわける。ここでは、波が石を洗うこと。戈（カ）は、ほこ。鋋は、小さいほこ。てぼこ。剡（エン）は、けずる。鋭くする。

君返《きみかえ》らずんば①砉《けき》として沈顚《ちんてん》せん
②其《そ》の外大泊泙《ほかたいはくへい》として奫淪《いんりん》たり
③終古《しゅうこ》に廻薄《かいはく》して天垠《てんぎん》に旋《めぐ》る
④八方《はっぽう》位《くらい》を易《か》へて更《かわるがわ》る錯陳《さくちん》す

あなたはもしも帰らなければ骨と皮とがばりばりはがれて悲惨に陥るだろう
その外は白水が勢い盛んに渦巻きかえる
波は永久にくるくるまわり天際にめぐる
波また方位をかえてかわるがわるまじり並ぶ

▼原文二四三頁

注解　①砉として沈顚せん―『蔣注』に「砉（ケキ）は、呼臭〔鶪〕・霍虢の二切。」とある。砉は、ばりばり。骨と皮とがはがれる音。沈顚は、しずみ陥る。悲惨に陥る。　②其の外大泊―『蔣注』に「泙は、音平。奫（イン）は、於倫の切。垠は、音銀。○泙は、水声なり。奫淪は、水の深広なる貌。」とある。大泊は、水の白いさま。止まり息む。舟が岸に着くこと。船着き場。泙は、水の勢いの盛んなさま。僪淪は、水勢のめぐりかえるさま。水深く渦巻くさま。水流が旋回するさま。僪は、水の深く広いさま。僪淪は、水のめぐりかえるさま。波がくるくるまわる。③終古に廻薄して—終古は、とこしなえに。いつでも。廻薄は、めぐりせまる。波がくるくるまわる。天垠は、天のかぎり。天際。④八方位を易へて—八方は、四方と四すみ。錯陳は、入りまじって並ぶ。錯列に同じ。

君返《きみかえ》らずんば①星辰《せいしん》を乱《みだ》らん
②東極《とうきょく》海《うみ》を傾《かたむ》けて流《なが》れ属《ぞく》せず
③泯泯《びんびん》として超忽《ちょうこつ》し紛《ふん》として盪沃《とうよく》す
④殆《あやう》くして一跌《いってつ》すれば沸《わ》いて湯谷《ようこく》に入《い》らん
⑤舳艫《じくろ》霏解《ひかい》して若木《じゃくぼく》を梢《こずえ》すらん

あなたはもしも帰らなければ星辰が位を乱すだろう
東方の果ては海を傾け流れはとまる
清い流れは遥かに遠くゆれ動く
危険が迫って一たび失脚すると沸き出る湯谷の中に陥るだろう
船尾と船首はこっぱ微塵にくだかれ若木の梢に投げられよう

▼原文二四三頁

注解 ①星辰を乱らん—星辰は、星。辰は、日・月・星の総称。ここでは、星座の位置。②東極海を傾けて—『蔣注』に「属は、音燭。」とある。東極は、東方の果て。属は、つらねる。続く。③泯泯として超忽し—泯泯は、水の流れが清いさま。広くゆったりしているさま。みだれるさま。『正字通』に「泯は、水の貌。」とある。超忽は、遥かに遠いさま。盪（トウ）は、あらう。ゆれ動く。

ゆらぐ。沃（ヨク）は、そそぐ。　**④殆くして一跌**―『蔣注』に「跌（テツ）は、徒結の切。湯は、音暘（ヨウ）。○『淮南子』（「天文訓」）に、日湯谷に出づ、と。注に、湯谷は東方少陽の位に在り、と。」とある。『楚辞』「天問」に「湯谷自（よ）り出でて、蒙汜（シ）に次（やど）る」とある（↓『全注釈』[3] 三一～三三）。殆は、危険が迫る。殆は、危。一跌は、ひとたびつまずく。**⑤舳艫霏解して**―『蔣注』に「舳（ジク）は、音軸。艫（ロ）は音盧。○『楚辞』（「離騒」）に、若木を折りて以て日を払ひ、聊らく逍遥して以て相羊す）の『注』（王逸）に、若木は崑崙の西極に在り、其の華、下地を照らす、と（↓『全注釈』[1] 一四二～一四五）。『淮南子』（巻四「墬形訓」）に云ふ、建木は広都に在り。若木は建木の西に在り、と。」とある。舳艫は、船のへさきと、とも。船尾と船首。方形で長い船。霏解は、こなごなに砕ける。こっぱ微塵にする。

君返《きみかえ》らずんば①魂焉《こんいず》くにか薄《いた》らん
②海若《かいじやく》貨《たから》を嗇《むさぼ》りて風雷《ふうらい》を号《さけ》ばしむ
③巨鼇《きよごう》頷首《がんしゅ》して丘山《きゅうざん》頹《くず》れ
④猖狂《しょうきょう》として震虩《しんげき》し九垓《きゅうがい》を翻《ひるが》へす

あなたはもしも帰らなければ魂はどこに至るだろう
海神の海若は貨財を貪り風雷を怒号させた
巨大な海亀が首を揺がすと山や丘は崩れ落ち
激しく狂うと震い恐れて九州をひっくりかえす

▼原文二四三頁

注解　**①魂焉くにか薄らん**―焉（エン）は、いずくにか。どこに。薄は、至る。達する。**②海若貨を嗇りて**―『蔣注』に「号は、音豪。○海若は、海神の名なり。」とある。『楚辞』「遠遊」第八段に

「湘霊（湘水の神。湘君・湘夫人）をして鼓せしめ、海若をして馮夷（河伯）を舞はしむ」とある（↓『全注釈』5 七三〜七八）。嗇（ショク）は、むさぼる。　③巨鼇頷首して―『蔣注』に「鼇は、音敖。頷は、戸敢の切。○巨鼇の事は、『列子』（「湯問第五」に見ゆ。『天対』（『柳河東集』巻十四「対」）に詳らかなり。）とある。巨鼇は、大きな海がめ。神仙のいる海中の五山を載せているという。頷首は、うなずいて承諾の意を示す。　④猖狂として晨虩し―『蔣注』に「虩（ゲキ）は、許逆の切。垓は、音該。『易』（五一震）に、震雷（来）虩虩（恐懼のさま。恐れてびくびくすること）たり、と。」とある。猖狂は、意に任せてはげしく狂う。震虩は、ふるえ恐れる。九垓は、天の果て。地の果て。ここでは、九州。『淮南子』巻十二「道応訓」に「吾れ汗漫と、九垓の外に期す。」とある。

君《きみ》返《かえ》らずんば①糜《くだ》けて以《もっ》て摧《くだ》けん
咨《ああ》 海賈《かいこ》よ君胡《きみなん》ぞ②幽険《ゆうけん》に出《い》づるを楽《たの》しんで平《へい》夷《い》を疾《にく》み
③恟駭愁苦《きょうがいしゅうく》して以《もっ》て其《そ》の帰《かえ》るを忘《わす》れたる
④上党《じょうとう》の易野恬《いやてん》として以《もっ》て舒《たの》しむ
厚土《こうど》を⑤蹈蹂《とうじゅう》するも堅《かた》くして虞《はか》り無《な》し
⑥岐路《きろ》脈《みゃく》のごとく布《し》いて九区《きゅうく》に弥《わた》る

あなたはもしも帰らなければかゆを煮つぶすように
砕かれるだろう
ああ、海商たちよ、あなたはどうして険阻なところ
を楽しんで平地をにくみ
びくびくと憂え苦しんで帰るのを忘れたのか
上党の平野は心安らかで楽しい
厚土はどんなに踏んでも地面が固くて沈む心配はない
分かれ道は脈のように敷き並べて九州にみちている

無《な》きに出《い》だし有《あ》るに入《い》れて⑦百貨倶《ひゃくかとも》にす　有無相通じて雑多な商品が備わっている

⑧周游傲睨《しゅうゆうごうげい》して神自如《しんじじょ》たり　厚土の中を自由にめぐり精神は安楽である

⑨鐘《かね》を撞《つ》き鮮《さかな》を撃《う》ちて歓娯《かんご》を恣《ほしいまま》にす　音楽を奏でたり魚を料理したりして自由に喜び楽しむ

▼原文二四三頁

注解　①**糜けて以て**―糜（ビ）は、かゆ。ただれる。くずれる。やぶれる。②**幽険に出づる**―幽険は、心に邪悪な考えをもっていること。また、その人。心が邪悪で奥底のわからないこと。また、その人。遠く離れた険阻なところ。平夷は、平らか。平地。平安。③**恟駭愁苦して**―恟駭は、胸騒ぎする。びくびくする。恟は、おそれる。愁苦は、憂え苦しむ。④**上党の易野恬として**―『蔣注』に「易は、以豉の切。蹂は、忍久・如又の二切。鮮は、音仙。○『周礼』（夏官「大司馬」）に、険埜（道のけわしい野）は人を以て主と為し、易埜（平野）は車を以て主と為す、と。易は、平なり。上党（山西省東南部）は、路〔潞〕州なり。言ふこころは天下平陸の地、以て賈を為すに足りて虞り無し。」とある。恬（テン）は、物静かなこと。やすらか。⑤**蹈蹂するも**―蹈蹂は、踏みにじる。蹂も蹈む。無虞は、思いがけないこと。不慮。虞は、おそれ。心配。疑い。⑥**岐路脈のごとく**―岐路は、分かれ道。ふたまた道。布は、敷き並べる。九区は、九州。天下。弥は、わたる。みちる。みたす。⑦**百貨倶にす**―百貨は、いろいろの商品。倶は、みんな。そろって。ともにする。そなわる。⑧**周游傲睨して**―周游は、国々をめぐる。ここでは、厚土の中をめぐること。傲睨（ゴウゲイ）は、尊大にかまえて不正なさま。おごり高ぶってにらみつける。ここでは、自由のまま。神は、精神。自如は、心が落ち着いて動ずるところがない。もとのまま。ここでは、心安らかで静か。安楽。⑨**鐘を撞き**―

撞鐘は、音楽を演奏すること。鍾は、ここでは鐘のこと。撃鮮は、新鮮な肴を料理すること。歓娯は、よろこび楽しむこと。咨（シ）は、ほしいまま。勝手気ままにする。気ままにふるまう。

君返《きみかえ》らずんば誰《たれ》をか①須《もと》めんと欲《ほっ》する
②膠鬲聖《こうかくせい》を得《え》て塩魚《えんぎょ》を捐《す》つ
③范子《はんし》　相《しょう》を去《さ》りて陶朱《とうしゅ》を安《やす》んず
④呂氏《りょし》　行賈《こうこ》して南面《なんめん》して孤《こ》なり
⑤弘羊《こうよう》　心計《しんけい》して謀謨《ぼうば》を登《のぼ》す
⑥煮塩大冶《しゃえんたいや》　九卿《きゅうけい》に居《お》る
禄秩山《ろくちつやま》のごとく委《い》して国租《こくそ》を収《おさ》む
賢智諾《けんちだく》に走《はし》りて争《あらそ》ひて車《くるま》を下《くだ》る
⑦逍遥縦傲《しょうようしょうごう》して世《よ》の趍《はし》る所《ところ》なり

あなたはもしも帰らなければ誰を求めようとするのか
膠鬲は聖人に遇い塩魚を棄てて仕えた
范蠡は大臣の位を去って陶朱公と称した
呂氏はもと商人であったが南面して孤と称し
弘羊は心計に巧みで謀議に参画した
煮塩の商人、鍛冶職の親方らはそれぞれ九卿の位に登った
俸禄は沢山賜わり国租も沢山おさめた
賢智の人は唯々として命を奉じ先を争って馬前に奔走した
ぶらつきおごり高ぶって天下の豪傑たちをわがもとに走らせた

▼原文二四四頁

注解 ①須めんと欲す―須は、もとめる。要求する。 ②膠鬲聖を得て―『蔣注』に『孟子』（告子下）に、膠鬲（コウカク）は魚塩の中より挙げられ、（管夷吾は士より挙げられ、孫叔敖は海より挙げられ、百里奚は市より挙げられる）、と。」とある。また、「公孫丑上」に「紂の武丁を去ること、未だ久しからず。……王子比干・箕子・膠鬲有り。皆賢人なり。」とある。 ③范子相を去りて―『蔣注』に「范蠡（ハンレイ・春秋時代の越の功臣。越王勾践を助けて呉王夫差を破り、会稽の恥をすすぎ、上将軍となった。）既に会稽の恥を雪（すす）ぎて、乃ち扁舟（小舟）に乗りて江湖に浮かび、姓名を変ず。斉に適（ゆ）きて鴟（シ）夷子（皮）と為し、陶（今の済陽県の東）に之（ゆ）きて（陶）朱公と為る。（乃ち）産を治めて積居（蓄積・居積）し、時と逐ふ（時に随い利を逐う）。富を言ふ者、皆陶朱公と称す。」とある。『史記』巻一二九、貨殖列伝第六十九・『漢書』巻九十一、貨殖伝第六十一を見よ。 ④呂氏行賈して―『蔣注』に「呂不韋は陽翟の大賈人なり。往来して賤を販（あきな）ひて貴を売る。家に千金を累ぬ。後に秦の荘襄王に事へて以て相と為り、文信侯に封ぜらる。」とある。『史記』巻八十五、呂不韋列伝第二十五を見よ。 ⑤弘羊心計して―『蔣注』に「桑洪（弘）羊は洛陽の賈人（商人）の子、心計（もくろみ・計画）を以て利を言ふ。事秋豪（微細）を析かつ。大司農を領して尽く天下の塩鉄を管し、平準の法を作りて尽く天下の貨を籠む。是（ここ）に於いて民賦を益さずして天下用て饒かなり。爵を左庶長に賜ふ。」とある。『史記』巻三十、平準書第八・『漢書』巻二十四、食貨志第四を見よ。謀謨は、宰相となって天下のことを計ること。 ⑥煮塩大冶九卿―『蔣注』に「東郭（姓）咸陽（名）は、斉の大煮塩なり。孔僅は南陽（河南）の大冶（鉱山業者）なり。武帝の時に二人皆大司農丞と為る。」とある。煮塩は、海水を煮て塩を製すること。九卿は、九人の大臣。九人の長官。漢代では太常・光禄勲・衛尉・太僕・廷尉・大鴻臚・宗正・大司農・少府。　⑦**逍遥縦傲して**—逍遥は、気ままに歩く。さまよう。ぶらつく。のんびりと気ままに楽しむ。『楚辞』「離騒」に「聊らく逍遥して以て相羊す」（↓『全注釈』1一四二〜一四五）とあり、また「聊らく浮遊して以て逍遥せん」（↓『全注釈』1一七四・一七五）とある。縦傲は、ほしいままにおごり高ぶる。

君返《きみかえ》らずんば　①諡《おくりな》して愚《ぐ》と為《な》さん
咨海賈《ああかいこ》よ　賈《こ》すら尚《な》ほ為《な》すべからず
而《しか》るを又《ま》た海《うみ》を是《こ》れ図《はか》らんや
死《し》しては②険魄《けんばく》と為《な》り生《い》きては貪夫《たんぷ》と為《な》る
亦《ま》た独《ひと》り何《なに》をか楽《たの》しまん
帰《かえ》り来《き》たれ君《きみ》の軀《み》を寧《やす》んぜよ

あなたはもしも帰らなければ愚とおくりなするだろう
ああ海商たちよ、魚・塩の商いすらすべきでないのに
まして海上のことなど図ることができよう
死しては悪しき魂となり生きては欲ばりとなる
いったい何を楽しもう
早く帰ってあなたの身を安んじたまえ

▼原文二四四頁

注解　①**諡して愚と**—諡（シ）は、おくりな。死者生前の行迹によって死後におくる名。『礼記』「表記」に「子（孔子）曰はく、先生諡して以て名を尊び、節するに壱恵（善）を以てす。名の行ひに浮（す）ぐるを恥づるなり。……と。」とある。　②**険魄と為り**—険魄は、悪しきたましい。険は、悪。貪夫は、欲の深い男。欲ばり。

懲咎賦　第三十七

晁氏《ちょうし》曰《い》はく、「①懲咎《ちょうきゅう》の賦《ふ》」は、②柳宗元《りゅうそうげん》の作《つく》る所《ところ》なり。貞元十九年《ていげんじゅうきゅうねん》、宗元《そうげん》③監察御史《かんさつぎょし》裏行《りこう》と為《な》る。時《とき》に年三十三《としさんじゅうさん》なり。④王叔文《おうしゅくぶん》・⑤韋執誼《いしつぎ》、事《こと》を用《もち》ふ。二人《ににん》其《そ》の才《さい》を奇《き》とし、引《ひ》いて禁中《きんちゅう》に納《い》れて⑥計議《けいぎ》を与《とも》にす。⑦礼部員外郎《れいぶいんがいろう》に擢《ぬ》きんで、大《おお》いに之《これ》を用《もち》ひんと欲《ほっ》す。俄《にわ》かにして叔文《しゅくぶん》敗《やぶ》れ、宗元《そうげん》は⑧劉禹錫《りゅううしゃく》等七人《らしちにん》と倶《とも》に貶《へん》せらる。而《しか》して宗元《そうげん》は⑨永州《えいしゅう》の司馬《しば》と為《な》る。元和十年《げんなじゅうねん》、乃《すなわ》ち⑩柳州《りゅうしゅう》の刺史《しし》に徙《うつ》りて以《もっ》て卒《しゅっ》す。初《はじ》め宗元《そうげん》⑪竄斥《ざんせき》せられ、⑫蛮瘴《ばんしょう》の間《かん》に⑬崎嶇《きく》たり。⑭堙阨《いんやく》⑮感鬱《かんうつ》、一《いっ》に文《ぶん》に寓《ぐう》す。「離騒《りそう》」数十篇《すうじっぺん》を為《つく》る。懲咎《ちょうきゅう》は、志《こころざし》を悔《く》ゆるなり。其《そ》の言《げん》に曰《い》はく、苟《いや》しくも⑯余歯《よし》の

晁（補之）が言うには、「懲咎の賦」は、柳宗元が作ったものである。貞元十九年、宗元は監察御史裏行となった。時に三十三歳である。王叔文や韋執誼らが政権を専らにした。二人は宗元の才能を珍奇とし、招いて宮中に受け入れて、はかりごとを一緒に考えた。礼部員外郎に引き上げて、大いに宗元を活用したいと思った。ところが急に王叔文が敗れ、宗元は劉禹錫ら七人と一緒に退けられた。そして宗元は永州の司馬となった。元和十年にはさらに遠く柳州の長官に移され、そこで亡くなった。初め宗元は遠く追放され、南方の熱病をおこす山沢の悪気の中で苦しんだ。ふさぎふさがれ、物に感じて心結ぼれ、専一に文にかこつけた。「離騒」十篇を作った。懲咎は、自分の望みを悔いたのである。その言に言うことには、「もし前日の行いに懲りて余命をつつ

懲《こ》ること有《あ》らば、⑰前烈《ぜんれつ》を蹈《ふ》んで⑱頗《は》ならじ、と。後《のち》の君子《くんし》の人《ひと》の美《び》を成《な》さんと欲《ほっ》する者《もの》、読《よ》んで之《これ》を悲《かな》しむ、と。

しめば、先聖賢の事業を践んで邪に傾くまい。」と。後の君子たちで人の美を成就しようと望んでいる者は、この賦を読んで悲しむ。

▼原文二四五頁

注解　①**懲咎の賦**—『柳河東集』巻二の題辞の注に「唐史（『新唐書』巻一六八）に、此の賦を載せて曰はく、宗元召を得ず。内に憫悼（あわれみいたむ）して往咎を悔念して賦を作りて自ら警しむ、と。蓋し永州の司馬為りし時の作なり。〇（蔣之）翹按ずるに、子厚の才実に高く伾文（王叔文と王伾）政を擅（ほしいまま）にするの際に処る。其の上なる者は、以て術を操りて忠を致す、所謂る君の心の非を格（ただ）すべし。固より小臣の事に非ざれば、吾も亦た敢て其の人に望まず。但だ或は瀝血（まごころを尽くす）して廷諫し、或は石を抱きて河に沈むとも、為すこと有るに足らん。其の次は、時の為すべからざるを知らば、則ち飄然として引き去り、自ら草埜（野）の間に全くせん。亦た不可なる者無し。而るに乃ち面目を覥（テン・はじるさま）かしめ、身を奸邪の小人に失すること有り。竟に貶謫に坐せられて此に至る。文を作り自ら懲らすと雖も、尚ほ天地否隔すと謂ひて、進退帰すること無きを以て辞を為せば、甚だしいかな、其の人を欺くや。（韓）昌黎、柳（宗元）の為に墓に誌して、子厚少年なるとき、人の為にするに勇なり、自ら貴重顧籍せず。謂へらく、功業立ちどころに就るべし、と。故に坐せられて廃退すと云へるが如くならず。其の意悲惋差（やや）嘲を解くに堪へたり。而して此の賦は竟に之に及ばず、と。晁補之曰はく、宗元竄斥せられ……読んで之を悲しむ（前引）、と。」とある。　②**柳宗元**—七七三～八一九。中唐の文人・政治家。字は子厚。河東の人。　③**監察御史裏行**―監察御史は、地方官庁の行政視察、諸官庁の監督、農事・賦役の監査を任務とする役人。裏行は、唐の太宗の時、始めて置いた官。裏行使に同じ。正員ではなく、ただその列に加わっている官。見習・試補の類。　④**王叔文**―山陰の人。徳宗の時、東宮に直し、宮中の事、みな参訂に与（あず）かる。順宗の時、翰林学士を拝し、天下の命を制せんと謀ったが、太子監国するに及び誅せらる。『新唐書』巻一六八、『旧唐書』巻一三五を見よ。　⑤**韋執誼**―京兆の人。少（わか）くして才あり、進士に及第す。冠して翰林に入り学士となる。徳宗に幸せられ、王叔文と親交あり。順宗立ち、叔文事を用い、擢んでられて尚書左丞・同中書門下平章事となる。『新唐書』巻一六八を見よ。　⑥**計議**―はかり相談する。相談。はかりごと。　⑦**礼部員外郎**―隋、文帝の開皇三年、始めて尚書省二十四司に外員外郎一人を置き、その曹の帳簿を掌り、侍郎欠くときはその曹の行政事務を摂行した。礼部は、尚書省の六部の一つ。礼儀・祭祀・学校・貢挙などをつかさどる。　⑧**劉禹錫**―七七二～八四二。字は夢得。中山の人。貞元九年（七九三）の進士。白居易は彼を高く評価し、「詩豪」と呼んだ。『新唐書』巻一六八、『旧唐書』巻一六〇を見よ。　⑨**永州の司馬**―湖南省零陵県。司馬は、唐代、州の刺史（長官）の属官。　⑩**柳州**―今の広西省馬平県。　⑪**竄斥**―追いしりぞける。竄（ザン）は、のがれる。はなつ。遠い所に追放する。　⑫**蛮瘴**―南方の熱病をおこす山沢の悪気。　⑬**崎嶇**―山道の険しいさま。人世の険しいさま。　⑭**堙阨**―ふさがる。ふしあわせ。堙（イン）は、ふさぐ。埋める。阨（ヤク）は、ふさがる。　⑮**感鬱**―物に感じむすぼれた気持ち。　⑯**余歯**―余る齢。残った寿命。余命。　⑰**前烈**―前人のたてた勲功。前人や先祖の事業・功績。余烈。　⑱**頗ならず**―よこしまでない。頗（ハ）は、よこしま。邪。

①咎　愆《きゅうけん》に懲《こ》りて以《もっ》て始《はじ》めに本《もと》づく
孰《たれ》か余《わ》が心《こころ》の②求《もと》むる所《ところ》を非《ひ》とせん
③卑汚《ひお》に処《お》りて以《もっ》て世《よ》を閔《あわれ》むは
固《まこと》に④前志《ぜんし》の尤《とが》と為《な》すところなり
始《はじ》め余《わ》れ学《まな》んで古《いにしえ》を観《み》る
今昔《こんじゃく》の謀《はかりごと》を異《こと》にするを怪《あや》しむ
惟《こ》れ聡明《そうめい》考《かんが》ふべしと為《な》し
⑤駿歩《しゅんぽ》を追《お》ひて遐《はる》かに游《あそ》ぶ

あやまちに懲りて今になって昔の事に思いをはせると
誰がわたしの心の求めるところを非としようか
しかも卑賤の位にいて世を憂えるのは
まことに昔の記録のあやまちとするところである
私は始め古人の道を学んだ
古今では人が策謀を異にするのを不思議がった
さて古人の聡明さを考えて師とすべきだと思い
全力を尽くして聡明の士に追いつこうと遥か遠く尋ね廻った

▼原文二四五頁

注解　①**咎愆**—とがめ。あやまち。　②**求むる所を非と**—柳宗元自身のためではなく、老母のためだからである。　③**卑汚**—いやしみけがす。低く卑しい。また、その地位。下賤。処卑汚は、下役に居るの意。　④**前志**—昔の記録。先哲の記述。従来の書物。　⑤**駿歩**—聡明の士をいう。駿は、すぐれた馬。すぐれた人に喩える。

①潔誠《けつせい》の既《すで》に信《まこと》に直《なお》く
②仁友《じんゆう》 藹《むらが》りて之《ここ》に萃《あつ》まる
③日〻《ひび》に施《ほどこ》し陳《なら》べて以《もつ》て繫縻《けいび》して
堯舜《ぎようしゆん》を邀《むか》へて之《これ》と与《とも》に師《し》と為《な》す
④上《かみ》は睢盱《きく》として混茫《こんぼう》なり
下《しも》は⑤駁詭《はくき》として私《し》を懐《いだ》く
⑥旁《あまね》く羅列《られつ》して以《もつ》て交貫《こうかん》す
⑦大中《たいちゆう》の宜《よろ》しき所《ところ》を求《もと》む

清誠なる私は信直である上
仁愛の友が群がり集まっている
日々に正道を施しのべて絶やさず
堯舜を迎えて仁愛の友に加えてその道を師とした
貴族たちは自分勝手に漠然としてとりとめなく広い
群民たちは正しからずして私心をいだく
凡人たちは皆並び立ち互いに交わり合う
私は独り大中の宜しき所を求めようと苦辛する

▼原文二四六頁

注解 ①**潔誠**―清くて誠がある。『史記』巻一「五帝本紀」に「潔誠にして以て祭祀す。」とある。
②**仁友藹りて**―仁友は、仁愛の友。藹（アイ）は、むらがる。雲が集まるさま。萃（スイ）は、集まる。
③**日〻に施し陳べて**―『蔣注』に「繫縻は、一本に繫摩に作る。〇『説文』（十三上）に、縻は、牛靷（牛のはなづな）〔曫〕なり、と。繫縻は、猶ほ〈羈縻（つなぎとめる。使役する）して絶たず〉の義のごとし。」とある。施陳は、施しのべる。繫縻は、つなぐこと。縻も、つなぐ。つなぎとめる。
④**上は睢盱として**―『蔣注』に「睢盱の説は、一巻の鐃歌〈東蛮〉に見たり（「睢盱として万状乖く」）。駁は、或は駮（ハク）に作る。」とある。睢盱は、仰ぎ見るさま。目を見張るさま。ほしいまま。小

人の喜悦するさま。『文選』巻二「西京賦」（張平子・衡）に「緹衣（かき色の衣服）韎韐（あかいろの前垂れをつけ）、睢盱（目を見張り）抜扈（足をふんばる）するなり」とあり、薛綜注に『字林』に曰はく、睢は、目を仰ぐなり。盱は、目を張るなり、と。」とある。混茫は、天地開闢の初め、天気の未だ分かれないさま。漠然として広いさま。だだっ広いさま。　⑤上は駁詭として—上は、ここでは、貴族たちをさす。駁詭は、正しくないさま。不純なさま。私は、私心。よこしまな心。⑥旁く羅列して—羅列は、ならべる。ここでは、尋常の人は並び立つこと。交貫は、互いに交わり合う。⑦大中の宜しき所—大中は、大きくてこの上もない中正（どちらにもかたよらないで正しいこと）。また、その道。『易経』一四「大有」の象伝に「大有。柔（陰柔）尊位（天子の位）を得、大中（大は、陽。偉大なる中庸の意味を兼ねている）にして上下（上下五陽の賢臣たち）之（六五の天子）に応（心服する）ずるを、大有と曰ふ。」とある。大有は、『易』六十四卦の一つ。「雑卦伝」に「大有（陽が多い。盛大豊有の意）は、衆（多）きなり。同人（人と和合する）は、親しむなり。」とある。

①曰《い》はく、道《みち》は象《かたち》有《あ》りて其《そ》の形《かたち》無《な》し
変《へん》を推《お》し時《とき》に乗《じょう》じて志《こころざし》と相迎《あいむか》ふ
及《およ》ばざれば②則《すなわ》ち殆《あやう》し　過《す》ぐれば則《すなわ》ち貞《てい》を失《うしな》ふ
謹《つつ》しんで而《なんじ》の中《ちゅう》を守《まも》りて③時《とき》と偕《とも》に行《おこな》へ、と
④万類芸芸《ばんるいうんうん》として率由《そつゆう》して以《もつ》て寧《やす》んず

みずから言うことに、道には現象があるが形はない
機に臨んで変に応じ志に従うがよい
力が及ばないときは危険だし過ぎれば正しさを失う
謹しんで自らの中道を守って時に応じて行なえ、と
万物は盛んに茂りこの道に従って安んじる

⑤剛柔弛張《ごうじゅうしちょう》して出入《しゅつにゅう》綸経《りんけい》あり
⑥能《のう》を登《あ》げて枉《おう》を抑《おさ》ふ　白黒濁清《はくこくだくせい》あり
⑦大方《たいほう》を蹈《ふ》んで物《もの》能《よ》く嬰《かか》ること莫《な》し
剛柔・弛張して出入にも経綸の方策がある
能者を登用し邪曲な者をおさえる、それで始めて白黒や濁清が分明になる
私はこの正道を践んで害されることはない

▼原文二四六頁
注解　**①曰はく、道は象有り**—『蔣注』に「曰（エツ）は、正に其の大中（大きくてこの上もない中正）の宜しき所を言ふなり。」とある。有象は、姿がある。気配がある。現象がある。無形は、形がない。形を具えない。形にあらわれない。『老子』第二十一章に「道の物為る、惟れ恍惟れ惚（陶酔状態に陥っているさま）、惚たり恍たり、其の中に象（現象）有り。」とある。**②則ち殆し・貞を失ふ**—『説文』（四下）に「殆は、危なり。」とある。『広雅』釈詁に「貞は、正なり。」とある。**③時と偕に行ふ**—『蔣注』に「『易（経）』（一「乾」・九三）に、終日乾乾（ケンケン・勤勉にして休息しないさま）たり。時（九三の時）と偕に行ふ」（「文言伝」）。」とある。**④万類芸芸として**—『蔣注』に「『老子』（第十六章）に、夫れ（万）物の芸芸（ウンウン・生い茂るさま）たる、各〻其の根に（復）帰す、と。（河上公）注に、芸芸は、華葉の盛んなるなり、と。」とある。万類は、万物。万類芸芸は、森羅万象が繁茂する。率由（ソツユウ）は、従いよる。より従う。『書経』「微子之命」に「往いて乃（なんじ）の訓（おしえ）を敷き、乃の服命を慎しみ、典常（きまった掟）に率由し、以て王室に蕃たれ。」とある。**⑤剛柔弛張して**—『蔣注』に「『礼（記）』（雑記篇）に、（張りて弛めず、文（王）・武（王）も能はざるなり。弛めて張らず、文・武も為さざるなり）一張一弛は、文・

武の道なり、と。」とある。弛張は、ゆるむことと、はること。緩やかにすることと、厳にすること。綸経は、天下を治める喩え。経綸。天下を営み治める喩え。　⑥**能を登げて**―『蔣注』に「登は、進なり。」とある。登能は、能力ある人をあげ用いる。枉は、曲。邪曲な人。『礼記』「大伝」に「一に曰はく、親を治む。二に曰はく、功に報ゆ。三に曰はく、賢を挙ぐ。四に曰はく、能を使ふ。」とある。　⑦**大方を蹈んで**―『蔣注』に「要は、加ふるなり。（『山海経』中山経に「要ふるに吉玉を用て之を彩す。」とある。）○此の段の格法、全く遠遊の〈道は受くべくして、伝ふべからず〉（『楚辞』「遠遊」第四段を見よ。→『全注釈』5 三五～三九）の数語を学ぶ。理玄に意眇たり。（柳）子厚、其れ道に進むや。」とある。大方は、非常に方正なこと。正しい道。正しい方法。また、それを備えた人。

①訏謨《くぼ》を奉《ほう》じて以《もつ》て内《うち》に植《た》つ
余《わ》が 志《こころざし》の獲《う》ること有《あ》るを欣《よろこ》ぶ
②再《ふたた》び信《しん》を策書《さくしよ》に徴《しる》す
③炯然《けいぜん》として惑《まど》はずと謂《おも》へり
④愚者《ぐしや》は自用《じよう》に果《は》たす
惟《こ》れ夫《か》の誠《まこと》の一《いつ》ならざるを懼《おそ》る
⑤顧慮《こりよ》して以《もつ》て周《あま》ねく図《はか》らず

聖賢の大いなる教えを奉じてわが心を修め
わが志に得たことを心からよろこぶ
そこで再びわが信ずる所を策書に徴したが
物事が明白で迷いはないと思った
愚かな私は自分の意見に固執して行なった
さて己れの誠一でないだろうことを恐る
深謀遠慮して広く図ることもなく

⑥茲《こ》の道《みち》を専《もっぱ》らにして以《もっ》て服《ふく》することを為《な》す
⑦讒妬《ざんと》 構《かま》ふれども戒《いまし》めず
猶《な》ほ執《と》る所《ところ》に⑧断断《だんだん》たり

専ら古人の道をよく守り行なった
讒妬の輩が陰謀を企てても戒めとしないで
己れの執るところをしっかり守って専念する

▼原文二四六頁

注解 ①**訏謨を奉じて**―『蔣注』に「訏（ク）は、音吁。烱は、一に耿に作る。○訏は、大なり。謨（ボ）は、謀なり（「毛伝」）。『詩（経）』（大雅・蕩之什「抑」第二章）に、訏謨 命を定む、と」とある。訏謨は、大いに謨る。大いなる謨。ここでは、古人の道。聖賢の教訓。②**再び信を策書に**―策書は、官吏を任免する辞令書。ここでは、聖経・賢伝を指すという（岡田正之『漢文大系』冨山房）。③**烱然として**―烱然は、光り輝くさま。物事の明白なさま。目が鋭いさま。烱（ケイ）は、あきらか。つまびらか。『楚辞』「哀時命」に「夜烱烱として寐ねられず」とある（→『全注釈』[8]七二～七五）。④**愚者は自用に**―自用は、自己の才能を誇って万事を処理し人の言を容れない。己れの意見を固執して行なうこと。自分の意見、才能に固執して、物事を自分ひとりで処理する。『書経』「仲虺之誥」に「問ひを好めば則ち裕かに、自ら用ふれば則ち小なり。」とある。⑤**顧慮して以て**―顧慮は、心配する。気にかける。ここでは、深く謀り遠く慮ること。⑥**茲の道を専らにして**―『蔣注』に「服は、蒲北の切に叶ふ（→『全注釈』[1]七六・九二）。〈離騒経〉に、服と息と叶ふが如しとは、是なり。」とある。「茲の道」は、古人の道。古の聖賢の道。⑦**讒妬の構へも**―讒妬（ザント）は、そしりねたむ。『楚辞』「九章」惜往日に「西施の美容有りと雖も、讒妒入りて以て自ら代はる」とある（→『全注釈』[4]二四九～二五一）。構は、仕組む。企てる。たくらむ。⑧**断断たり**―断断は、一つの事に専念すること。きっぱりと事を決めるさま。断定すること。専一なさま。守って変じないさま。

『書経』秦誓を見よ。

①吾《わ》が党《とう》の淑《よ》からざるを哀《かな》しんで
②任遇《にんぐう》の卒《にわ》かに迫《せま》るに遭《あ》ふ
③勢《いきお》ひ危疑《きぎ》にして詐《いつわ》り多《おお》し
④天地《てんち》の否隔《ひかく》に逢《あ》へり
退《たい》を図《はか》りて己《おの》れを保《たも》たんと欲《ほっ》すれば
⑤期《き》に曩昔《のうせき》に乖《そむ》かんことを（惜）〔悼《いた》〕む
⑥術《みち》を操《と》りて以《もっ》て忠《ちゅう》を致《いた》さんと欲《ほっ》すれば
⑦衆《しゅう》 呀然《がぜん》として互《たが》ひに嚇《いか》る

わが党の不善を哀しんで
仕官するも進退窮する目に遭遇した
形勢は危ぶみ疑い詐謀ばかりが行なわれ
天地が隔絶するような時に出逢ってしまった
されば退いて己れの身を全うしようとすると
昔の誓約にそむくであろうことを恐れる
そこで道をしっかり守って忠を尽くそうとすると
讒妒の輩が口を大きく開いて荒々しくおどすのである

▼原文二四七頁

注解　①**吾が党の淑から**―『蔣注』に「卒は、音測。○吾が党は、王伾・（王）淑文の属を謂ふなり（前出）。」とある。淑は、善。②**任遇の卒かに**―任遇は、任じ遇する。ここでは、王叔文のために尚書礼部員外郎となったことをいうのであろう。③**勢ひ危疑にして**―危疑は、あやぶみうたがう。

『左氏伝』僖公二十八年の「仲尼曰はく、臣を以て君を召す。」の注を見よ。**④天地の否隔に**―『蔣注』に「天地の否隔は、順宗疾ひ有りて、憲宗の国を監するの際を謂ふなり。」とある。否隔は、閉じ隔たる。閉じて通じない。遠くへだたる。かけ離れる。『文選』巻十七「舞の賦」に「泰真（太極の真気）の否隔を啓き、超（はるか）に物を遺（わす）れて俗を度ゆ」とある。**⑤期に曩昔に乖く**―期は、期待。ここでは、誓約。曩昔（ノウセキ）は、以前。むかし。原文の「昔」は、『柳河東集』に拠って「悼」に改めた。乖（カイ）は、そむく。もとる。たがう。悼は、いたむ。おそれる。**⑥術を操り以て**―術は、みち。すじみち。心のよるところ。のり。おきて。操は、あやつる。つかう。とり守る。致忠は、忠を尽くす。致は、力をつくす。つとめる。効忠に同じ。**⑦衆呀然として**―『蔣注』に「嚇は、音赫。又た呼駕の切。呀は、虚牙の切。互は、一に牙に作る。○赫は、怒りて物を拒ぐ声なり。」とある。衆は、ここでは、讒妒の輩を指す。呀然は、中がうつろなさま。谷などの空しいさま。韓愈「燕喜亭の記」に「出づる者は突然として邱を成し、陥る者は呀然として谷を成す。」とある。呀然は、ここでは、口を大きく開くさま。呀は、口を張るさま。

進《すす》むと退《しりぞ》くと吾《わ》れ帰《よ》ること無《な》し
①脂《あぶら》の鼎鑊《ていかく》を潤《うるお》さんことを甘《あま》んず
幸《さいわ》ひに②皇鑒《こうかん》の明《あき》らかに宥《ゆる》され
③郡印《ぐんいん》を累《まと》ひて南《みなみ》に適《ゆ》く
惟《こ》れ罪《つみ》の大《だい》にして寵《ちょう》の厚《あつ》き

進むも退くも自分は寄りどころなし
だから刑具のかなえで烹られようとも甘んじて受けよう
幸いに天子のご鑑識により赦され
郡の長官の印綬を佩びて南方にゆく
さてわが罪は大なのに恩寵厚く

④宜《うべ》なり夫《か》の重《かさ》ねて禍《か》謫《たく》に仍《よ》る
⑤既《すで》に明《めい》は天討《てんとう》を懼《おそ》れ
⑥又《また》幽《ゆう》は鬼責《きせき》を慄《おそ》る
⑦惶惶《こうこう》として夜《よる》寤《さ》めて昼《ひる》駭《おどろ》く
⑧麕《きん》麚《か》の息《いこ》はざるに類《るい》す

もっともだなあ、初め永州に流され後に柳州に移された
すでに天の明罰をおそれ
その上鬼神の幽責をおそれる
心身ともに落ち着かず夜も眠れず昼もおどろく
わが身の不安さはくじかが猛獣に逐われるのを恐れて休む時がないのに同じだ

▼原文二四七頁

注解　①**脂の鼎鑊を**―『蔣注』に「鑊は、音穫。○史（『史記』巻八十一「廉頗藺相如列伝」）に、身鼎鑊に膏つく。」とある。鼎鑊は、かなえ。鑊は、足のない大きなかなえ。もと肉を煮るのに用い、のち罪人を煮殺す刑具として用いた。『周礼』天官「亨人」に「鼎鑊を共にし、以て水火の斉を給することを掌る。」とある。　②**皇鑑**―天子のご鑑識。天子の人を見る目。さとい見通し。『文選』巻三十「和謝宣城」詩（沈休文・約）に「余を揆（はか）るに皇鑑発（よ）りすれば、短翮屢（しばしば）飛翻せり」とある。　③**郡印を累ひて**―『蔣注』に「累（ルイ）は、力追の切。○此れ永貞元年九月、邵州に貶せらる。『漢書』（巻九十二「佞幸伝」第六十三、石顕伝）に、印何ぞ累累たる、綬何ぞ若若たるや。」とある。郡印は、邵州刺史となったこと。印は、印綬。印綬は、官吏の官職・位階を示す印と、それをさげるひも。官職につくことを印綬を佩びるといい、辞任することを印綬を解くという。④**宜なり夫の重ねて**―『蔣注』に「是の年の十一月、再び貶せられて永州（司馬）と為るなり。」とある。　⑤**既に明は天討**―天討は、天が悪人を討つこと。転じて、有徳の人が天に代わって行なう征

伐。天誅。『書経』皐陶謨に「天有罪を討つ。五刑にて五つながら用ひんかな。」とある。⑥**又幽は鬼責を**—『蔣注』に「『荘子』（「天道」）に、人の非（そし）りも無く鬼の責めも無し。」とある。鬼責は、鬼神から被むる責め。⑦**惶惶として夜**—惶惶は、あわただしいさま。おそれるさま。駭（ガイ）は、おどろく。驚きおそれる。⑧**麏麚の息はざるに**—『蔣注』に「麏（キン）は、九筠の切。或は囷に从ひ、或は禾に从（したが）ふ。麚は、音加。字本と麚（カ・おじか）に作る。〇麏は、麞（ショウ・のろ・きばのろ）なり。『説文』（十上）に、麚は、牡鹿なり。夏至を以て角を解く、と。」とある。麏麚は、くじか。極めて柔和な動物。

①洞庭《どうてい》の洋洋《ようよう》たるを凌《しの》ぎて
②湘流《しょうりゅう》の沄沄《うんうん》たるに泝《さかのぼ》る
③飄風《ひょうふう》撃《う》つて波《なみ》を揚《あ》げ
④舟《ふね》摧抑《さいよく》して廻澶《かいてん》す
⑤日《ひ》霾曀《ばいえい》として以《もつ》て味幽《まいゆう》なり
⑥黝雲《ゆううん》涌《わ》いて上《かみ》に屯《あつ》まる
⑦暮《くれ》に屑窣《せつそつ》として以《もつ》て淫雨《いんう》あり
⑧嗷嗷《ごうごう》たるの哀猨《あいえん》を聴《き》く

広びろと水流盛んな洞庭を越えて
うず巻き流れる湘水をさかのぼる
つむじ風が突然吹いて高波をあげ
舟はくじき押さえられてぐるぐるめぐる
日は土けむりに覆われてうす暗く
青黒い雲が涌き上空に集まる
夕暮れには砕け散りいやな雨が降りだした
やかましく悲しげな猿の啼き声をきく

⑨衆鳥《しゅうちょう》萃《あつ》まりて啾号《しゅうごう》す
⑩洲渚《しゅうしょ》を沸《ふつ》して以《も》て山《やま》を連《つら》ぬ
漂《ひょう》として遥《はる》かに逐《お》ふ　其《そ》れ詎《なん》ぞ止《とど》めん
逝《ゆ》きて余《わ》が形魂《けいこん》を属《よ》すること莫《な》し
⑪攢《さん》（欒）〔巒《らん》〕奔《はし》りて以《も》て紆委《うい》す
⑫洶涌《きょうよう》の崩湍《ほうたん》を束《つか》ぬ

衆鳥が集まって啼きさけぶ
なぎさを涌き出るように山容をつらね
漂うように遥かに追う、いずこに留めようか
云ってわが形魂を寄属することなし
群山おどりあがって左右に曲りくねる
さかまく波のくずれくだける早瀬が一処に集まる

▼原文二四八頁

注解　①**洞庭の洋洋たる**―『蔣注』に「○洞庭は今の岳州に在り。広円は五百里、日月其の中に出没するが若し。中に君山有り。」とある。洋洋は、水流の盛んなさま。広々として滞りのないさま。『詩経』衛風「碩人」に「河水洋洋として、北に流れて活活（水の盛んに流れるさま）たり」とある。凌は、わたる。越える。②**湘流の沄沄たる**―『蔣注』に「湘江は永州に在り。源は広西の興安（県）の陽海山に出でて、流れて郡界を経て、湘口に至りて、瀟水と水（川）を合す。至清にして十丈と雖も底を見る。」とある。沄沄は、広々としているさま。沸流するさま。『楚辞』王逸「九思」哀歳に「溪澗を窺見すれば、流水沄沄たり」とある。泝（ソ）は、さかのぼる。流れに逆らって上る。③**飄風**―つむじ風。飄は、つむじかぜ。はやて。疾風。『楚辞』「九歌」大司命に「飄風をして先駆せしめ、涷雨をして塵に灑がしめん」とある（→『全注釈』[2]七六～七七）。④**舟摧抑して**―『蔣注』に「廻澶は、『楚辞』に、皆（「九章」渉江・惜誓・哀時命・怨思〈怨世〉）澶廻に作る。亦た或は人に从（したが）ふ。○洞庭は今の岳州……中に君山有り（前引）。湘江は……十丈と雖も底を見る（前引）。

廻邅（テン）は、進まざる貌。」とある。摧抑は、おさえる。くじきおさえる。はばみくじく。廻邅は、旋転する。ぐるぐるめぐる。⑤**日霾曀として**—『蔣注』に「霾（バイ）は、音埋。曀（エイ）は、音翳。○『爾雅』に、風ふいて土を雨（ふ）らすを霾と為す。『釈名』に、霾は、晦（くらい）なり、と。『詩（経）』（毛）伝（邶風「終風」）に、陰（くも）りて風ふくを曀と曰ふ、と。」とある。霾曀は、土を降らしてくもる。味幽は、くらい。『楚辞』離騒に「路幽味にして以て険隘なり」（↓『全注釈』[1]五七～五八）。また、「離騒」に「世幽味にして以て眩曜す」（↓『全注釈』[1]一八三～一八五）とある。「哀時命」には「路幽味にして甚だ難し」（↓『全注釈』[8]八七・八八）とある。⑥**黝雲涌いて**—『蔣注』に「黝（ユウ）は、於糾の切。一に玄に作る。黝は、青黒色。屯は、聚（あつ）まるなり。」とある。黝雲は、青黒いくも。鼠色の雲。上屯は、ここでは、上空に屯集して動かないこと。⑦**暮に屑窣として**—『蔣注』に「屑窣（セツソツ・声の細く多いこと。雨などがこまかく降るさま）は、雨の声なり。萃は、集なり。」とある。淫雨は、なが雨。ここでは、いやな雨。⑧**嗷嗷たるの哀猨**—嗷嗷は、かまびすしく呼ぶ声。『楚辞』劉向「九歎」惜賢に「声嗷嗷として以て寂寥たり」とある。哀猨は、悲しそうになく猿。また、悲しげな猿の声。⑨**啾号**—なきさけぶ。衆鳥の鳴き声。啾は、小さな声。子供の声。小声でなく。口ずさむ。号は、さけぶ。なく。なげく。⑩**洲渚を沸して**—洲渚は、なぎさ。水渚。沸は、わく。泉のわき出るさま。水の激する音。波のわきたつさま。『蔣注』に「其の情哀しみて其の景惨たり。屈原の江を渉るの遺に似たり。」とある。『文選』巻五、左思「呉都賦」に「島（大きいしま）嶼（ショ・小さいしま）緜邈として、洲渚は憑隆（高大なさま。限りなく広がっているさま）たり」とある。漂は、ただようさま。ここでは、ただよわす。⑪**攅巒奔りて以て**—『蔣注』に「○小山の上鋭なるを巒と曰ふ。攅は、簇聚（むらがり集まる）なり。」とある。原文の「欒」は、誤り。攅巒（サンラン）は、集まり重なった峯。攅は、あつまる。あつめる。群山。「紆委」は、左右にまがりくねる。紆折委曲。⑫**洶涌の崩湍**—洶涌は、波がさかまくさま。水勢のさま。水がわきあがるさま。『文選』巻八、司馬相如「上林賦」に「沸乎（水の声）として暴怒し、洶涌（跳起する）して澎湃（ホウハイ・波のぶつかり合うさま）す」とある。崩湍は、波がくずれる。波のくずれくだける早瀬。波だつ早瀬。急湍。束は、一処に集まる。

①畔《はん》として尺《しやく》進《すす》みて尋《じん》退《しりぞ》く
②盪《とう》として淪漣《りんれん》に洄《かい》（泊）〔汩《いつ》〕す
③窮冬《きゆうとう》に際《さい》して止《とど》まり居《お》る
④羈《ほだし》累棼《るいふん》して以《もつ》て縈《まと》ひ纆《まつわ》れり
吾《わ》が生《せい》の孔《はなは》だ艱《なや》むことを哀《かな》しみ
⑤凱風《がいふう》の悲詩《ひし》に循《したが》ふ

背き離れて尺ほど進み尋ほど退く
さざ波はゆれ動きめぐり流れる
私は年の瀬に柳州にとどまり
ほだしは乱れて身にまつわる
わが艱難の非常なるを悲しみ
凱風の悲しい詩のようにわれもなれり

▼原文二四八頁

注解　①**畔として尺進み**—畔は、背く。離反する。尺は、一寸の十倍。一丈の十分の一。日本では、三七・九七センチメートル。尋は、八尺。のち六尺。約一・八メートル。②**盪として淪漣に**—『蔣注』に「水平伏するを淪と曰ふ。漣は、水の動くなり。」とある。盪は、あらう。ゆれ動くさま。うごく。ゆらぐ。淪漣は、さざなみ。洄汩は、水のめぐり流れるさま。洄は、めぐり流れる。うずまき流れる。汩（イツ）は、しずむ。　③**窮冬**―歳のおし迫った冬。冬の末。陰暦十二月。　④**羈累棼し**て―羈（キ）は、絆（ほだし）なり。牛馬などの足をつなぐ縄。累棼（ルイフン）は、棼乱（みだれる）すること。累は、つづる。まつわる。つなぐ。棼は、みだれる。みだす。縈纏（エイテン）は、まつわりめぐる。まといめぐらす。身にまつわる。『文選』巻十八、潘岳「笙賦」に「歌鼓（歌と鼓の音）を縈纏（兼ねる）し、鍾律（あらゆる音律の声）を網羅す」とある。　⑤**凱風の悲詩に**―『蔣注』に「『詩（経）』（毛）伝（邶風「凱風」序）に、「凱風（南風）」は、孝子を美するなり、と。元和九年、子厚の母、盧氏、永州に卒（シュツ）す。」とある。『楚辞』「遠遊」第四段に「凱風に順ひて以て従遊す」とある（↓『全注釈』⑤三四・三五）。

①罪《つみ》　天《てん》に通《つう》じて酷《こく》を降《くだ》す
殛《すみや》かに死《し》せずして生《い》けることを為《な》す
②再歳《さいさい》の寒暑《かんしよ》を逾《こ》えて
③猶《な》ほ貿貿《ぼうぼう》として自《みずか》ら持《じ》す
将《は》た淵《ふち》に沈《しず》んで命《めい》を隕《おと》さんか
詎《たれ》か罪《つみ》を蔽《さだ》めて以《もつ》て禍《わざわ》ひを塞《ふさ》がん
惟《こ》れ身《み》を滅《ほろ》ぼして後無《こうな》きは
④前志《ぜんし》を顧《かえり》みるに猶《な》ほ未《いま》だ可《か》ならず

わが罪は天にとどき天は私に極刑を降した
恥を忍んですみやかに死なずに生きることを選んだ
二年の間柳州で暮らしたが
それでも頭を垂れて落胆しつつもわが身を守る
はたまた身を淵に投じて命を絶ってしまおうか
誰が罪を明らかに定め禍を塞いでくれよう
さて身を滅ぼして後来の回復が望めないのは
先聖の業績を顧みてもそれも不可である

▼原文二四八頁

注解　①罪天に通じて―通天は、天に通じる。天にまでとどく。酷は、残酷。ここでは、極刑をいう。②再歳の寒暑―柳州での二年の生活をいう。　③猶ほ貿貿として―『蔣注』に「貿は、音茂。○貿貿は、昏なり。」とある。貿貿は、目の明らかでないさま。目がかすんで明らかでないさま。頭を垂れて落胆したさま。『礼記』檀弓下に「餓者の袂（たもと）を蒙り屨（くつ）を輯（おさ）めて貿貿然（目がうつろなさま）として来たる有り。」とある。自持は、自己の節操を守る。『列子』楊朱第七に「多くは礼教を以て自ら持せり。」とある。『史記』巻一二一、儒林伝に「兒寛人と為り温良にして廉智有り。自ら持して善く書を著す。」とある。自己を高く持す。『荘子』「知北遊」に「其の実知を真にし、故を以て自ら持せず。」とある。わが身を守る。『漢書』巻七十四、丙吉伝に「君其の精神を専らにして、思慮を省し、医薬を近づけて以て自ら持す。」とある。　④前志―昔の記録。『左氏伝』成公十五年に「子臧辞して曰はく、前志に之れ有り、曰はく、聖は節に達し、次は節を守り、下は節を失ふ、と。」とある。ここでは、先聖の業績。古人の縦跡。先聖の教え。

①進路《しんろ》呀《が》として以《もつ》て劃絶《かくぜつ》す
退《しりぞ》きて伏《ふ》し匿《かく》れんとすれども又《ま》た果《はた》さず
②孤囚《こしゅう》と為《な》りて以《もつ》て世《よ》を終《お》ふ
③長《なが》く拘攣《こうれん》して轗軻《かんか》す

進もうとすると前路は空しく東西に切断して進めない
退いてかくれようとすれば、またそれもできない
孤囚となって一生を終わり
長く拘禁されて失意のままに生きる外なし

④曩《むかし》余《わ》が志《こころざし》の脩謇《しゅうけん》なりしも
今何《いまなん》ぞ此《こ》の戻《もと》れるを為《な》すや
⑤夫《そ》れ豈《あ》に食《しょく》を貪《むさぼ》りて名《な》を盗《ぬす》み
世《よ》に混同《こんどう》せざるや
将《は》た身《み》を顕《あら》はして直《ちょく》を以《もつ》て遂《と》げ
衆《しゅう》の宜《よろ》しく蔽《おお》ふべき所《ところ》なるか
⑥言《ことば》を択《えら》ばず以《もつ》て危《あやう》くして肆《し》なるは
⑦固《まこと》に群禍《ぐんか》の際《まじわ》るなり

以前のわが志は立派だったのに
今どうしてこんな罪禍にかかってしまったのか
私は俸禄をむさぼり名声を盗んで
世俗から浮き出てしまったのか
はたまた正直をもって身を顕わして
民衆に嫉まれたのか
言葉を選ばずとことん正義を貫くのは
まことに群禍を招く要因であった

▼原文二四九頁

注解　①**進路呀として**―呀（ガ）は、口を開いたさま。中がうつろなさま。空しいさま。劃（画）絶は、東と西と全く切断する。　②**孤囚と為りて**―孤囚は、一人離れ捕らえられた者。柳宗元が柳州に孤囚となった。『柳河東集』巻四十三「鶻鵃を放つ詞」に「二子意を得たるも猶ほ此を念ふ、況んや我れ万里孤囚と為るをや」とある。終世は、一生を終わる。終生。　③**長く拘攣して**―拘攣は、かかわりひきつけられる。物事にひかれてこだわる。手足などがひきつり自由にならないこと。身体を拘束して監禁する。召しとってとじこめる。『文選』巻十、潘岳「西征賦」に「吾人の拘攣し、飄として萍（うきぐさ）のごとく浮かんで蓬のごとく転ずるを陋（いや）しむ」とある。轗軻は、車の行きなやむさま。また、転じて、事の思うように運ばないさま。また、ひとの志を得ないさま。人の不遇・失意のさま。『文選』巻二十九「古詩十九首」第四首に「為す無かれ窮賤を守り、轗軻長へに苦辛するを」とある。　④**曩余が志の脩謇**―『蔣注』に「脩謇は、一に脩蹇に作り、一に脩騫に作る。皆是に非ず。〇『楚辞』（「離騒」）に、汝何ぞ博謇（学問が広く、心のまことなこと）にして脩を好み、紛として独り此の姱節有る、と（↓『全注釈』1 一〇五〜一〇七）。吾れ（謇）〔蹇〕脩をして以て理を為さしむ、と（↓同前一五八〜一六一）。注（王逸）に、好んで謇謇夸異の節を脩むるなり、と。」とある。曩（ノウ）は、さき。以前。むかし。脩謇は、修まってまことあること。謇は、直。修まり正しい。ここでは、志の立派だったこと。謇謇は、忠貞で直言するさま。「離騒」に「余れ固より謇謇の患ひ為るを知れども忍んで舎（お）く能はざるなり」とある（↓『全注釈』1 六〇〜六二）。

⑤**夫れ豈に食を貪り**―貪食は、むさぼりくらう。『孔子家語』巻四「六本」に「大雀（駝鳥）は善く驚きて得難し、黄口は食を貪りて得易し。」とある。盗名は、名をぬすむ。実力がなくて名を得る。有名無実。『荀子』「不苟」に「是れ姦人（邪悪な人間）の将に以て名を晻世（乱れた世）に盗まんとする者なり。」とある。　⑥**言を択ばず**―択言は、言葉を択んで言う。善悪をえらび取るべきことば。『孝経』卿大夫章第四に「口に択言無くして身に択行無し。」とある。　⑦**固に群禍の際る**―『蔣注』に「群禍之際とは、猶ほ禍ひの門と言ふがごときなり。」とある。『史記』巻四十一「趙世家」に「同類相推し、倶に禍ひの門に入る。」とある。

①長轅《ちょうえん》の（橈）〔撓《たわ》〕むこと無《な》きに御《ぎょ》して
②九折《きゅうせつ》の峩峩《がが》たるに行《ゆ》く
③驚棹《きょうとう》を却《しりぞ》けて以《もっ》て江《こう》に横《よこ》たへ
④凌天《りょうてん》の騰波《とうは》に泝《さかのぼ》る
幸《さいわ》ひに余《わ》が死《し》の已《すで》に緩《ゆる》き
⑤形軀《けいく》を完《まった》くすること既《すで》に多《おお》し
⑥苟《いや》しくも余歯《よし》の懲《こ》ること有《あ》る
⑦前烈《ぜんれつ》を蹈《ふ》んで頗《は》ならじ
蛮夷《ばんい》に死《し》するは固《まこと》に吾《わ》が所《ところ》なり
⑧顕寵《けんちょう》すと雖《いえど》も其《そ》れ焉《なん》ぞ加《まさ》らん
⑨大中《たいちゅう》に配《はい》して以《もっ》て偶《ぐう》と為《な》さん
諒《まこと》に天命《てんめい》を之《これ》れ謂何《いかん》せん

私は長轅の車に乗って
つづら折りの高くけわしい道をゆく
驚棹をとりて大江を渡り
高くおどりあがる波にさかのぼる
幸いに死をまぬがれて
からだを完全に保ちえた
仮にも前日の行いに懲りた余命には
先聖賢の事業を践んで不公平にはすまい
蛮夷の永州に死するは勿論わが分とする所である
たとい顕栄恩寵を蒙る身になっても何の益があろうぞ
至上中正の道をもってわが則となし
まことに天命に任せることにしよう

▼原文二四九頁

注解　**①長轅の撓むこと**―『蔣注』に「撓（ドウ・たわむ）は、或は木に从（したが）ふは、是に非ず。」とある。轅（エン）は、ながえ。車のかじ棒。長轅は、長い道中に喩える。**②九折の峩峩た**

る—『蔣注』に「九折は、峻坂（けわしい坂）なり。」とある。九折は、曲がりくねった坂道。川や道があちこち折り曲がること。つづらおり。峩峩（峨峨）は、山の高大なさま。山が高くけわしいさま。『列子』湯問第五に「伯牙琴を鼓す、志高山に在り。鍾子期曰はく、善いかな、峨峨として泰山の若し、と。」とある。『文選』巻二「西京賦」（張衡）に「華岳峨峨として、岡巒（丘や峰）参差（高く低く続くさま）たり」とある。③**驚棹を却けて**—驚棹は、波立った所を漕いでゆく舟。④**淩天の騰波に**—淩（凌）天は、天をしのぐ。高いさま。晋の張協の「北芒山賦」に「長風を撫して延佇し、淩天を想ひて翮を挙ぐ」とある。騰波は、あがる波。おどりあがる波。『文選』巻四「蜀都賦」（左思）に「騰波は沸涌（わき立つ）し、珠貝は氾浮（うきあがる）す」とある。⑤**形軀**—からだ。身体。『荘子』在宥篇に「形軀を論頌し、大同に合す。」とある。⑥**苟しくも余歯**—余歯は、余命。余齢。歯は、よわい。とし（年）。⑦**前烈を蹈んで**—前烈は、前の人の立てた勲。余烈。前人の事業。『書経』武成に「公劉克く前烈を篤くす。」とある。不頗は、正直。頗は、かたよって不公平なこと。偏頗。⑧**顕寵**—顕栄恩寵。顕栄は、身分が高く栄えること。恩寵は、恵み。いつくしむ。恩遇と寵愛。⑨**大中**—大きくてこの上もない中正。また、その道。偉大なる中庸の意味を兼ねている。『易経』一四「大有」の象伝に「大有（盛大）。柔尊位を得、大中にして上下之に応ずるを、大有と曰ふ。」とある。

閔生賦　第三十八

晁氏《ちょうし》曰《い》はく、「①閔生《びんせい》の賦《ふ》」は、柳宗元《りゅうそうげん》の作《つく》る所《ところ》なり。宗元《そうげん》雅《もと》より②蕭俛《しょうべん》と善《よ》し。江嶺《こうれい》の間《かん》に在《あ》りて、書《しょ》を貽《おく》りて情《じょう》を言《い》ひて云《い》ふ、宗元《そうげん》は罪人《ざいにん》と交《まじ》はること十年《じゅうねん》、官是《かんこ》れを以《もっ》て進《すす》む。辱《かたじけ》なく附会《ふかい》するに在《あ》り、と。今《いま》の天子《てんし》邪正《じゃせい》を定《さだ》め、海内皆欣欣《かいだいみなきんきん》として怡愉《いゆ》す。而《しか》して僕四五子《ぼくしごし》の者《もの》と淪陥《りんかん》すること此《か》くの如《ごと》し。豈《あ》に命《めい》に非《あら》ずや。然《しか》も治平《ちへい》に居《お》りて終身《しゅうしん》頑人《がんじん》の類為《るいた》り、猶《な》ほ少恥《しょうち》有《あ》りて未《いま》だ尽《ことごと》くは忘《わす》るる能《あた》はず、と。此《こ》れ蓋《けだ》し叔文《しゅくぶん》が輩《はい》を以《もっ》て罪人頑人《ざいにんがんじん》と為《な》して、己《おの》れの恥辱《ちじょく》と謂《おも》へり。困事《こんじ》に在《あ》りては当《まさ》に爾《し》か云《い》ふべき者《もの》と雖《いえど》も、然《しか》れども悔厲《かいれい》すること極《きわ》

晁（補之）氏が言うには、「閔生の賦」は、柳宗元が作ったものである。宗元は素より蕭俛と仲がよかった。揚子江と五嶺のあたりにいて、手紙を遣って今の情況を次のように言う、私宗元は罪人王叔文と交わること十年、官位がそれによって昇進した。面目なくご尤もと無理に悪人の相談に入ったことにある、と。今の天子憲宗が即位されて、邪正を定め、天下の人々は皆生き生きと喜び楽しむ。僕四・五人の者と世に埋没することとこのようである。何とも運命ではないか。それでも世の中が平安に治まっている時に生きて、身を終えるまで愚人の仲間である。やはり少恥があり、いまだに全部は忘れることができない、と（『新唐書』柳宗元伝）。これは確かに王叔文に仕える仲間を罪人・愚人と思って、己れの恥辱だと評している。困窮になっては当にこのように言う

まれり。其《そ》の吾《わ》が生《せい》の③険阨《けんやく》なるを閔《あわれ》む、紛《ふん》として志《こころざし》を喪《うしな》ひて以て尤《とが》に逢《あ》ふと曰《い》ふは、蓋《けだ》し自《みずか》ら以《おも》へらく生《せい》の不幸《ふこう》にして志《こころざし》を喪《うしな》へり、と。而《しか》して此《これ》を為《つく》ると云《い》ふ。

べきものだが、しかしながら悔い憂える気持ちの極みである。「わが生の険しく困難なことをあわれむ。さまざまに志を失って、こんな禍いに逢ってしまった」と篇の冒頭で言うのは、本当に自分の人生が不幸にして志を失ったと考え、そこで「閔生の賦」を作ったのだと言う。

▼原文二五〇頁

注解　①**閔生の賦**―『蔣注』に「按ずるに、賦に云ふ、余が目を湘流に肆（ほしいまま）にす、と。蓋し永州に在りし時に作りしならん。又云ふ、仲尼（孔子）は惑はず（『論語』為政第二、第四章）、孟軻は心を持す、と。又云ふ、顧みるに余が質は愚にして歯は減ぜり、と。当に是れ四十以前なるべし。其れ元和五・六年に在りて作れるか。〇唐人惟だ柳柳州のみ、騒学独擅と称すべし。凄情哀旨、自ら怨み自ら悔ゆ。其の人言ふに足らずと雖も、其の志は大にして悼むべし。故に〈懲咎（賦）〉〈閔生（賦）〉は、（韓）昌黎の〈復志（賦）〉〈閔己（賦）〉に勝れるに足れり。晁補之曰はく、宗元雅より……此を為ると云ふ、と（前引）。」とある。　②**蕭俛**―字は思謙。貞元年間の進士。官は穆宗の時、同中書門下平章事。王播を弾劾して旨に忤らう。『新唐書』巻一〇一、『旧唐書』巻一七二を見よ。
③**険阨**―地勢が険しい。転じて、世の中が険しく困難なこと。

①吾《わ》が生《せい》の険阨《けんやく》なるを閔《あわれ》む
②紛《ふん》として 志《こころざし》を喪《うしな》ひて以《もっ》て尤《とが》に逢《あ》へり
③気《き》 沈鬱《ちんうつ》として以《もっ》て杳眇《ようびょう》たり
④涕《なみだ》 浪浪《ろうろう》として常《つね》に流《なが》る
⑤膏液《こうえき》 竭《つ》きて枯居《こきょ》す
魄《はく》 離散《りさん》して遠《とお》く遊《あそ》ぶ
言《ことば》 信《しん》ぜられずして余《われ》を白《あき》らかにする莫《な》し
⑥遑遑《こうこう》たりと雖《いえど》も焉《いず》くにか求《もと》むるを欲《ほっ》せん
⑦喙《くち》を合《がっ》して 志《こころざし》を隠《かく》し
⑧幽黙《ゆうもく》して以《もっ》て尽《つ》きんことを待《ま》つ
⑨世《よ》に与《くみ》するを為《な》せば斥繆《せきびゅう》せられ
⑩固《まこと》に離披《りひ》して以《もっ》て顚隕《てんいん》す

わが生の険しく困難なことをあわれむ
さまざまに志を失ってこんな禍いに逢ってしまった
気持ちは沈みふさがって晴ればれしない
涙はいつもとめどなく流れ
あぶらつき生気もなくまるで死人のようだ
たましいは離散して遠遊す
言葉は信じられないで己れの志を明白にできない
あくせくしても求めるところはない
口を結んでわが志をかくし
もの静かに世を終えよう
世俗に味方すると排斥され
まことに身は分散しころがり落ちる

▼原文二五〇頁

注解 ①吾が生の険阨―険阨は、地勢がけわしい。けわしいところ。転じて、世の中が険しく困難なこと。『孫子』地形篇第十に「敵を料（はか）り勝ちを制するに、険阨遠近を計るは、上将の道なり。」

とある。『史記』巻三十九「晋世家」に「晋侯果して国に反るを得たるは、険阨尽（ことごと）く之を知ればなり。」とある。　②紛として志を—『蔣注』に「『楚辞』（「九章」惜誦）に、紛として尤（とが）に逢ひて以て謗（そしり）に離（かか）る、と。注（朱熹・王逸）に、尤は、過ちなり、と。」とある（↓『全注釈』④二七～二八）。紛は、多く乱れる。さまざまに。　③気沈鬱として—沈鬱は、気分が沈みふさがること。気がはればれしない。杳眇は、はるかに遠いさま。深遠なさま。杳は、くらい。はっきりしない。はるか。『文選』巻八「上林賦」（司馬相如）に「俯せば杳眇として見ること無く、仰げば橑（たるき）を攀（よ）ぢて天を捫（な）づ」とある。　④涕浪浪として—『蔣注』に「浪は、音郎。○又（『楚辞』「離騒」）、茹蕙を攬（と）りて以て涕（なみだ）を掩（おお）へば、余が襟（えり）を霑（うるお）して浪浪たり、と。注（朱熹・王逸）に、流るる貌なり、と。」とある（↓『全注釈』①一三一～一三三）。浪浪は、涙の流れるさま。雨の降りつづくさま。さまよい歩くさま。　⑤膏液竭きて—膏液は、あぶら。枯居は、死人に同じ。『文選』巻四十四「喩巴蜀檄」に「是（ここ）を以て賢人君子、肝脳（肝臓・脳髄）は中原（原野）に塗（まみ）れ、膏液（脂血）は野草を潤（うるお）せども、辞せざるなり。」とある。　⑥遑遑たりと雖も—遑遑は、心が落ち着かずうろうろするさま。忙しいさま。あわてるさま。『文選』巻四十五「帰去来辞」（陶淵明）に「胡為（なんす）れぞ遑遑として何（いず）くに之（ゆ）かんと欲する」とある。また、『孟子』滕文公下に「伝に曰はく、孔子は三月君無ければ皇皇如（うろうろするさま）たり。」とある。　⑦喙を合して—喙（カイ）は、口。くちばし。けものの口。『詩経』曹風「侯人」第三章に「其の咮（喙に同じ。くちばし）を濡さず」とある。　⑧幽黙—静かに黙っている。もの静かなこと。『楚辞』「九章」懐沙に「眴（まばた）けども杳杳たり、孔だ静かにして幽黙たり」とある（↓『全注釈』④一六一～一六三）。⑨世に与する—与世の与は、くみする。仲間になる。味方する。助ける。斥繆は、過ちを指さす。過ちを指摘して注意すること。『抱朴子』外篇巻十六「交際」に「朋友なる者は、必ず直諒多聞（博識）に取り、遺を拾ひ謬を斥し、生きては諱言無く、死しては託辞無し。」とある。⑩**離披**―『蔣注』に「離披は、分散の貌。」とある。『楚辞』「九弁」第三段に「奄（たちま）ち此の梧楸（梧桐楸梓）を離披す」とある（→『全注釈』[6] 二一～二三）。「離騒」に「厥（そ）の首用て夫れ顚隕せり」とある（→『全注釈』[1] 一一九～一二一）。顚隕は、ころがり落ちる。くつがえる。転覆する。

①騏驥《きき》の棄辱《きじょく》せらるるときは
②駑駘《どたい》以《もつ》て騁《てい》を為《な》す
③玄蚪《げんきゆう》泥《でい》に蹶《つまず》きて
鼃黽《あぼう》を畏避《いひ》す
行《おこな》ひ容《い》れられざるの④崢嶸《そうこう》たるあり
質《しつ》⑤魁壘《かいるい》として隠《かく》るる所無《ところな》し
⑥鱗介《りんかい》槁《か》れて以《もつ》て陸《りく》に横《よこ》たはる
⑦鴟《し》嘯群《しようぐん》して吻《くちさき》を厲《はげ》しくす
⑧心《こころ》沈抑《ちんよく》して以《もつ》て舒《の》びず
⑨形《かたち》低摧《ていさい》して自《みずか》ら愍《あわれ》む

駿馬が棄てて用いられないとき
のろ馬をかけ走らせる
黒い竜は泥につまずきひそみ
青蛙を恐れさけさせる
私の行ないは深遠で険しく世俗に容れられない
わが天性は高大で覆い隠しようもない
竜鱗は陸上で水気なく横たわり
みみずくは互いに鳴いて口ばしをとぎすます
心は沈みふさがりて晴れやらず
形体はやせ衰えて独りあわれむ

余《わ》が目《め》を湘流《しようりゆう》に肆《ほしいまま》にして
⑩九疑《きゆうぎ》の垠垠《ぎんぎん》たるを望《のぞ》む
波《なみ》淫溢《いんいつ》して以《もつ》て返《かえ》らず
蒼梧《そうご》鬱其《うつき》として雲《くも》を翥《と》ばす

今南方で湘江の流れを気ままに眺め
九疑山の連なり聳え立つのを遥かに眺める
波は盛んに流れ行きて返らない
蒼梧の山々は生い茂り白雲を飛ばす

▼原文二五一頁

注解　①**騏驥**―千里を行くすぐれた馬。駿馬。「離騒」に「騏驥に乗りて以て馳騁（チテイ）せよ」とある（↓『全注釈』1五一～五二）。②**駑駘以て騁を**―『蔣注』に「駑は、音奴。駘は、音台。騁（テイ・はせる）は、一に哂（シン・わらう）に作る。『楚辞』（「九章」惜往日）に、駑駘（一説に、騏驥）に乗りて馳騁す、と」とあり（↓『全注釈』4二五三～二五五）、「九弁」第五段に「騏驥を卻（しりぞ）けて乗らず、駑駘に策（むちう）ちて路を取(進)る」とある（↓『全注釈』6三七～四〇）。③**玄虬泥に蹶きて**―『蔣注』に「虬（キュウ・みずち）は、渠幽の切。蹶は、音厥。鼃（ア）は、蛙と同じ。黽（ボウ）は、武幸の切。一に蜃（シン・みずち・おおはまぐり）に作るは、是に非ず。〇『楚辞』に駑駘に……（前引）。『説文』（十三上）に、蚪は、竜の角無き〔有る〕者なり。『荘子』（「秋水」）に、泥を蹶（け）れば則ち足を没し跗（足の甲）を滅す、と。鼃は、蝦蟇（がま）なり。黽（かえる）も、亦た鼃（蛙の本字）の属なり。」とある。鼃黽は、あおがえる。がまがえる。畏避は、おそれさける。『文選』巻三「東京賦」に「玄虬（ここでは、高さ七尺の馬。駿馬）の弈弈（エキエキ・光り輝くさま）たるを六（頭）にし、斉しく騰（おど）り驤（あが）りて沛艾

（ハイガイ・馬の行くさま）す」とある。　④**峥嶸**—『蔣注』に「峥は、力耕の切。嶸は、音宏。」とある。峥嶸は、山の高く険しいさま。深遠で険しいさま。高大なさま。奥深いさま。『楚辞』「遠遊」第九段に「下は峥嶸として地無く、上は寥廓として天無し」とある（↓『全注釈』[5]八四～八六）。⑤**魁塁**—『蔣注』に「魁（カイ）は、口賄の切。塁は、音磊。〇前漢の鮑宣伝（『漢書』巻七十二）に、朝廷に（白首）耆艾（キガイ）魁塁の士有ること亡し、と。服虔の注に、魁塁は、壮んなる貌なり。」とある。魁塁は、すぐれてたくましい。盛んでたくましい。　⑥**鱗介槁れて**—『蔣注』に「介鱗は、竜の母なり。『淮南（子）』（巻四「墜形訓」）に、介鱗は蛟竜を生じ、蛟竜は鯤鯁を生ず、と。『詩（集）伝』（豳風「鴟鴞」）に、鴟〔鴞〕は、鵂鶹（キュウリュウ・ふくろう・みみずく）、悪鳥。鳥の子を攫（つか）みて食ふ者なり、と。」とある。鱗介は、魚類と貝類。ここでは、竜鱗のこと。⑦**鴟嘯群して**—『蔣注』に「鴟は、尸脂の切。吻（フン・くちさき。くちもと）は、武粉の切。」とある。嘯は、うそぶく。鳴く。厲は、とぐ。みがく。　⑧**心沈抑して**—沈抑は、気持ちが沈みふさがる。身をかくす。おさえつける。『楚辞』「九章」惜誦に「情沈抑せられて達せず、又た蔽はれて之を白（あき）らかにすること莫し」とある（↓『全注釈』[4]二七・二八）。　⑨**形低摧して**—『蔣注』に「愍は、音敏。」とある。低摧は、減りくだける。肩身をせまくする。　⑩**九疑の垠垠たる**—『蔣注』に「垠は、音銀。蛩は、古の飛の字なり。〇九疑は、山の名。半は蒼梧に在り、半は零陵に在り。零陵は永州なり。楚に属す。蒼梧は南越に属す。郭璞云ふ、其の山九谿、皆相似たり、と。或は云ふ、九峯参差として互ひに相隠映す。望みて之を疑ふ。故に名づく。然して山に九峯有り、峯の下、各〻一水を出だす。四水南に流れて南海に会し、五水北に注ぎて洞庭に会す、と。一に云ふ、九水並びに洞庭に注ぐ。賦に、所謂る波淫溢して以て返らずとは、是れなり。」とある。垠垠は、つらなり聳え立つさま。『楚辞』「離騒」に「九疑繽として其れ並び迎ふ」とある（↓『全注釈』[1]一九一・一九二）。

①重華《ちょうか》幽《ゆう》せられて野《や》に死《し》す
世《よ》其《そ》の偽真《ぎしん》を得《う》ること莫《な》し
②屈子《くつし》の悁微《けんび》なりし
③危辞《きじ》を抗《あ》げて以《もつ》て淵《ふち》に赴《おもむ》く
古《いにしえ》 固《まこと》に此《こ》の極憤《きょくふん》有《あ》り
④矧《いわ》んや吾《わ》が生《せい》の藐艱《ばくかん》なるをや
⑤往則《おうそく》を列《つら》ねて以《もつ》て己《おの》れを考《かんが》へ
斗極《ときょく》を指《さ》して以《もつ》て自《みずか》ら陳《の》ぶ
⑥高嵒《こうがん》に登《のぼ》りて踵《くびす》を企《あ》げて
⑦故邦《こほう》の殷轔《いんりん》たるを瞻《み》る
⑧山水《さんすい》 浩《こう》として以《もつ》て蔽虧《へいき》す
⑨路《みち》 蓊勃《おうぼつ》として以《もつ》て氛《ふん》を揚《あ》ぐ

舜は捕らえられて蒼梧の野に死す
世人はその真偽は分からない
屈原が世を憂いていらだち苦しみ
襄王を極諫して汨羅に身を投じた
昔はまことに憤死した人がいた
ましてわが生の遠流の難儀はなおさらである
いま古人の教えを列挙して己れの事を考え
北斗星を指さしてわが真情を陳述する
高い岩山に登ってかかとをあげ足をつま立てて眺め
故郷の繁栄をじっと見つめると
山水が広々とおおいかくし
道には雲霧が盛んに立ちこめて何も見えない

▼原文二五一頁

注解　①重華幽せられて―『蔣注』に「『国語』に、舜、民を勤めて埜（野）に死す、と（『礼記』祭法を見よ）。『史記』（巻一「五帝本紀」）に、舜、南に巡狩して蒼梧の野に崩ず。江南の九疑に葬る。是を零陵と為す、と。然れども賦に言ふ所の偽真を得ること莫しとは、蓋し又た『竹書（紀年）』の、禹は舜を逐ひて蒼梧の埜に終はるとの説を主とす。称する所の舜の囚の如きと堯の後に丹朱を偃塞して相見るを得ざらしむるは、皆不稽の譚なり。」とある。重華は、舜の文徳が堯帝に継いで、重ねて光華を放つことをいう。幽は、とらえる。幽囚される。「離騒」に「沅湘を済（わた）りて以て南に往き、重華に就きて詞を陳す」とある（→『全注釈』1一〇九～一一二）。②屈子の悁微なりし―『蔣注』に「悁（ケン・あせる。いらだつ）は、規縁の切。屈原楚に仕ふ。上官大夫・司馬子蘭の讒する所と為り、〈離騒〉〈九弁〉〈九章〉を賦す。汨羅（ベキラ）に投じて死す。」とある。『史記』巻八十四「屈原賈生列伝」を見よ。悁（ケン）は、いらいらする。③危辞を抗げて―危辞は、屈原が頃襄王を諫めた書を指す。抗は、挙げる。④矧んや吾が生―『蔣注』に「藐（バク・遥か。遠い）、音は邈（バク）。」とある。矧（シン）は、いわんや。まして。藐艱は、遠く流されて難儀すること。⑤往則を列ねて―往則は、昔の教え。むかしの規則。考己は、自分の事。斗極は、北斗星と北極星。また、北斗星をいう。⑥高嵓に登りて―『蔣注』に「嵓（ガン）は、魚咸の切。」とある。高嵓は、高い岩。「踵を企つ」は、かかとをあげ足をつま立てて望み見る。願望することの甚だしい意に用いる。『漢書』巻七十八「蕭望之伝」に「天下の士、頸を延べ踵を企てて、争ひて自効して以て高明を輔けんと願ふ。」とある。⑦故邦の殷轔たる―『蔣注』に「殷は、音隠。轔は、音隣。〇楊雄の「（甘泉）賦」（『文選』巻七）に、八神（八方の神々）奔（はし）りて警蹕（ケイヒツ・天子の出入に先行して道すじの人をいましめること。先払い）して振（あまね）く殷轔として（以て搏搏）軍（壮）

〔装〕（軍戎の装い。いくさ支度）す、と。『注』（呂向）に、（殷轔は、）盛んなる貌。」とある。殷轔は、衆車のとどろく音。車が盛んで多いこと。ここでは、故郷の繁栄すること。⑧**蔽虧**—おおいかくす。また、おおいかくされる。『文選』巻七「子虚賦」（司馬相如）に「岑崟（鋭く険しいさま）参差（高く低く片たがいになっているさま）として、日月も蔽虧せり」とある。⑨**蓊勃**—盛んなさま。唐の張随「雲竜に従ふの賦」に「幽石に触れて其の色を蓊渤たらしむ」とある。蓊は、しげる。さかん。

①空廬《くうろ》頽《かたむ》きて理《おさ》めず
②丘木《きゅうぼく》の榛榛《しんしん》たるに翳《かく》る
③塊《かい》として老《ろう》を窮《きわ》め以《もっ》て淪放《りんぽう》す
④魑魅《ちみ》に匪《あら》ずんば吾《わ》れ誰《たれ》と隣《りん》ならん
⑤仲尼《ちゅうじ》の惑《まど》はざるも
⑥垂訓《すいくん》の謈言《はくげん》有《あ》り
⑦孟軻四十《もうかしじゅう》にして乃《すなわ》ち始《はじ》めて心《こころ》を持《も》つ
⑧猶《な》ほ勇《ゆう》を黝《ゆう》・賁《ほん》に希《こいねが》ふ
顧《おも》ふに余《わ》が質《しつ》の愚《ぐ》にして歯《よわい》減《おと》れる

人気ないわが家は破れて修理もしない
こんもり生い茂る墓木のかげに休む
独りぼっちで老いさらばえて落ちぶれ放浪する
日々山の怪物と仲間になって終わろう
孔子は四十歳で始めて惑わなかったが
教えを後世に示した
孟子は四十歳で始めて心を動かさなかった
それでも北宮黝や孟賁のような勇気を希求した
わが天性は愚かな上に年令は孔子・孟子に及ばない

⑨宜《むべ》なり禍《わざわ》ひに触《ふ》れて以《もつ》て身《み》を跕《あやぶ》むこと
善《ぜん》に徙《うつ》り非《ひ》を革《あらた》むることを知《し》らば
又《ま》た何《なん》ぞ今《いま》の人《ひと》を懼《おそ》れん

禍いにかかり身を危険に晒すのももっともだ
もし悪を改めて善に移ることを知れば
どうして世俗の譏りなど恐れよう

▼原文二五二頁

注解 ①**空廬頽きて**―空廬は、人の住まないいおり。空屋。『文選』巻十六「思旧賦」（向子期・秀）に「二子（嵇康と呂安）の遺跡を践み、窮巷の空廬を歴」とある。頽（タイ）は、おちる。かたむく。やぶれる。　②**丘木の榛榛たる**―丘木は、墓のほとりの木。墓木。ここでは、親の墓の木。榛榛は、草木の盛んに茂るさま。翳（エイ）は、かくれる。　③**塊として老を窮め**―塊は、独りぼっち。塊然孤独。窮老は、困窮と老年。困窮している老人。また、非常に年老いていること。『楽府詩集』巻四十一「相和歌辞十六」楚調曲上、鮑照「東武吟」に「少壮にして家を辞し去り、窮老にして還りて門に入る」とある。淪放は、おちぶれて放浪する。　④**魑魅**―『蔣注』に「魑（チ）は、丑知の切。魅は、音寐。○『史記』（巻一「五帝本紀」）に、舜は四凶を流し、四裔に族して以て魑魅を禦せしむ。」とある。魑魅は、山林の異気より生ずる怪物で、人を害するもの。　⑤**仲尼の惑はざる**―『論語』為政第二、第四章に「子曰はく、吾れ十有五にして学に志す。三十にして立つ。四十にして惑はず。五十にして天命を知る。……と」とある。　⑥**垂訓の謩言**―『蔣注』に「謩（ボ）は、即ち謨（ボ・はかる）の字なり。」とある。垂訓は、教えをたれ示す。教えを示して導く。『晋書』巻九「孝武帝紀」に「徳を邁（つとめ行なう）し訓へを垂れ、多く年載を歴。」とある。謩（謈）言は、無実の罪にうったえる声。謈（ハク・さけぶ声）は、大声で無実の罪をうったえる。　⑦**孟軻四十にして**―『孟子』

公孫丑上に「我れ（孟子）四十にして心を動かさず。」とある。　⑧**猶ほ勇を黝・賁に―**『蔣注』に「黝は、伊糾の切。賁は、音奔。」とある。黝・賁は、戦国時代の勇者、北宮黝と孟賁の二士。『孟子』公孫丑上に「我れ四十にして心を動かさず、と。曰はく、是（か）くの若くんば則ち夫子孟賁（衛人）に過ぐること遠し、と。」とあり、また、「心を動かさざるに、道有りや、と。曰はく、有り。北宮黝（斉人）の勇を養ふや、膚撓せず（膚を刺そうとしてもびくともしない）、目逃せず（目の前にきっ先が迫っても、目玉を動かさない）。」とある。歯滅は、わたしは四十に足らない身という意。歯は、よわい。年齢。　⑨**宜なり禍ひに―**『蔣注』に「阽（エン・危うい）は、余廉の切。〇貞元七年、（柳）子厚年始めて四十、猶ほ未だし。『楚辞』（「離騒」）に、余が身を阽くして死に危（ちか）づくも、余が初めを覧るに其れ猶ほ未だ悔いず、と（→『全注釈』[1] 一二九～一三〇）。『注』（洪興祖・朱熹）に、阽は、危に臨むなり。」とある。

①噫《ああ》　禹績《うせき》の勤備《きんそな》はるも
②曾《かつ》て夫《か》の茲川《じせん》を理《おさ》むること莫《な》し
③殷《いん》・周《しゅう》の廓大《かくだい》なりし
④南《みなみ》のかた夫《か》の衡山《こうざん》を尽《つ》くさず
余《わ》れ楚越《そえつ》の⑤交極《こうきょく》に囚《と》らはる

ああ、禹の治水の功績は大であったが
以前はこの永州の川を治められなかった
殷と周は天下を統一して大国になったが
南方の衡山までは自由にできなかった
私は今楚や越の分界で捕らわれの身

邈《ばく》として中原《ちゆうげん》を離絶《りぜつ》す
⑥壌《じよう》は汚潦《おろう》にして以《もつ》て墳洳《ふんじよ》たり
蒸《む》して沸熱《ふつねつ》して恒《つね》に昬《くら》し
⑦鳧鸛《ふかん》を中庭《ちゆうてい》に戯《たわむ》れしむ
⑧蒹葭《けんか》 堂筵《どうえん》に生《お》ひたり
⑨雄虺《ゆうき》 形《かたち》を木杪《もくびよう》に蓄《かく》し
⑩短狐《たんこ》 景《かげ》を深淵《しんえん》に伺《うかが》ふ
仰《あお》いで矜《つつ》しみ危《あや》ぶみて俯《ふ》して慄《おそ》る
⑪日夜《にちや》の拳攣《けんれん》たるを弭《や》む

遥かに遠く長安の地を離れ
土地柄は低湿にして悪土であり
気は立ちのぼり沸熱して常に暗く陰気である
水鳥は庭の中央で遊び戯れ
葦が正殿の座席あたりに生えている
雄蛇は木梢にかくれ
水中の怪物は深淵で人影をうかがっている
こんな土地で仰いでも伏しても恐れおののき
昼も夜も思慕していたのに今はやめる

▼原文二五二頁

注解　①**噫禹績の勤**―禹績は、禹の治水の功業。『史記』巻二、夏本紀を見よ。『詩経』大雅・文王之什「文王有声」第五章に「豊水東に流ぐ、維れ禹の績なり」とある。備は、万全。欠けた所がない。②**曾て夫の茲川**―『蔣注』に「上文は皆湘中の事を言ふ。茲の川、意ふに湘江を謂ふならん。湘水は〈禹貢〉（『書経』の篇名）に経見（経書に見える）せず。此れ（柳）子厚の所謂る曾て夫の茲川を埋むること莫しといふ者ならんか。」とある。③**殷周の廓大**―廓大は、広げて大きくする。大きくひらける。拡大。廓は、大。『柳河東集』巻五「碑」・「道州の文宣王廟碑」に「廟舎峻整にして、階序廓大なり。」とある。　④**南のかた衡山**―『蔣注』に「衡山（五岳の一つ。湖南省衡山県の西北）は、南岳なり。『周礼』（夏官）職方氏に見ゆ。（柳）子厚、殷・周の尽くさざるを謂ふは、豈に未だ之を詳らかにせざらんや。特だ『礼（記）』王制（篇）に拠りて南は衡山を尽くさず、北は恒山を尽くさずと言ふのみ。」とある。　⑤**交極**―境をつけて分けたところ。分けた境。分界。　⑥**壊は汚潦にして**―『蔣注』に「潦（ロウ）は、魯皓・郎到の二切。洳は、如倨の切。○墳は、土の高き者なり。洳は、水浸れる下湿の処なり。」とある。汚潦（オロウ）は、低地で常にうるおっていること。洳は、ひたりうるおう。また、その地。　⑦**鳧鸖**―『蔣注』に「鳧鸖は、皆水鳥の名。」とある。かりの一種。鳧（フ）は、あひる。かも。野鴨。鸖は、こうのとり。中庭は、庭の中央。　⑧**蒹葭堂筵**―『蔣注』に「蒹は以て萑（カン・荻の別名）にして高きこと数尺なり。葭は、蘆なり。皆水草なり。此に中庭に戯れ堂筵に生ずと言ふは、亦た猶ほ『九歌』（「湘夫人」）に、鳥何ぞ蘋（ヒン）の中に萃（あつ）まる、罾（あみ）何ぞ木の上に為す（↓『全注釈』2五七～五九）の意のごとし。処る所を失するを謂ふのみ。」とある。蒹葭は、葦のたぐい。『詩経』秦風「蒹葭」に「蒹葭蒼蒼たり（第一章）、蒹葭凄凄たり（第二章）、蒹葭采采たり（第三章）」とある。堂は、表座敷。正殿。筵は、むしろ。座席。　⑨**雄虺形を木杪に**―『蔣注』に「虺（キ）は、許偉の切。○『楚辞』（「天問」・「招魂」）に、雄虺は九首あり、と（↓『全注釈』3七七～八〇、また7二一～二四）。虺は、岐首の蛇なり。『詩（経）』（小雅・節南山之什「何人斯」第八章）に、鬼為り蜮（ヨク・いさごむし）為らば……、と。陸璣の『（毛詩草木鳥獣虫魚）疏』に、蜮、一の名は射影。……南人は将に水に入らんとするときは、先づ瓦石を以て水に投じて濁らしめて、然る後に入る。又た『博物志』に、江南の山に射工虫有り、長さ一二寸、口の中に弩の形有りて人影を射（害）す。治せずんば則ち人を殺す、と。短狐景を伺ふとは、此を謂ふなり。」とある。雄虺は、雄蛇。まむし神。虺は、蛇の別名。木杪は、木梢。杪は、すえ。

こずえ。細い枝。⑩**短狐景を深淵**—狐は、弧の誤り。短弧は、水中に在りて沙（すな）を含んで人を射るという怪物。『漢書』巻二十七、五行志第七、下之上に「厳公十八年の秋、蜮有り。劉向以為へらく、蜮は南越に生ず。……蜮は猶ほ惑のごときなり。水の旁に在りて、能く人を射る。人を射るに処有り、甚しき者は死に至らしむ。南方に之を短弧と謂ひ、射妖に近く、死亡の象なり。」とある。景は、人影。⑪**日夜の拳攣**—拳攣は、恋い慕うさま。こがれるさま。攣は、恋。弭（ビ）は、やめる。

吾《わ》が生《せい》の保《たも》つこと莫《な》きを慮《おもんぱか》り
①代徳《だいとく》の元《もと》 醇《じゅん》なるを忝《かたじけな》くす
②孰《たれ》か眇軀《びょうく》を之《こ》れ敢《あえ》て愛《お》しまん
③窃《ひそ》かに古先《こせん》に継《つ》ぐ有《あ》り
④神明《しんめい》の余《われ》を欺《あざむ》かずんば
庶《こいねが》はくは⑤激烈《げきれつ》にして聞《き》くこと有《あ》らん
冀《こいねが》はくは⑥後害《こうがい》の辱《はず》かしめ無《な》く
⑦徒《た》だに囊愆《のうけん》を蓋《おお》ふのみに匪《あら》ざらんことを

わが身の不安を思うと
有徳の世に変わり醇厚の善代とはなりぬ
いったい誰がこの小さな体を惜しもうか
そっと古の聖賢の跡を践もうと思う
もし神明がわたしを欺かないならば
どうかわが本志を聞いてほしい
どうか今後の禍いがわが身に蒙らず
前日の過ちを覆いかくすだけではありませんように

▼原文二五三頁

注解　①代徳―代わって天下を治める徳。また、その有徳者。この句は、憲宗が即位し、徳沢一新したことをいう。『左氏伝』僖公二十五年に「王の章なり。未だ代はる徳有らざるに、二王有るは、亦た叔父の悪む所ならん。」とある。　②孰か眇軀―眇軀は、小さいからだ。眇（ビョウ）は、小さい目。小さい（『方言』第十三）。細い（『正韻』）。『史記』巻六「秦始皇本紀」に「寡人眇眇の身を以て兵を興し、暴乱を誅せり。」とある。　③窃かに古先―古先は、祖先をいう。ここでは、古の先徳。この句の解に二あり。一は、わたし自身が昔の志を立てた人にかえりたい。その二は、古の先徳の志を継ぎたい。『漢書』巻九十九「王莽伝下」に「讖書（予言書・未来記）を作りて言ふ……江中の劉信（漢高祖の兄の子）、敵を執らへて怨みを報じ、復（再び）た古先を継ぐ。」とある。　④神明―あきらかな神。あらたかな神。神は、人の至誠を知る者。『詩経』大雅・蕩之什「雲漢」第六章に「明神を敬恭す、宜しく悔怒無かるべし。」とある。　⑤激烈―極めてはげしいこと。きつくきびしいこと。『文選』巻二十九「詩四首」（蘇子卿・武）第二首に「長歌して正に激烈たり、中心愴として以て摧（くだ）く」とある。『玉台新詠集』巻一、詩四首を見よ。　⑥後害―あとあとの弊害。のちのちのわざわい。『漢書』巻五十六「董仲舒伝」に「後害を悼むこと毋かれ。」とある。　⑦徒だに曩愆―曩愆（ノウケン）は、前日のあやまち。曩は、さき。むかし。かつて。久しい。

夢帰賦　第三十九

晁氏《ちょうし》曰《い》はく、「①夢帰《むき》の賦《ふ》」は、柳宗元《りゅうそうげん》の作《つく》る所《ところ》なり。宗元既《そうげんすで》に貶《へん》せられ、其《そ》の年少《としわか》く気鋭《きするど》くして、②幾微《きび》を識《し》らず、久《ひさ》しく幽《ゆう》せられて還《かえ》らざるを悔《く》い、復《ま》た其《そ》の知《し》る所《ところ》の③許孟容《きょもうよう》に書《しょ》を貽《おく》る。其《そ》の略《りゃく》に云《い》ふ、身《み》を立《た》つること一《ひと》たび敗《やぶ》れて、万事《ばんじ》④瓦《かわら》のごとく裂《さ》く。墳墓《ふんぼ》埽《はら》はず、宅三《いえみ》たび主《しゅ》を易《か》ふ。恐《おそ》らくは一日《いちじつ》死《し》せば⑤先緒《せんしょ》を曠墜《こうつい》せんことを、と。意《おも》ふに孟容《もうよう》に託《たく》するに少《すこ》しく北《きた》するを以《もっ》てする者《もの》なり。故《ゆえ》に「夢帰《むき》の賦《ふ》」を作《つく》る。初《はじ》めには故都《こと》の喬木《きょうぼく》を覧《み》て悲《かな》しむと言《い》ひ、中《なか》には⑥仲尼《ちゅうじ》九夷《きゅうい》に居《お》らんと欲《ほっ》す、⑦老子《ろうし》戎《えびす》に適《ゆ》くと言《い》ひて、

晁（補之）が言うことには、「夢帰の賦」は、柳宗元が作ったものである。宗元は既に官位を下げ退けられ、自分は青年の客気が災いし、ごく僅かな処から損ねるということに気づかず、久しく捉えられて戻れなくなったことを悔い、また己れの知人の許孟容に書を送った（「寄許京兆孟容書」）。その書の概略は、栄達は、大所で一たび敗れると、何もかも敗れて瓦が裂けたようにどうしようもなくなる。誰も親の墓掃除はしない。家も三度まで売りかえたようである。ある日死んだとしたら、先人の遺業を空しくなくすであろうことを心配する、という内容である。思いは孟容に託するに少しでも都に近づけるようにと願うものである。故に「夢帰の賦」を作った。初めには故都の高木をみて悲しむと言い、中ほどでは孔子が九夷の地に住みたいと望み、老子は戎にゆくと言ってみずから去った。終わりには

以《もっ》て自《みずか》ら釈《と》く。末《すえ》には丘《おか》に首《まくら》して鳴号《めいごう》すと云《い》ひて、終《つい》に其《そ》の⑧旧《きゅう》を忘《わす》れざることを示《しめ》す。当世之《とうせいこれ》を憐《あわれ》む。然《しか》れども衆其《しゅうそ》の高《たか》きことを畏《おそ》れて、竟《つい》に廃《はい》して復《ふく》せずと云《い》ふ。

故郷の丘の方に首を向けて死ぬ狐や、古巣を思って鳴き叫ぶ鳥獣に触れて、最後までその昔人を忘れないことを示している。当時の人たちはこれを悲しんだ。しかしながら人々は彼の高邁な精神を恐れおびえて、結局止めて都に召還しなかったという。

▼原文二五三頁

注解　①**夢帰の賦**—『柳河東集』巻二『蔣注』に「(柳) 子厚、永州に在りしときに、郷閭を懐思して作るなり。○晁補之曰はく、宗元は既に貶せられ……当世之を憐む (前引)。」とある。②**幾微**—きざしのかすかなこと。きざし。前兆。『易経』一六「豫」繋辞伝に「幾とは、動の微にして、吉の先づ見 (あらわ) るる (者) なり。」とある。動之微は、あることが動いて、まだ形体となって現われず、かすかな状態にあること。吉之先見者は、のちに吉となって現われるものの前兆。③**許孟容**—唐、長安のひと。字は公範。謚は憲。『新唐書』巻一六二、『旧唐書』巻一五四を見よ。④**瓦のごとくに裂く**—瓦裂は、かわらのようにこなごなに裂ける。転じて、めちゃくちゃに分裂すること。『文選』巻三十六「宣徳皇后令」(任彦升) に「甲既に鱗のごとくに下り、車も亦た瓦裂す。」とある。⑤**先緒を曠墜せん**—先緒は、先人の残しておいた仕事。古人や祖先の遺業。『晋書』巻二十八「慕容超載記賛」に「先緒俄かに頽れ、家声振るふ莫し。」とある。曠墜は、空しくする。おとす。なくする。『柳河東集』巻三十「許京兆孟容に寄する書」に「恐らくは一日溝壑に塡委して、先緒を曠墜せんことを。」とある。⑥**仲尼九夷に**—『論語』子罕第九、第十四章に「子、九夷に居らんと欲す。

或ひと曰はく、陋（いや）しきこと之を如何せん、と。子曰はく、君子之に居らば、何の陋しきことか之れ有らん、と。」とある。九夷は、九種の夷、東方の異民族。⑦老子―周代の思想家。道家の祖。姓は李、名は耳。『史記』巻六十二「老荘申韓列伝」を見よ。⑧丘に首して―きつねは死ぬときに、もと住んでいた丘の方に首を向けて死ぬということ。『楚辞』「九章」哀郢に「鳥飛んで故郷に反り、狐死して必ず丘に首す」とある（→『全注釈』4 一一七～一一九）。もとを忘れないこと。故郷を思うことのたとえ。⑨旧を忘れ―忘旧は、昔の人を忘れる。とくに旧友、辛苦を共にしてきた妻などをいう。

①擯斥《ひんせき》に罹《かか》りて以《もつ》て窘束《きんそく》す
余《わ》れ惟《た》だ夢《ゆめ》のみ帰《かえ》ることを為《な》さん
②精気《せいき》注《そそ》ぎて以《もつ》て凝沍《ぎようご》たり
旧郷《きゆうきよう》に循《したが》ひて顧《かえり》み懐《おも》ふ
③夕《ゆう》べに余《わ》れ荒陬《こうすう》に寐《い》ねて
④心《こころ》慊慊《けんけん》として違《たが》ふこと莫《な》し
⑤質《しつ》舒解《じよかい》して以《もつ》て自恣《じし》にし
⑥息《いき》愔翳《いんえい》して愈〻《いよいよ》微《び》なり

私は南方に遠ざけられて不自由な身である
私はただ夢魂のみが帰れるにすぎない
だから帰郷を願う心が凝りかたまっている
それは故郷をひたすらに思慕するからだ
夜になると私は荒遠な地に寝て
心は恨み憂えて帰るを思うばかり
からだはゆるんでだらりとし
息づかいはますますうすくなる

▼原文二五四頁

注解　①擯斥に罹りて―擯斥は、退けてのけ者にする。しりぞける。遠ざける。遠ざける。『宋史』巻二九三「王禹偁伝」に「是を以て頗る流俗の容れざる所と為る。故に屢〻（しばしば）擯斥せ見（ら）る。」とある。罹（リ）は、かかる。網にかかる意。転じて、病災などにかかる。窘束は、縮まって伸びない。のびのびとしない。自由にならない。窘（キン）は、束縛されているさま。苦しめられること。『文選』巻十三「鵩鳥賦」（賈誼）に「窘（くるし）めらるること囚拘の若し」とある。劉向「九歎」遠逝（一名遠遊）に「路長遠にして窘迫す」とある。　②精気注ぎて―精気は、すぐれた気。まことの心。まごころ。ここでは、ひたすらに帰郷を願う心。凝沍は、こおる。固く凍る。こおりふさがる。凝は、かたまる。結ぶ。沍は、こおる。ふさぐ。とじる。『文選』巻十六「懐旧賦」（潘安仁・岳）に「轍は冰を含んで以て軌（あと）を滅（け）し、水は軔（とめ木）を漸（ひた）して以て凝沍す」とある。　③夕べに荒陬―荒陬は、遠く離れた辺鄙な土地。遠い国のはて。片田舎。『文選』巻五「呉都賦」（左太沖・思）に「其の荒陬の譎詭（奇異なもの）には、則ち竜穴有りて内に蒸（む）し、雲雨の儲（たくわ）ふる所なり」とある。　④心慊慊として―『蔣注』に「慊（ケン）は、苦簟の切。慊は、恨なり。」とある。慊慊は、あき足らないさま。憂えるさま。不満なさま。恨み憂えるさま。慊は、不満に思う。うらむ。『後漢書』五行志に「銭を以て室を為り金もて堂を為り、石上にて慊慊として黄粱を春（うす）づく。」とある。　⑤質舒解して―質は、形質。からだ。舒解は、ゆるむ。自恣は、わがまま。気まま。ここでは、体がだらりとすること。　⑥息愔翳して―『蔣注』に「愔（イン・やわらぐ。やわらぎ静かなさま）は、伊淫の切。愔は、安和の貌なり（『集韻』）。」とある。愔翳（インエイ）は、呼吸がうすくなること。呼吸のうすくかすかなさま。

①欻《くつ》として騰踊《とうよう》して上《のぼ》り浮《う》かべば
②俄《にわ》かに滉瀁《こうよう》の依《よ》ること無《な》きあり
円方混《えんぽうこん》じて形《あらわ》れず
③顥《こう》として醇白《じゅんぱく》の霏霏《ひひ》たるあり
④上《かみ》 茫茫《ぼうぼう》として星辰《せいしん》無《な》く
下《しも》 夫《か》の⑤水陸《すいりく》を見《み》ず
⑥余《われ》を鉥《ひき》ゐて以《もっ》て路《みち》を行《ゆ》くこと有《あ》るが若《ごと》く
⑦馭《ぎょ》 儗儗《ぎぎ》として以《もっ》て回復《かいふく》す
浮雲《ふうん》 縦《しょう》にして以《もっ》て直《ただ》ちに度《わた》る
云《ここ》に余《われ》を西北《せいほく》に済《わた》す
⑧風《かぜ》 纚纚《しし》として以《もっ》て耳《みみ》を驚《おどろ》かし
行舟《こうしゅう》の迅《すみや》かにして息《や》まざるに類《るい》す
⑨洞然《とうぜん》として於《ここ》に以《もっ》て瀰漫《びまん》す
虹蜺《こうげい》羅列《られつ》して⑩傾側《けいそく》す

夢魂はにわかに浮かぶかのように踊りあがると
急に深く広くて依るところがないようだ
天地が未分のころ円なのか四角なのか分からない
ただ真白な雲が立ちこめるのを見るだけ
上は広く果てしなく星一つなく
下はあの水陸も見えない
私を導いて道案内をする人がいるようだ
御者は迷ってめぐりめぐる
やむなく浮雲に乗って直ちにわたる
ここで私を都の西北に向かわせる
風の響きはわが耳を驚かし
行舟が迅速で止まらないようである
がらんとし、ああ広がりはびこる
虹は連なりかたむく

⑪衝飆《しょうひょう》に横《よこ》たはりて以《もつ》て盪撃《とうげき》す
忽《たちま》ち中断《ちゅうだん》して迷惑《めいわく》す

疾風に影を横たえて勢いよく打ちあう
にわかに虹が中ごろ断えてまよいまどう

▼原文二五四頁

注解　①**欻として騰踊して**—『蔣注』に「欻（クツ・たちまち。欻の別体）は、暴（にわ）かに起るなり。『説文』（八下）に云ふ、吹き起す所有り、と。然して諸韻検尋するに、三火に从（したが）ふ者無し。杜子美（甫）の〈虎牙行〉に、秋風欻吸（にわか。疾いさま）として南国を吹く、と。『文選』（巻三十一）江（文通）淹の（雑体）詩に、欻吸（物事の疾く起こるさま）として鶤鶏悲しむ、と。諸家多くは二火に从ふ字を用ふ。『荘子釈音』巻一「朝菌」の註下に云ふ、欻生の芝なり、と。後漢の張平子の〈思玄の賦〉（『文選』巻十五）に、欻ちに神のごとく化して蝉のごとくに蛻（ぬ）ぐ、と（→『後語』3五九～六二）。並びに況物・許勿の二切と作（な）すと云ふ。疾き貌。惟（おも）ふに、二字は三火に从ふ。今、上の音に従ふ。」とある。騰踊（トウヨウ）は、おどりあがる。②**俄かに滉瀁**—『蔣注』に「滉瀁は、深広の貌。上は力広の切。下は余掌の切。」とある。滉瀁は、水の深く広いさま。『呉志』薛綜伝に「加ふるに洪流滉瀁として風波免れ難きを以てす。」とある。広くきわまりないさま。魏の曹植の「節遊賦」に「洪池の滉漾たるを望み、遂に降りて軽舟に集まる」とある。③**顥として純白**—『蔣注』に「顥は、音昊（コウ）。○顥は、白き貌。『楚辞』（「九章」渉江）に、雲霏霏（雲が立ちこめるさま）として宇（のき）に承（つづ）く、と」とある（→『全注釈』4七三・七四）。④**上茫茫として星辰**—茫茫は、広くはてしないさま。『楚辞』「哀時命」に「怊茫茫として帰ること無し」とある（→『全注釈』8九五～九九）。『文選』巻十六「歎逝賦」（陸士衡・機）に

「杳（ああ）余が命の方に殆き、何ぞ天の茫茫たるを視ん」とある。星辰は、星。辰は、日・月・星の総称。星座。⑤**水陸**―『蔣注』に「水、一に川に作る。」とある。⑥**余を鉥ゐて**―『蔣注』に「鉥（ジュツ・はり。みちびく）は、音述。一に訹に作る。言なり、音恤。○鉥は、綦鍼（キシン・ながいはり）なり（『説文』〈十四上〉）。導なり。」とある。鉥は、長い針。みちびく。鍼は、はり。縫いばり。『国語』晋語二に「子盍（なん）ぞ入らざるや。吾れ請ふ子の鉥（みちび）きを為さん。」とある。⑦**馭儗儗として**―『蔣注』に「儗（ギ・うたがう。しげる）は、相疑ふなり。」とある。馭（ギョ）は、車馬の御者。儗儗は、盛んに茂るさま。止まって動かない。まどうさま。静かに行くさま。⑧**風纚纚として**―『蔣注』に「纚は、音麗。○纚纚は、風の声なり。」とある。纚纚（シシ）は、縄などの長く好いさま。風の長く吹くさま。つながって美しいさま。『楚辞』「離騒」に「胡縄（香草）を索（なわ）にして纚纚たり」とある（↓『全注釈』1七四～七六）。『柳河東集』は「纚」を「経」に作る。⑨**洞然として於に**―『蔣注』に「瀰は、音弥（ビ）。漫は、謨官の切。以の字、一本に重ねて于の字に作る。○瀰漫は、大水の貌なり。」とある。洞然は、がらんとしたさま。はっきりしたさま。水の響きのさま。瀰漫は、水が広がりはびこる。広大なさま。陸賈『新語』明誠第十一に「万事の類を推演し、之を瀰漫の間に散ず。」とある。⑩**傾側**―かたむける。かたむく。世間の片隅にいる。『荀子』「非十二子」に「端然として己を正しくし、物の為に傾側せられず。」とある。⑪**衝飆に横たはり**―『蔣注』に「飆は、卑遥の切。」とある。盪撃は、水が勢いよく打ちあうこと。『柳河東集』巻二十六「鈷鉧潭の記」に「盪撃益ゝ暴にして、其の涯を齧む。」とある。迷惑は、心がまよいまどう。まどわす。道にまよう。衝飆は、はやて。疾風。転じて、緊要な事がらの喩え。『文選』巻二十五「劉琨に贈るの詩」（盧子諒・諶）に「彼の纖質を操りて、此の衝飇を承く」とある。

①霊《れい》は幽漠《ゆうばく》にして以《もつ》て瀄汨《せついつ》たり
進《すす》めども ②悁悵《ちょうちょう》 として得《え》ず
③白日《はくじつ》 邈《ばく》として其《そ》の中《うち》に出《い》でて
④陰霾《いんばい》 披離《ひり》して以《もつ》て泮釈《はんせき》す
⑤岳瀆《がくとく》を施《し》して以《もつ》て位《い》を定《さだ》め
⑥参差《しんし》たる白黒《はくこく》を互《たがい》にす
⑦崩騰上下《ほうとうしょうか》して以《もつ》て佪惶《かいこう》す
⑧聊《いささ》か按衍《あんえん》して自《みずか》ら抑《おさ》ふ
故都《こと》を指《さ》して以《もつ》て⑨委墜《いつい》す
⑩郷閭《きょうりょ》の脩直《しゅうちょく》なるを瞰《み》る

形無き霊魂はもの静かで水の流れるよう
進むけれども失意の念を強くしえない
真昼の太陽は遥かにその中から出て
暗雲が散らばって暗さがなくなった
五岳や四瀆を布いて方位を定め
いりまじった白と黒を見分け
霊は昇降上下して心乱れる
しばらく安排して逸る心をおさえる
故都を指して天下る
郷里の街区の整然たるを見おろす

▼原文二五五頁

注解　①霊は幽漠にして―『蔣注』に「霊は、一に零雨の二字に作る。瀄は、音節。〇瀄汨は、水の流るる貌。」とある。幽漠は、奥深く静か。もの静かでさびしい。晋の孫綽「太平山の銘」に「形を枯林に粛み、心を幽漠に映す。」とある。瀄汨は、水の音。水の早いさま。水の流れるように迅速である。『文選』巻十八「琴賦」（嵆叔夜・康）に「瀄汨（去ることの速いさま）澎湃（波の打ち返すさま）」とある。『文選』巻三十四「七発」（枚叔・乗）に「瀄汨（水の流れの速いさま）潺湲（センカン・水の流れるさま）として、披揚流灑（サイ・そそぐ）す」とある。　②**怊悵**—『蔣注』に「怊（チョウ）は、敕喬の切。」とある。怊悵は、うらむさま。失意のさま。あきれて意を失なうさま。『楚辞』「九弁」第七段に「然く怊悵（うらみかなしむ）して冀（ねがい。希望）無し」とある（↓『全注釈』6六一～六三）。　③**白日邈として**—白日は、照り輝く太陽。真昼の太陽。邈（バク）は、遠い。遥か。『楚辞』「九章」懐沙に「邈（はるかに遠い）として慕うべからざるなり」とある（↓『全注釈』4一八〇・一八一）。　④**陰霾披離して**—陰霾（インバイ）は、天が曇り土砂がふる。霾は、音埋。風雨土。暗昧な処。唐の盧照鄰「秋霖の賦」に「野陰霾にして自ら晦く、山幽曖にして明らかならず」とある。披離は、ばらばらになる。四分五裂する。枝葉の散り乱れるさま。『文選』巻十三「風の賦」（宋玉）に「其の将に衰へんとするに至るや、被麗披離（四散のさま）す」とある。冸釈（ハンセキ）は、とける。冸は、とける。氷がとける。『柳河東集』は「冸」を「泮」に作る。⑤**岳瀆を施して**—岳は、泰山・華山・霍山・恒山・嵩山の五岳。瀆は、揚子江・黄河・淮水・済水の四瀆（トク・大河）。施は、施布する。布（し）く。　⑥**参差たる白黒**—『蔣注』に「㸦（ゴ・たがい）は、即ち俗の互の字なり。或は㸦に作るは、是に非ず。」とある。参差（シンシ）は、長短高低いりまじって不揃いのさま。『詩経』周南「関雎」に「参差たる荇菜は、左右に之を流（と）る」とある。『文選』巻二「西京の賦」（張平子・衡）に「華岳峩として、岡巒参差たり」とある。　⑦**崩騰上下して**—『蔣注』に「〈忽崩騫上下兮〉、或は〈崩騫翔以上下以徊徨兮〉に作る。行、或は衍に作る。」とある。崩騰は、くずれわきたつ。崩沸。崩騫（ケン）は、くずれかける（『柳河東集』）。騫崩（『漢籍国字解全書』・『国訳漢文大成』）は、かけくずれる。『詩経』小雅・鹿鳴之什「天保」に「騫（かけ損じる）けず崩（くずれ壊れる）れず」とある。騫は、かける。欠け損じる。徊徨は、昏乱するさま。佪は、昏乱のさま。　⑧**聊か按衍して**—『柳河東集』は「按衍」を「按行」（安排する）に作る。按は、並べる。順次にならぶ。　⑨委墜―天上から下る（処）。天下ること。　⑩郷閭の脩直なる―郷閭は、むらざと。郷里。『後漢書』列伝第六十一「朱儁伝」に「義を好み財を軽んじ、郷閭之を敬ふ。」とある。脩直は、都のように田地や町が長くまっすぐなこと。街区の整然としていること。脩は、長。瞰は、みる。見おろす。遠くを見る。

①原田《げんでん》蕪穢《ぶあい》して
②崢嶸《そうこう》たる榛棘《しんきょく》あり
③喬木摧解《きょうぼくさいかい》して
垣廬《えんろ》飾《おさ》めず
④山《やま》嵎嵎《ぐうぐう》として以《もっ》て嵓立《がんりつ》す
⑤水《みず》汩汩《いついつ》として以《もっ》て漂激《ひょうげき》す
⑥魂《こん》怳怳《こうこう》として有《あ》るか無《な》きかの若《ごと》し
⑦涕浪浪《なみだろうろう》として以《もっ》て軾《しょく》に隕《お》つ
⑧曛黄《くんこう》の黯漠《あんばく》たるに類《るい》す
⑨周流《しゅうりゅう》せんと欲《ほっ》すとも極《きわ》むる所無《ところな》し

高原の田地は荒れはて雑草茂り
山は険しく茂ったいばらあり
故郷の高木はくだかれ
垣も廬も壊れたままに修理もしない
山は高く険しく岩はそびえ立ち
水の流れは速くただよい激している
魂はぼんやりとして有るか無いかのよう
涙はしとど流れて手すりに落ちる
時あたかも夕暮れの暗さのよう
あまねく遊観しようと思っても極めるところがない

紛《ふん》として喜《よろこ》べるが若《ごと》くにして⑩佁儗《ちぎ》す
⑪心《こころ》廻㸦《かいご》して以《もっ》て壅塞《ようそく》す

にわかに喜んでいるようで緩かである
心はわだかまり悲しんで胸ふさがる

▼原文二五五頁

注解　**①原田蕪穢して**—『蔣注』に「(柳)子厚の〈許孟容に与ふる書〉(『柳河東集』巻三十「書」、〈寄許京兆孟容書〉)に云ふ、先墓は城南に在り。異子弟の主(士の誤り)為る無し。讁逐せられし自(よ)り来(このかた)、消息存亡、一も郷閭に至らず、と。又云ふ、城西に数頃の田有り、樹果(数)百株、多くは先人手づから自ら封植す。今已に荒穢するならん。恐らくは便ち斬伐せられん、と。哀情毀傷の意有り、此の賦と同じ。」とある。原田は、高地の平野にある耕作地。高原の田地。『詩経』周南召南譜に「地形険阻なれども原田肥美なり。」とある。蕪穢は、雑草が生い茂り荒れていること。「離騒」に「衆芳の蕪穢せんことを哀しむ」とある(→『全注釈』[1] 六七〜六九)。「九弁」に「田野の蕪穢せんことを恐る」とあり(→『全注釈』[6] 七〇〜七四)、「招魂」に「俗に牽(ひ)かれて蕪穢せり」とある(→『全注釈』[7] 一〇・一一)。 **②崢嶸たる榛棘**—崢嶸(ソウコウ)は、山が高く険しいさま。深遠で険しいさま。『楚辞』「遠遊」に「下は崢嶸として地無く、寥廓として天無し」とある(→『全注釈』[5] 八四〜八六)。榛棘は、茂ったいばら。雑木のしげみ。 **③喬木摧解**—喬木は、高木。摧解は、くだく。くだかれる。 **④山嵎嵎として**—『蔣注』に「嵎は、音虞。○嵎は、山の高き貌。」とある。嵎嵎は、高く険しいさま。曲がるさま。山の重なって高いさま。嵓立は、岩がそびえ立つ。嵓(ガン)は、巖。いわ。けわしい。そびえる。 **⑤水汩汩として**—汩汩(イツイツ)は、水が滞ることなく流れてやまないさま。水が速く流れるさま。急流(『方言』六)。漂激は、ただよい激（さかまく）すること。『淮南子』原道訓に「夫れ道なる者は……高さ際（いた）るべからず、深さ測るべからず。天地を包裹し、無形に稟授す。源流泉滓、沖（むな）しくして徐ろに盈ち、混混汩汩、濁りて徐ろに清し。」とある。　⑥**魂恍恍として**―恍恍は、『柳河東集』に恍惘に作り、『蔣注』に「惘は、音罔。○恍惘（ぼんやりとするさま）は、志を失ふ貌。」とある。恍は、形のないさま。微妙で知りがたいさま。ほのか。うっとりする。恍恍は、その重言。惘は、ぼんやりする。茫然自失する。　⑦**涕浪浪として**―『蔣注』に「浪は、音郎。」とある。軾（ショク）は、しきみ。車の前の横木（手すり）。隕（イン）は、墜（お）ちる。「離騒」に「余が襟を霑して浪浪たり」とある（↓『全注釈』1一三一～一三三）。浪浪は、涙の流れるさま。　⑧**曛黄の黯漠たる**―『蔣注』に「黯（アン）は、音掩。○『楚辞』（「九章」思美人）に、与（とも）に纁黄を以て期と為す、と。注（王逸）に、纁黄は、蓋し昏時ならん、と（↓『全注釈』4二〇六～二〇八）。黯は、果実黒壊の貌（『集韻』）。」とある。曛黄は、夕方。たそがれ。黯は、果実がくさって黒いさま。黒い。くらい。にわか。　⑨**周流せんと欲す**―周流は、めぐり流れる。転じて、広くゆきわたる。ここでは、遊観すること。あまねく巡る。「離騒」に「天に周流して余れ乃ち下る」とある（↓『全注釈』1一六五・一六六）。　⑩**佁儗**―『蔣注』に「佁（チ）は、勅吏の切。儗は、音毅。韻の本音は擬。……○馬融の〈（長）笛の賦〉（『文選』巻十八）に、佁儗として寛容なり、と。」とある。佁儗（チギ）は、ためらって進まない。あとずさりする。ゆったりしたさま。佁は、進まないさま。とどこおるさま。　⑪**心廻㸦して以て**―廻㸦は、『柳河東集』に回互に作り、『蔣注』に「互は、音戸。一に亦た㸦に作る。㸦を以て転誤して䏧に作る。」とある。廻㸦は、心がわだかまりふさがること。心に忌みふせぐ。互いに組み合わせること。回互に同じ。壅塞は、ふさぎとめる。ふさぐ。ふさがる。『楚辞』「哀時命」に「道壅塞（ヨウソク）して通ぜず」とある（↓『全注釈』8七五～八四）。

①鍾鼓《しようこ》　喤《こう》として以《もつ》て旦《たん》を戒《いまし》め
②陶《とう》として幽《ゆう》を去《さ》りて開《ひら》け寤《さ》めぬ
③罾《あみ》　罻蒙《うつもう》として其《そ》れ体《たい》に復《ふく》す
④孰《たれ》か云《い》ふ桎梏《しつこく》の固《かた》からず、と
⑤精誠《せいせい》の再《ふた》びすべからず
余《わ》れ夫《か》の帰路《きろ》を蹈《ふ》むこと無《な》し

鐘や太鼓がやかましく鳴って夜明けを告げ
追いたてるように帰夢がにわかに覚めた
わが身は依然として元の流人のままである
誰が言うのか、足かせ手かせは固くないなどと
夢魂は再び見られないから
私はあの夢中の帰路を踏むてだてがない

▼原文二五六頁

注解　①**鍾鼓喤として**―『蔣注』に「喤は、音横。」とある。喤は、小児の泣き声。かまびすしい。旦は、夜明け。②**陶として幽を去り**―陶は、陶然。気持ちよく酒などに酔うさま。愉快になりうっとりとするさま。一説に、駆逐のさま。追い払う。追いたてる。③**罾罻蒙として**―『蔣注』に「罾罻（ソウウツ）は、音曾鬱。復、一に後に作るは、是に非ず。○罾罻は、魚を取る網なり。」とある。罾は、四つ手あみ。漁網。『楚辞』「九歌」湘夫人に「罾何ぞ木の上に為せる」とある（→『全注釈』2五三～五五）。罻蒙は、暗いさま。暗昧。罻は、鬱。あみ。鳥を捕らえる小さい網。この句、一説に、罾罻其の復体に蒙る、と訓ず。④**孰か云ふ桎梏**―『蔣注』に「桎は、音質。梏は、始沃の切。○桎は、手械（かせ）。梏は、足械。」とある。桎梏は、四体を拘束する。転じて、自由を束縛すること。『孟子』尽心上に「其の道を尽くして死する者は、正命なり。桎梏（シッコク・足かせと手かせ。罪人の刑具）して死する者は、正命に非ざるなり。」とある。⑤**精誠**―まじり気のないまごころ。

こころ。たましい。ここでは、夢魂。『文選』巻五「呉都の賦」（左太沖・思）に「将に西日を転じて再び中ならしめ、既往の精誠に斉しからんとす」とある。

①仲尼《ちゅうじ》の聖徳《せいとく》を偉《い》とし
②九夷《きゅうい》の居《お》るべしと謂《おも》へり
惟《こ》れ道《みち》の大《だい》にして入《い》れらるる所無《ところな》く
③猶《な》ほ曠野《こうや》に流游《りゅうゆう》せり
④老聃《ろうたん》遁《のが》れて戎《じゅう》に適《ゆ》き
⑤淳茫《じゅんぼう》を指《さ》して以《もっ》て歩《ほ》を縦《ほしいまま》にす
⑥蒙荘《もうそう》の恢怪《かいかい》なる
⑦大鵬《たいほう》の遠《とお》く去《さ》るに寓《ぐう》す
⑧苟《いや》しくも遠《とお》く適《ゆ》くこと茲《か》くの若《ごと》くならば
胡為《なんす》れぞ故国《ここく》の慕《した》ふことを為《な》さん

孔子の盛徳を偉大だとし
九夷に住もうと思った
さて道は大にして世俗に入れられず
それでも空しい野原にあてどなくさまよった
老子は遁れて西戎にゆき
無限に広がる野原をゆったり歩く
荘周の大げさででたらめな話
大鳥が遠く飛び去るのを借りて遁世の意を寓した
もし遠くゆくことこのようならば
私もまたどうして故国を慕うことをしようか

▼原文二五六頁

注解　①**仲尼**—孔子の字（あざな）。名は丘。春秋時代の魯の人。前五五一～四七九。『史記』巻四十七巻「孔子世家」を見よ。偉は、なみはずれ。非常にすぐれている。よみす。②**九夷に居る**—『蔣注』に「居は、去声に叶ふ。」とある。『論語』子罕第九、第十四章に「子、九夷に居らんと欲す。或るひと曰はく、陋（いや）しきこと之を如何せん、と。子曰はく、君子之に居らば、何の陋しきことか之れ有らん、と。」とある。　③**猶ほ曠野に**—『蔣注』に「『楚辞』に、埜の字、怒と叶ふ者有り。上与の反と作（な）す。今、之に从（したが）ふ。○『（孔子）家語』（巻五、困誓第二十二）に、孔子陳に在（いま）して糧を絶つ。諸弟子の慍れる心有るを知りて、乃ち召して問ひて曰はく、『詩（経）』（小雅・魚藻之什「何草不黄」第三章）に云ふ、兕（ジ・野牛）に匪（あら）ず虎にも匪ず、彼の曠野（冬枯れで、何もない野原）に率（したが）ふ、と。吾が道非なるか、吾れ何為れぞ此に至れる。」とある。流游は、流浪周游すること。『楚辞』「哀時命」に「怊茫茫として帰ること無し、悵として遠く此の曠野を望む」とある（→『全注釈』8 九五～九九）。『論語』衛霊公第十五、第二章に「陳に在（いま）して糧を絶つ。従者病みて能く興（た）つこと莫し。子路慍（いか）りて見（まみ）えて曰はく、君子も窮すること有るか、と。子曰はく、君子固（もと）より窮す。小人窮すれば斯（ここ）に濫（みだ）る、と。」とある。　④**老耼の遁れて**—『蔣注』に「『史記』（巻六十二「老荘申韓列伝」）に、老耼、周の衰ふるを見て、遂に去りて関に至る。関の令尹喜曰はく、子将に隠れんとす。強ひて我が為に書を著はせ、と。書五千余言を著して去る、と。」とある。老耼は、周、楚の苦県の人。姓は李。名は耳。字は耼。　⑤**淳茫**—限りなく広い。定めなく広いこと。　⑥**蒙荘の恢怪なる**—蒙荘は、荘周。蒙県の人であるからいう。蒙叟。『史記』巻六十二「老荘申韓列伝」を見よ。恢怪（恠）は、大きくて並と異なる。怪しくいいかげんな話。怪誕。言説が大きいだけで実がない。大げさででたらめ。　⑦**大鵬の遠く去る**—『蔣注』に「鵬は、一に筭に作る。而して之の字、又た而の字に作るは、是に非ず。〇荘子は蒙人なり。（『荘子』）逍遥遊篇に、北溟（北の果ての海）に魚有り。其の名を鯤と曰ふ。化して鳥と為る。其の名を鵬と為す。是の鳥や、海運れば則ち南溟に徙（シ・うつる）る、云云と。」とある。『荘子』逍遥遊に「北冥に魚有り。其の名を鯤と為す。鯤の大いさ、其の幾千里なるやを知らざるなり。化して鳥と為る。其の名を鵬と為す。鵬の背は、其の幾千里なるやを知らざるなり。」とある。⑧苟しくも遠く適くこと―『蔣注』に「此れ仲尼・老（聃）・荘（周）の遠く適（ゆ）くの意を結束（しめくくり）す。」とある。

①丘《おか》に首《まくら》するは仁類《じんるい》なり
斯《こ》れ君子《くんし》の誉《ほ》むる所《ところ》なり
②鳥獣《ちょうじゅう》の鳴号《めいごう》するや
心《こころ》を動《うご》かして　③曲《つぶ》さに顧《かえり》みること有《あ》り
④膠《こう》として余《わ》が哀《かな》しみの能《よ》く捨《す》つる莫《な》き
⑤判析《はんせき》すと雖《いえど》も而《しか》れども悟《さと》らず
⑥茲《こ》の夢《ゆめ》を列《つら》ねて以《もつ》て往復《おうふく》す
⑦明昏《めいこん》を極《きわ》めて告《つ》げ愬《うった》ふ

狐が死ぬとき丘に枕するのは仁道の類である
これこそ世の君子たちが誉める点である
鳥や獣が鳴き叫ぶとき
心を動かし古巣を恋い慕うことがある
にかわのように固く付いたわが悲しみはわが身を離れず
遠く離れればなれに住んでも悟れないからである
この帰夢を書き立てて賦を作り何度もくり返し
夢中と夢後の事を極め尽くして訴える

▼原文二五六頁

注解 ①**丘に首するは**―『蔣注』に「首は、去声。『礼記』（檀弓上）に、〔古の人言へる有り、曰はく〕狐は死するときに正しく丘に首するは仁（恩を知る）なり、と。」とある。丘は、親の古穴。仁類は、仁道の類。 ②**鳥獣の鳴号する**―『蔣注』に「号は、平声。○『礼記』（「三年問」）に、〔今是れ大〕鳥獣は〔則ち〕其の群匹（仲間）を〔失〕喪するときは、月を越え時を踰（こ）えて（幾月か経ったのちに）、則ち必ず返尋（反巡・巡り帰る）し、其の故郷を過ぐるときは翔回（飛び回る）し、鳴号し、……（略）……、然る後に乃ち能く之を去る、と。」とある。 ③**曲さに顧みる**―曲顧は、つぶさに顧みる。『詩経』大雅・蕩之什「韓奕」第四章に「韓侯之を顧みる」とあり、その「毛伝」に「曲顧して義に道（みちび）くなり。」とある。曲は、くわしく。つまびらか。つぶさ。顧は、顧恋。かえりみしたう。 ④**膠として余が哀しみ**―膠は、にかわ。固く着ける。かたい。哀は、『柳河東集』に衷に作る。それに従えば、衷は、まごころ。衷情。真情。捨は、許孟容をすてる意となる。⑤**判析**―区別する。ここでは、遠く離ればなれに住むこと。判は、わける。離れる。析は、さく。わかれる。『楚辞』「離騒」に「判として独り離れて服せざる」とある（↓『全注釈』1 一〇五～一〇七）。⑥**茲の夢を列ねて**―列夢は、帰夢を書き立てる。列は、列挙する。『柳河東集』は「往復」を「三復」に作る。三復は、『論語』先進第十一・第六章に「南容、白圭を三復（何度もくりかえす）す。孔子、其の兄の子を以て之に妻（めあ）はす。」とある。 ⑦**明昏**―明は、現世。昏は、幽界。ここでは、夢中と夢後のこと。極は、きわめつくす。おしきわめる。謀る。深く考える。

弔屈原文　第四十

晁《ちょう》（補之）氏《し》曰《い》はく、「①屈原《くつげん》を弔《ちょう》する文《ぶん》」は、柳宗元《りゅうそうげん》の作《つく》る所《ところ》なり。（屈）原没《げんぼつ》して、賈《か》誼《ぎ》は湘《しょう》を過《す》ぐるとき、②初《はじ》めて賦《ふ》を為《つく》りて以《もつ》て原《げん》を弔《ちょう》す。（楊）〔揚〕雄《ゆう》に至《いた》りて亦《ま》た文《ぶん》を為《つく》りて、頗《すこぶ》る其《そ》の辞《じ》に反《はん》し、崏山《びんざん》自《よ》り諸《これ》を江《こう》に投《とう》じて以《もつ》て之《これ》を弔《ちょう》す。誼《ぎ》、原《げん》が忠《ちゅう》なるも時《とき》の③不祥《ふしょう》に逢《あ》ふを愍《あわ》れんで、以《もつ》て④鸞鳳《らんぼう》⑤周鼎《しゅうてい》の竄棄《ざんき》せらるるに比《ひ》す。雄《ゆう》は則《すなわ》ち義《ぎ》を以《もつ》て原《げん》を責《せ》め、何《なに》ぞ必《かなら》ずしも身《み》を沈《しず》めん、と。二人《ににん》の者同《ものおな》じからざること、亦《ま》た各〻《おのおの》志《こころざし》に従《したが》ふなり。乃《すなわ》ち宗元《そうげん》は罪《つみ》を得《え》、昔人《せきじん》の讒《ざん》に離《あ》ひて国《こく》を去《さ》る者《もの》に異《こと》なれり。太史公《たいしこう》の所謂《いわゆ》る⑥虞卿《ぐけい》の窮愁《きゅうしゅう》するに非《あら》ずんば、亦《ま》

晁氏が言うことには、「屈原を弔する文」は、柳宗元が作ったものである。原が亡くなって、賈誼は湘江を通り過ぎた時、初めて賦を作って原の霊を慰めた。楊雄の時代になって、また弔文を作って、少しくその言葉にこたえ、岷山から弔文を湘江に投じて原を弔らった。賈誼は、原が忠を尽くすも時の不吉なことに出合ったことを憐れんで、鸞鳳周鼎のかくし棄てられたことに喩えた。楊雄は義をもって屈原を責め、どうして湘水に身を沈める必要があったのかと述べた。二人の弔文が同じでないこと、またそれぞれの志に従ったまでである。それこそ宗元は罪を身に負い、昔人（屈原）が讒に遭って国を去った者とは異なっている。太史公司馬遷が、遊説の士虞卿が困窮の悲しみに遭わなかったら、やはり書を著わしてみずからを後世に顕わすことができなかった

た書《しよ》を著《あらわ》して以《もつ》て自《みずか》ら世《よ》に見《あら》はるること能《あた》はざる者《もの》なり。故《ゆえ》に（晁《ちょう》）補《ほ》之論《しろん》ずらく、宗元《そうげん》の原《げん》を弔《ちょう》するは、殆《ほとん》ど困《くる》しんで悔《く》ゆることを知《し》る者《もの》にして、其《そ》の辞《じ》慙《は》ぢたり、と。

と評したことと同類である。故に晁補之は次のように論じる、宗元が屈原の霊をとむらったのは、恐らく苦しんで悔いることを知る者であり、その辞は間違いをはじている、と。

▼原文二五七頁

注解　①**弔屈原文**─『柳河東集』巻十九「弔屈原文」の蔣之翹注（以下蔣注と略称す）に「文は磊落（ライラク・高大なさま）にして大いに〈騒〉の体に近し。但だ其の人は言ふに足らず、其の志は大いに憫むべきなり。然れども魏武（帝）（一五五～二二〇。漢の桓帝の永寿元年に生まれ、献帝の建安二十五年に没した。）心に已に漢を無みす。〈短歌行〉（『文選』巻二十七）に尚ほ文王・周公を説く。（柳）子厚に於て、又奚ぞ怪しまんや。晁補之曰はく、（屈）原没して……其の辞慙ぢたり（前出）、と。劉辰翁（宋、廬陵の人。字は会孟。号は須溪先生。『宋元学案』巻八十八を見よ）曰はく、子厚は匪人（悪人）に比昵（したしみ近づく。昵比）す。三閭（屈原）に視（くら）ぶれば、相去ること幾許（いくばく）ぞ。乃ち徒らに其の文を慕ひて〈天対〉（『柳河東集』巻十四「対」）の辞を作る。慚恧（ザンジク・はじる。恧も、はじる）深し。又た文を投じて之を弔ふ。中流千古の笑を発するに足れり、と。唐順之（明、武進の人。字は応徳。諡は襄文。『明儒学案』巻二十六を見よ）曰はく、文は賈誼の屈原を弔ふ所の賦に如かずして、詞は亦た矘朗（明らかにかがやく）なり、と。」とある。②**初めて賦を為りて**─『文選』巻六十「弔文」「弔屈原文」を見よ。③**不祥**─めでたくない。不吉。④**鸞鳳**─至徳の瑞兆として現れるという神鳥。有徳の君子に喩える。⑤**周鼎**─周代の鼎。周王室の最も重要な祭器。　⑥**虞卿**―戦国の人。一に虞慶に作る。遊説の士。『史記』巻七十六「平原君虞卿列伝」を見よ。

①先生《せんせい》に後《おく》れたること蓋《けだ》し千祀《せんし》にして
余《わ》れ再《ふたた》び逐《お》はれて湘《しょう》に浮《う》かぶ
②先生《せんせい》を求《もと》めて汨羅《べきら》に之《ゆ》き
③蘅若《こうじゃく》を擥《と》りて以《もっ》て芳《ほう》を薦《すす》む
④荒忽《こうこつ》の顧《かえり》み懐《おも》ふことを願《ねが》ふ
冀《こいねが》はくは辞《じ》を陳《の》べて明有《めいあ》らしめよ

私は屈先生におくれること千年ほど
私は再び追放されて湘水に浮かび
先生の御霊を汨羅に探し
香草を採って霊前にささげる
ほのかにやって来て顧みんことを願い
どうか詞を述べて先生が霊験あらしめよ

▼原文二五八頁

注解　①**先生に後れたること**―『蔣注』に「永貞元年（八〇五）九月、（柳）子厚（七七三～八一九）初めて邵州の刺史に貶せらる。十一月、再び永州の司馬に貶せらる。」とある。先生は、ここでは、屈原をさす。千祀は、千年。祀は、四時の祭祀の一巡で一年を表わしたもの。　②**先生を求めて**―『蔣注』に「汨は、音覓。擥は、魯敢の切。○『史記』（巻八十四「屈原賈生列伝」）に、屈原は楚の懐王の左徒と為り、上官大夫の頃襄王に讒するを以て、王怒りて之を遷す。屈原は江浜に至りて被髪（髪の毛をふり乱す）して行〻（ゆくゆく）沢畔に吟ず。乃ち〈懐沙の賦〉を作る（↓『全注釈』4

一五九〜一九五）。是（ここ）に於て石を懐きて自ら汨羅に投じて以て死す、と。汨は、水の名。長沙の湘陰県に在り。」とある。　③**蘅若を擥りて**―『蔣注』に「蘅は、音衡。○『楚辞』（「離騒」）に、杜蘅（かんあおい）と芳芷（香ばしいよろいぐさ）とを雑ふ、と（↓『全注釈』1六五〜六七）。擥は、持なり。蘅は、杜蘅。若は、杜若。並びに香草なり。」とある。　④**荒忽**―『楚辞』「九歌」湘夫人に「荒忽（心うつろに。ぼんやりとして）として遠く望む」とある（↓『全注釈』2六〇〜六二）。『楚辞』「遠遊」に「意荒忽として流蕩し、心愁悽して増〻（ますます）悲しむ」とあり（↓『全注釈』5一四〜一六）、「九章」哀郢に「怊（悲しむさま）として荒忽（心がうつろにぼんやりとなるさま）として其れ焉（いず）くんぞ極まらん」とある（↓『全注釈』4九二・九三）。荒忽は、うっとりするさま。ほのかに。

先生《せんせい》の世《よ》に従《したが》はず
惟《た》だ道《みち》のみ是《こ》れ就《つ》く
①支離《しり》搶攘《そうじょう》として
世《よ》の孔《はなは》だ疚《やま》しきに遭《あ》ふ
②華虫《かちゅう》壌《つちくれ》に薦《せん》して
羔裘《こうしゅう》を進御《しんぎょ》す
③牝雞《ひんけい》咿嚘《いゆう》として

屈先生が世俗に従わないで
ひたすら道のみを実践した
世俗はめちゃくちゃに乱れ
世俗の非常な病みに遭遇した
天子の服を民衆にすすめ
庶民の服を天子に進める
牝鶏は悲しそうに啼き

孤雄《こゆう》咮《くちばし》を束《つか》ぬ
④哇咬《あおう》環観《かんかん》して
耳《みみ》を大呂《たいりょ》に蒙《おお》ふ
⑤菫喙《きんかい》以《もっ》て羞《すす》めを為《な》して
稷黍《しょくしょ》を焚棄《ふんき》す
⑥犴獄《かんごく》を避《さ》くるを知《し》らず
宮庭《きゅうてい》に処《お》らず
⑦塗《と》に陥《おちい》り穢《あい》を藉《ふ》んで
栄《えい》として繍黼《しゅうほ》の若《ごと》くす
⑧榱《たるき》折《お》れ火烈《ひはげ》しうして
娭娭《いい》として笑舞《しょうぶ》す

雄鶏は口を閉ざして啼かない
大勢の人がみだらな舞楽を見て
正しい音楽に耳をおおう
毒草をご馳走として
善い稲を焼き棄てる
牢獄に身を投じて
善い処の宮廷に身を置かない
泥道を踏み
汚い物を栄として彩りある刺繍のように思う
たるきは折れ火の燃えさかる中で
ふざけ合って笑い楽しむ

▼原文二五八頁

注解 ①**支離搶攘として**―『蔣注』に「搶は、千羊の切。攘は、如羊の切。疚は、音究。○賈誼伝（『漢書』巻四十八）に、国制搶攘（乱れるさま）す、と。孔は、甚なり。疚は、病なり。『詩（経）』（小雅・鹿鳴之什「采薇」第三章）に、（我）〔憂〕心孔だ疚（心が憂え病む）む、と。」とある。支離は、分かれてばらばらになる。めちゃくちゃにする。分散する。『文選』巻十一「魯霊光殿賦」（王文考・延寿）に「捷獵（ショウリョウ・相接するさま）として、鱗のごとく集まり、支離して分かれ赴く」とある。『荘子』人間世に「夫れ其の形を支離する者すら、猶ほ以て其の身を養ひて、其の天年を終ふるに足る。又た況んや其の徳を支離する者をや。」とある。　②華虫壊に薦して―『蔣注』に「褎（シュウ）は、袖と同じ。○『書（経）』（「皐陶謨」）に、予れ、古人の象を観んと欲す。日月・星辰・山竜・華虫、会を作し、宗彝（宗廟の祭りに用いる祭器。鬱鬯の酒を盛る彝樽）……と。注に、華は、象なり。虫は、雉なり。宗廟の彝樽に草虫等を以て飾りと為す。壊は、土壌なり。羊の小なる者を羔と曰ふ。褎は、衣袂（べイ・たもと）なり。『左伝』襄公十四年、衛の右宰穀曰はく、余れ孤裘にして羔袖、と。」とある。華虫は、雉の異名。古え、礼服に施す雉のぬいとり。天子の服。羔褎は、小羊の皮で作った袖。庶民の服。　③牝雞咿嚘として―『蔣注』に「咿は、音伊。嚘は、音憂。咮（くちばし）は、噣と同じ。陟救の切。○『書（経）』（「牧誓」）に、牝雞之（も）し晨（とき）せば、惟れ家を之れ索（尽）くす、と。咮は、喙なり。」とある。咿嚘（イユウ）は、言語のはっきりしないさま。嘆くさま。ここでは、鶏の鳴く声。孤雄は、雄雞。　④哇咬環観して―『蔣注』に「哇（ア）は、烏瓜の切。咬（オウ）は、於交の切。○哇咬は、淫声（猥雑な音楽）なり。梁の『元帝纂要』に、淫歌を哇歌と曰ふ、と。謂へらく淫声をば乃ち環りて之を観る。黄鍾・大呂の声を聞くときは、則ち耳を蒙（おお）ひて聴かざるなり。大呂は、六呂（大呂・夾鐘・仲呂・林鐘・南呂・応鐘）の一なり。蒙は、蔽ふなり。」とある。哇咬は、みだらな声。淫猥な歌曲。鳥類の啼き声。『文選』巻十七「舞の賦」（傅武仲・毅）に「哇咬を吐いては則ち皓歯を発（あらわ）す」とある。環観は、多勢の人が見ること。大呂は、周の宗廟の大鐘の名。ここでは、正しい音律のこと。　⑤堇喙以て羞め―『蔣注』に「堇は、音観（キン）。○堇は、烏頭。喙（カイ）は、烏喙。皆薬の毒有る者なり。羞は、饍羞（犠牲の肉とうまい食物。ごちそう）なり。」とある。菫喙は、毒草の名。転じて、悪人の喩え。喙は、烏喙。一の名は、草烏頭（トリカブト）。稷黍は、うるちきびともちきび。善稲。焚棄は、焼きすてる。焼却する。⑥犴獄―囚人を容れる所。犴（カン）は、ひとや。獄犴に同じ。⑦塗に陥り―塗は、泥道。径（小道）。穢は、汚れ。黼黻は、あや糸で斧形のぬいとりを施すこと。中衣の領（えり）に施す。黼は、ぬいとり。ぬいとりする。黻は、あや。黒糸と白糸で斧の形を刺繍したという古代の礼服の模様。『礼記』郊特牲に「黼黻・丹朱の中衣（冕服や爵弁服などの祭服の下に着るもの）するは、大夫の僭礼なり。」とある。⑧榱折れ火烈しうして―『蔣注』に「榱（スイ・たるき）は、音衰。娯娯（楽しむさま）（『柳河東集』）、一に娭娭（イイ・戯れるさま）に作る。○榱は、室の椽（たるき）なり。周に之を榱と謂ひ、斉・魯に之を桷と謂ふ（『説文』を見よ）。」とある。『孔子家語』巻一「五儀解」に「仰いでは榱桷を視、伏しては几筵を察す。」とある。

①讒巧《ざんこう》の嘵嘵《ぎょうぎょう》たる
惑《まど》ひて以《もっ》て咸池《かんち》と為《な》す
②便媚《べんび》鞠恧《きくじく》して
美《び》は西施《せいし》よりも愈《まさ》れり
③謨言《ぼげん》を怪誣《かいふ》なりと謂《い》ひて
④反《かえ》つて瑱《たま》を寘《お》いて遠《とお》く違《さ》く

人を巧みにそしり口やかましく騒ぐのを
疑い迷って咸池の音楽だと思い
美しくはにかみ恥じて
その美しさは西施よりも優っている
聖賢の教えの言葉をでたらめだと評し
逆に耳をふさいで遠くさけ

▼原文二五八頁

⑤重痼《じゅうこ》を匿《かく》して以《もつ》て諱《い》み避《さ》く
⑥兪《ゆ》・緩《かん》を進《すす》むるも為《おさ》むべからず

重病をかくしてはばかりさける
名医を進めても治癒できない

注解　①**讒巧の嘵嘵たる**—『蔣注』に「嘵（ギョウ）は、傾公の切。〇『説文』（二上）に、嘵嘵は、懼るるなり、と。『詩（経）』（豳風「鴟鴞」）に、予れ維れ音（こえ）嘵嘵たり、と。咸池は、黄帝の楽の名なり。」とある。讒巧は、うまい言葉で人を悪く言う。人を巧みにそしること。ここでは、楚の懐王を惑わし、屈原の忠誠を妨げた子蘭や愚婦の鄭袖らをいう。嘵嘵は、恐れて泣き叫ぶさま。おそれる。激しく悪口をいう。口やかましく騒ぐ。咸池は、黄帝が作り堯が補ったという音楽の名。天池。「離騒」に「余が馬を咸池（天池）に飲（みずか）ふ」とある（↓『全注釈』[1]一四二・一四三）。「九歌」少司令に「女と咸池に沐す」とある（↓『全注釈』[2]九六・九七）。　②**便娟鞠恧して**—『蔣注』に「恧（ジク）は、女六の切。〇『楚辞』（「九章」惜往日）に、「西施の美容有り（と雖も、讒妒入りて以て自ら代はる）」とある（↓『全注釈』[4]二四九～二五一）。便娟は、美しいさま。便佞は、口先がうまく誠意がない。柔媚は、もの柔らかにこびる。もの柔らかでなまめかしい。鞠恧（キクジク）は、はにかみ羞じる。恧は、はじる。鞠は、身をかがめる。西施は、越の美女の名。呉王夫差の愛妃。夫差に敗れた越王勾践が、夫差を女に惑わせ政治を怠らせるために献じたという。『呉越春秋』勾践陰謀外伝を見よ。　③**謨言を怪誣なり**—謨言は、ここでは、聖賢の教えのことば。謨（ボ）は、はかる。くわだてる。はかりごと。怪誣は、でたらめな言葉。誣（フ・ブ）は、しいる。ないことをあるようにいう。　④**反つて瑱を寘いて**—『蔣注』に「瑱は、他甸の切。〇瑱は、玉を以て耳を充（ふさ）ぐなり。『国語』（楚語上）に、吾れ憖（ギン・ねがう）はくは之を耳に寘（シ・おく）かん。其れ又た規を以て瑱と為すなり、と。」とある。瑱（テン・みみだま）は、宝玉。耳に下げる飾り玉。『詩経』鄘風「君子偕老」第二章に「玉の瑱（耳玉・塞耳・充耳）や、象（象牙・象骨）の揥（テイ・かみかきのかんざし）や」とある。　**⑤重痼を匿して**―重痼は、重い病気。痼は、ながわずらい。長い間なおらない病気。持病。諱避は、はばかりさける。　**⑥兪・緩を進むる**―『蔣注』に「兪・緩は、兪跗・秦緩（春秋時代の秦の良医）を謂ふなり。二人は古の良医なり。」とある。『淮南子』人間訓に「扁鵲（戦国、鄚の人。姓は秦、名は越人。名医。『史記』巻一〇五「扁鵲倉公列伝」を見よ）兪跗（黄帝の時の名医。『史記』巻一〇五）の巧有りと雖も、猶ほ生くる能はざるなり。」とある。『左氏伝』成公十年に「公、疾ひ病なり。医を秦に求む。秦伯は医緩をして之を為（おさむ。治療する）めしむ。」とある。

①何《なん》ぞ先生《せんせい》の凛凛《りんりん》たる
②鍼石《しんせき》を厲《と》いで之《これ》に従《したが》ふ
③仲尼《ちゅうじ》の去《さ》りて魯《ろ》を舎《す》つるや
④曰《い》はく吾《わ》が行《こう》の遅遅《ちち》たる、と
⑤柳下恵《りゅうかけい》の道《みち》を直《なお》くするも
⑥又《ま》た焉《いず》くに往《ゆ》くとして施《ほどこ》すべき
⑦今夫《いまそ》れ世《よ》の夫子《ふうし》を議《ぎ》するや

屈先生は何と恐れつつしんだことよ
針をとぎすましてこの病いを治癒しようとした
むかし孔子が魯の国を去ったとき
わが歩みのなんと遅いことよと言った
柳下恵がまっ直ぐに道を通しても
またどこに行ってもよしとされようものか
ところが今の世人が屈先生を評議すること

⑧曰《い》はく胡《なん》ぞ隠忍《いんにん》して斯《これ》を懐《いだ》ける、と
⑨惟《こ》れ達人《たつじん》の卓軌《たくき》なる
⑩固《まこと》に僻陋《へきろう》の疑《うたが》ふ所《ところ》なり
故都《こと》を委《す》てて以《もつ》て利《り》に従《したが》ふは
吾《わ》れ先生《せんせい》の忍《しの》びざるを知《し》る
⑪立《た》ちて其《そ》の覆墜《ふくつい》するを視《み》るは
又《ま》た先生《せんせい》の志《こころざ》す所《ところ》に非《あら》ず

どうしてじっとがまんして憂いを懐くのかと言う
これは屈原のような達人の高秀な行ないは
まことにそれは俗人の疑うことである
故都をすてて利に従うのは
私は屈先生が耐えられないのがわかる
することもなく国家の覆亡を見るのは
また屈先生の志望することではない

▼原文二五九頁

注解　①**何ぞ先生の凛凛**―先生は、ここでは、屈原をさす。凛凛は、寒さが身にしみるさま。恐れつつしむさま。恐れて身が引きしまるさま。雄々しいさま。『文選』巻二十九「古詩十九首」（第十六首）に「凛凛として歳云（ここ）に暮れ、螻蛄夕に鳴き悲しむ」とある。『書経』泰誓中に「百姓懍懍（凛凛）たり。」とある。②**鍼石を厲いて**―『蔣注』に「鍼（シン・はり）は、針と同じ。石砭（ヘン・いしばり）なり。」とある。鍼石は、鍼砭（肌膚に刺して病気を治すかねの針といしばり）に同じ。治療に用いるかね針といし針。また、その術。転じて、戒めて過ちを正す。戒め。教訓。厲は、とぐ。みがく。③**仲尼**―『柳河東集』はこの一句を「但仲尼之去魯兮」に作り、『蔣注』に「去の下、一に舎の字有り。」とある。仲尼は、孔子の字（あざな）。孔子（前五五一～四七九）、春秋時代の魯の人。孔は姓、名は丘。『史記』巻四十七「孔子世家」を見よ。④**曰はく吾が行の遅遅**―『孟子』万章下・尽心下に「(孔子) 魯を去るや、曰はく、遅遅として吾れ行く、と。父母の国を去るの道なり。」とある。遅遅は、ゆるゆるしたさま。気のすすまないさま。ゆっくりしてこせつかないさま。『詩経』邶風「谷風」第二章に「道を行くこと遅遅たり、中心違ふこと有り」とある。『礼記』「孔子間居」に「無体の礼（一定の格式のない礼）、威儀遅遅（逮逮）たり。」とある。揚雄「反離騒」に「昔仲尼の魯を去るや、斐斐（往来するさま）遅遅（進行せざるさま）として周邁せり、終に旧都に回復（かえ）れり」とある（→『後語』2九九・一〇〇）。⑤**柳下恵の道を**—『論語』衛霊公第十五、第十四章に「柳下恵の賢を知りて与（とも）に立たず。」とある。柳下恵は、魯の賢大夫。姓は展、名は獲、字は子禽。おくり名は恵。『論語』微子第十八、第二章に「柳下恵、士師と為り、三たび黜（しりぞ）けらる。人曰はく、子未だ以て去るべからざるか、と。曰はく、道を直くして人に事ふれば、焉（いず）くに往くとして三たび黜けられざらん。道を枉（ま）げて人に事ふれば、何ぞ必ずしも父母の邦を去らん、と。」とある。『孟子』公孫丑上・万章下に「柳下恵は汚君（不善の君）を羞ぢず、小官を卑しとせず。進んで賢を隠さず、必ず其の道を以てす。遺佚（イイツ・忘れ捨てられる）せられて怨みず、阨窮（困窮）して憫（憂）へず。」とある。直道は、まっすぐに道を通すこと。⑥**又た焉くに往くとして**—焉往は、どこへ行っても。行くところどこでも。⑦**今夫れ世の夫子**—世は、世人。夫子は、ここでは、屈原をさす。議は、議論する。議する者は、暗に揚子雲・雄をさす。⑧**曰はく胡ぞ隠忍して**—隠忍は、本心を秘めてこらえしのぶ。つらいことを堪え忍んで外にあらわさない。じっとがまんする。『史記』巻六十六「伍子胥列伝」論賛に「志豈嘗て須臾も郢を忘れんや。故に隠忍して功を就（な）す。烈丈夫に非ずんば、孰れか能く此を致さん。」とある。

⑨**惟れ達人の卓軌**—達人は、博く道理に精通する人。知能通達の人。見識が高く広く事理に通じて物事に拘束されない人。卓軌は、高くすぐれた行ない。斯は、憂をさす。⑩**固に僻陋の疑ふ**—僻陋

（ヘキロウ）は、かたよっていやしい。ここでは、俗人をいう。『荀子』王覇に「僻陋の国に在りと雖も、威は天下を動かす。」とある。『荘子』知北遊に「天、予の僻陋慢訑なるを知る。」とある。
⑪立ちて其の覆墜―覆墜は、くつがえりおちる。傾き陥る。ここでは、国家のほろびること。『荘子』徳充符に「天地覆墜すと雖も、亦た将に之れと遺（お）ちざらんとす。」とある。

①窮《きゅう》と達《たつ》と固《まこと》に渝《かわ》らず
②夫《そ》れ唯《た》だ道《みち》を服《おこな》ひて以《もっ》て義《ぎ》を守《まも》らん
③矧《いわ》んや先生《せんせい》の悃愊《こんぴょく》なる
④滔《とう》として大故《たいこ》にも弐《ふたごころ》あらず
⑤璜《こう》を沈《しず》め珮《はい》を瘞《うず》むるも
孰《たれ》か幽《ゆう》にして光《かがや》かざる
⑥荃蕙《せんけい》蔽《おお》ひ匿《かく》すも
胡《なん》ぞ久《ひさ》しく芳《かんば》しからざらん
先生《せんせい》の貌《かたち》は得《う》べからず
⑦猶《な》ほ其《そ》の文章《ぶんしょう》を髣髴《ほうふつ》す
⑧遺編《いへん》に託《つ》いて歎喟《たんき》すれば

困窮と栄達の境で節操を変えない
ひたすら正道を行なって義を守りたい
まして先生がねんごろで誠実であるから
迫り来る死地に臨んでも志を変えない
璜や珮は地中に埋めても
光り輝くものだ
芳草は覆いかくしても
どうして長く芳香を発しないはずがあろう
今は先生の風貌に接することができないが
それでも「離騒」を読むとさながら生きておられるよう
「離騒」に心を寄せて長大息すると

⑨渙《かん》として余《わ》が涕《なみだ》の眶《まぶた》に盈《み》てり

涙はしとど流れてまぶたにいっぱい

▼原文二五九頁

注解　①**窮と達と**―悪い境遇と良い境遇。困窮と栄達。不渝は、節操を変えない。渝（ユ）は、かわる。変化する。『詩経』鄭風「羔裘」第一章に「彼の其の子、命（天命）に舍（お）りて渝らず」とある。　②**夫れ唯だ道を**―服は、行なう。つとめる。治める。『楚辞』「招魂」（第一段・序辞）に「身は義を服（おこな）ひて未だ沫（や）まず」とある（↓『全注釈』[7]一〇・一一）。　③**矧んや先生の悃愊**―『蔣注』に「悃は、苦本の切。愊（ヒョク）は、迫逼の切。○賈誼、屈原を弔ひて云へる有り、九州を歴（へ）て其の君を相（たす）けん、何ぞ必ずしも此の都を懐（おも）はん、と（『文選』巻六十「弔屈原文」また『全注釈』[8]三九～四二）。故に（柳）子厚之を弁ず。」とある。矧（シン）は、いわんや。まして。悃愊（コンヒョク）は、ねんごろで真心があること。まごころ。『漢書』巻三十六「劉向伝」に「発憤悃愊、信に国を憂ふるの心有り。」とある。　④**滔として大故に**―滔は、洪水のようにはびこること。水がみなぎり広がる。大故は、甚だ悪い行ない。姦悪。大罪。父母の喪。大きな出来事。ここでは、死地に陥ること。不弐は、二心を持たない。志を変えないこと。⑤**璜を沈め珮**―『蔣注』に「瘞（エイ）は、於計の切。荃（セン）は、音孫。○『説文』（一上）に、半璧を璜と曰ふ、と。『楚辞』（「離騒」）に、蘭芷は変じて芳しからず、荃蕙は化して茅と為る、と。注に、荃蕙は、香草なり、と。」とある（↓『全注釈』[1]二〇八・二〇九）。璜は、瑞玉の名。璧を両分した形のもの。珮は、佩に同じ。佩は、大帯につける飾り玉。おびだま。瘞は、うずめる。地を祭って、その牲や玉を埋めること。　⑥**荃蕙蔽ひ匿す**―荃蕙は、香草の名。蓀。前注⑤を見よ。幽は、うす暗い。かくれる。ひそむ。　⑦**猶ほ其の文章**―文章は、ここでは、「離騒」の文章（↓『全注釈』

[1]）。髣髴は、よく似ているさま。定かでないがそのように見える。ぼんやり見えるさま。さながら。かすか。ほのか。『楚辞』「九章」悲回風に「存（あ）ること髣髴として見えず、心踊躍（おどりあがる）して其れ湯の若し」とある（→『全注釈』[4]二九一～二九三）。⑧**遺編に託いて**―遺編は、ここでは、「離騒」のこと。喟（キ）は、なげく。深くため息をつく。⑨**渙として余が涕**―渙は、ちる。はなれる。ちりじりばらばら流れるさま。ここでは、涙の流れるさま。水の盛んなさま。眶（キョウ）は、まぶた。まぶち。目のわく。

①星辰《せいしん》を呵《か》して詭怪《きかい》を駆《か》るも
夫《そ》れ孰《たれ》か崩亡《ほうぼう》を救《すく》はん
②何《なん》ぞ雷電《らいでん》を揮霍《きかく》して
③苟《いや》しくも是《こ》の荒茫《こうぼう》たるを為《な》さんや
④夸辞《かじ》の曭朗《とうろう》たるを耀《かがや》かすも
世《よ》果《は》たして是《これ》を以《もつ》て狂《きよう》なりと為《な》す
⑤余《わ》が衷《まこと》の坎坎《かんかん》たるを哀《かな》しむ
独《ひと》り憤《いきどおり》を蘊《つつ》んで傷《いた》みを増《ま》す

星をどなりつけ地上の不思議な話を駆使しても
いったい誰が楚国の滅亡を救えよう
どうして雷を指揮して
かりそめにもこんな捉え処のないことを為そうか
明らかに輝く美しい文章をかがやかしても
世人はやはり狂だと思う
わが真心の盛んに激するを悲しむ
独り憤りを奥深くつつんで悲傷を増すばかり

▼原文二六〇頁

注解　①星辰を呵して―『柳河東集』はこの一句を何揮霍夫雷電兮に作り、『蔣注』に「霍の下、一に夫の字無し。〇星辰を呵（しかる。どなりつける。せめる）し詭怪（不思議。めずらしい）を駆るとは、謂へらく、屈原放逐せられて、楚の廟に天地・山川・神霊の譎詭（あざむきいつわる。不思議で珍しいこと。いろいろと変わること）及び古の聖賢・怪物の行事を図画せるを見る。……其の壁に書して、呵して之を問ひ、〈天問〉を作り、仮るに稽疑（疑わしい所を卜筮して考える）を以てして憤悶を渫（も）らす、と。（〈天問〉序）」とある（↓『全注釈』[3]五～八）。駆は、駆役する。人を追いたてて使う。「遠遊」に「傅説（フエツ・武丁の相）の辰星に託せるを奇とす」とある（↓『全注釈』[5]二〇～二三）。　②何ぞ夫の雷電―『蔣注』に「雷電を揮霍すとは、〈騒経〉（〈離騒〉）に、所謂雷師予れに告ぐるに未だ具はらざるを以てす（↓『全注釈』[1]一四六～一四八）。又た、吾れ豊隆をして雷に乗らしむ（↓『全注釈』[1]一五八～一六〇）の如きは、是れなり。」とある。揮霍（キカク）は、動くさま。勢いが激しい。はやいさま。ひらめかすこと。転じて、指揮する。　③苟しくも是の―苟は、かりそめにも。しばらく。いささか。かりにも。荒茫は、捉え処がないこと。　④姱辞の曭朗たる―『蔣注』に「姱は、音誇。曭（うす暗い。明るくない）は、音儻。〇姱は、好（みめよい）なり。又た奢れる貌。矘（トウ・見つめる）は、目に睛無くして明らかならざるなり。又た直視の貌。」とある。姱辞は、美しい文章。美辞。ここでは、屈原の文（「離騒」）をさす。曭朗は、明るく輝くこと。『柳河東集』は「曭」を「矘」に作る。　⑤余が衷の坎坎―坎坎（カンカン）は、木を切る音。『詩経』魏風「伐檀」第一章に「坎坎（もののひびく声。檀を伐る声）として檀（タン・まゆみ。むくの一種）を伐る」とある。鼓を打つ音。『詩経』小雅・鹿鳴之什「伐木」第六章に「坎坎（太鼓をドンドンと打つ音）として我に鼓す」とある。ここでは、衷心の盛んに激するに喩える。

①諒《まこと》に先生《せんせい》の言《ものい》はずんば
②後《のち》の人《ひと》又《ま》た何《なに》をか望《のぞ》まん
忠誠《ちゆうせい》の既《すで》に内《うち》に激《げき》する
抑〻《そもそも》③銜忍《がんにん》して長《なが》からじ
④(芊)〔芈《び》〕の屈《くつ》と為《な》るの幾何《いくばく》ぞ
⑤胡《なん》ぞ独《ひと》り其《そ》の中腸《ちゆうちよう》を焚《や》く

もし屈先生が「離騒」を書かなかったら
後人がいったい何を切に願い望もう
忠誠の心が内に激する者は
いったい何時までもうらみ我慢することはできまい
芊が屈となってどれほど経ったのか
どうして屈先生だけ焦心なさるのか

▼原文二六〇頁

注解　①先生の言―屈原の代表作「離騒」をさす。　②後の人―柳宗元が自ら言う。望は、企望する。切に願い望む。　③抑〻銜忍して―抑は、いったい。さて。銜忍（ガンニン）は、うらみ我慢する。④芊の屈と為る―『蔣注』に「芊（芈）は、音弭（ビ）。○『国語』（「楚語」）に、融の典る者は、其れ芈姓にか在らん、と。芈は、楚の姓。屈は、楚の同姓なり。」とある。『史記』巻四十「楚世家」を見よ。　⑤胡ぞ独り其の―この一句は、屈原をいう。中腸は、はらわた。腸中。腸は、はらわた。心。心の奥。こころね。

吾《わ》れ今《いま》の仕《つか》へ為《た》るを哀《かな》しむ
庸《いずく》んぞ時《とき》の①否臧《ひぞう》を慮《おもんぱか》ること有《あ》らん
君《きみ》の禄《ろく》を食《は》んで厚《あつ》からざらんことを畏《おそ》る
位《くらい》を得《う》ることの昌《さか》んならざるを悼《いた》む
退《しりぞ》きて自《みずか》ら服《ふく》し以《もつ》て②黙黙《もくもく》たり
曰《い》はく吾《わ》が言《げん》の行《おこな》はれず、と
既《すで》に③媮風《とうふう》の去《さ》るべからざる
先生《せんせい》を懐《おも》ひて忘《わす》るべけんや

わたしは今の仕官者を悲しむ
どうして時運の是非を慮ることがあろう
主君からの俸禄が少ないのを心配し
高位に就けないのを悲しみいたむ
退いてみずから正道に服して何も言わない
私の意見が実行されないと言う
すでに浮薄な風俗が蔓延し除去できない
わたしが先生を追慕して忘れられない所以である

▼原文二六〇頁

注解　①否臧―『蔣注』に「否は、補靡の切。又た侑久の切。『周易』『左伝』に、皆両音有り。惟だ『詩（経）』の『釈文』にのみ独り音は鄙と。○臧は、善なり。否は、悪なり。」とある。『易経』七「師」初六、師（いくさ）出づるに律を以てす。臧（よ）からず。凶なり。」とある。　②黙黙―口を閉じて言わない。空虚で何もない。不満なさま。ひっそりと静かなさま。『楚辞』「卜居」に「吁嗟（ああ）黙黙たり、誰か吾の廉貞（いさぎよくて正しい）を知らん。」とある（→『全注釈』5 一〇三～一〇五）。　③媮風―軽薄な風俗。軽はずみで誠意がない風俗。浮薄な風俗。媮（トウ）は、わるがしこい。ぬすむ。ごまかす。かりそめ。媮（ユ）は、たのしむ。

弔萇弘文　第四十一

晁《ちょう》（補之）氏曰《しい》はく、①「萇弘《ちょうこう》を弔《とむら》ふの文《ぶん》」は、柳宗元《りゅうそうげん》の作《つく》る所《ところ》なり。萇弘《ちょうこう》、字《あざな》は叔《しゅく》、周《しゅう》の霊王《れいおう》の賢臣《けんしん》、劉文公《りゅうぶんこう》の属大夫《ぞくたいふ》為《た》り。②敬王《けいおう》十年《じゅうねん》、劉文公《りゅうぶんこう》と弘《こう》と成周《せいしゅう》に城《きず》かんと欲《ほっ》し、晋《しん》に告《つ》げしむ。魏献子《ぎけんし》政《せい》に涖《のぞ》みて、萇弘《ちょうこう》を悦《よろこ》んで、之《これ》と諸侯《しょこう》を狄泉《てきせん》に合《がっ》す。衛《えい》の彪傒曰《ひょうけいいい》はく、萇弘《ちょうこう》其《そ》れ歿《ぼっ》せざらんか。周詩《しゅうし》に之《こ》れ有《あ》り。曰《い》はく、天《てん》の壊《やぶ》る所《ところ》は支《ささ》ふべからず、と。③范中行《はんちゅうこう》の難《なん》に及《およ》んで、周人萇弘《しゅうひとちょうこう》を殺《ころ》す。荘周云《そうしゅうい》ふ、④萇弘蔵《ちょうこうぞう》を胣《さ》かる。其《そ》の血三年《ちさんねん》にして化《か》して碧《へき》と為《な》る、と。蓋《けだ》し其《そ》の忠誠《ちゅうせい》然《しか》ることを語《かた》るならん。宗元《そうげん》は弘《こう》の忠《ちゅう》を以《もっ》て死《し》するを哀《かな》しむ。故《ゆえ》に弔《とむら》ふと云《い》ふ。

晁氏が言うことには、「萇弘を弔ふの文」は、柳宗元が作ったものである。萇弘、字は叔、周の霊王の賢臣、周の大老劉文公の家老づきの大夫である。敬王十年、劉文公と萇弘とが成周（河南省洛陽県）に城壁を築こうと思い、晋に告げさせた。魏献子は政務を執って、萇弘の人柄をよろこんで、これと諸侯を狄泉に集めた。衛の彪傒曰はく、萇弘はどうして終わらないんだろうか。周詩にこうある。「天の壊（やぶ）る所は支えることができない」と。范・中行の難に及んで、周人が萇弘をころした。荘周云う、萇弘は五臓がただれ破れた。その血は三年にして変化して碧玉となった、と。思うにその忠誠心がそうであることを語るものであろう。宗元は萇弘が忠を尽くして、もって死んだことを悲しんだ。故に「とむらう」と言う。

▼原文二六一頁

注解　①萇弘を弔ふの文―『柳河東集』巻十九『蔣注』に「萇弘、字は叔。周の霊王の賢臣、劉文公の属大夫為り。敬王の十年、劉文公は弘と成周に城（きず）かんと欲し、晋に告げしむ。魏献子政に莅む。萇弘を悦びて之れと諸侯を狄泉に合す。衛の彪傒曰はく、萇弘は其れ歿せざらんや。周詩に之れ有り、曰はく、天の壊（やぶ）る所は、支ふべからざるなり、と。范・中行の難に及んで、周人萇弘を殺す。荘周云ふ、萇弘死して其の血を蔵す。三年にして化して碧と為る、と。蓋し其の忠誠然ることを語るならん。宗元之を哀しむ。故に文を為（つく）りて以て弔すと云ふ。○固に是れ忠臣怨夫の惻怛深く至るの詞なり。王世貞曰はく、李献吉に申徒狄を弔ふの文有り。哀怨之れに似たり。」とある。　②敬王十年―『国語』周語下に「敬王十年、劉文公と萇弘と周に城かんと欲し、之が為に晋に告ぐ。魏献子政を為す。萇弘を説（よろこ）びて之を与（ゆる）す。将に諸侯を合せんとす。衛の彪傒、周に適（ゆ）きてこれを聞き、単穆公に見（まみ）えて曰はく、萇・劉は其れ沒（おわ）らざらんか。周詩に之れ有り。曰はく、天の支ふる所は壊（やぶ）るべからず、其の壊る所も亦た支ふべからず、と。」とある。　③范・中行の難―『国語』周語下に「是の歳（敬王十一年。魯の定公元年）、魏献子諸侯の大夫を翟泉に合し、遂に大陸（晋の藪の名）に田（かり）し、焚（や）かれて死せり。范・中行の難に及びて、萇弘之に与（あずか）りしかば、晋人以て討を為す。二十八年（敬王二十八年。魯の哀公三年）萇弘を殺せり。定王（周）に及びて劉氏（劉文公の子孫）亡びぬ。」とある。④萇弘蔵を胣かる―『荘子』胠篋に「昔者、竜逢は斬られ、比干は剖（さ）かれ、萇弘は胣（車裂すること。一説に、腸をえぐり取ること）かれ、子胥は靡（腐ってただれること）せらる。」とあり、また、『荘子』外物に「萇弘は蜀に死し、其の血を蔵し、三年にして化して碧（玉）と為る。」とある。

『韓非子』難言に「関竜逢は斬られ、萇宏は分胣（ブンチ・腸をずたずたに割くこと）せらる。」とある。『左氏伝』哀公三年に「孔子、陳に在り、火を聞きて曰はく、其れ桓・僖か、と。劉氏・范氏は世〻婚姻を為し、萇弘は劉文公に事ふ。故に周は范氏に与（くみ）すれば、趙鞅以て討を為す。六月癸卯、周人、萇弘を殺す。」とある。
①有周《ゆうしゆう》の羸《つか》れしときに
邦国《ほうこく》 図《と》を異《こと》にす
②臣《しん》 君《きみ》の則《のり》を乗《しの》いで
王易《おうかわ》りて侯《こう》と為《な》る
③威強逆制《いきようぎやくせい》して
命《めい》を鬱《うつ》して転《うた》た幽《ゆう》なり
④疹蠱《しんこ》 膠密《こうみつ》にして
肝膽《かんたん》 仇《あだ》に化《か》す
⑤姦権《かんけん》は貨《か》を蒙《こうむ》りて
忠勇《ちゆうゆう》は以《もつ》て劉《ころ》さる
⑥伊《こ》の時《とき》 云《ここ》に 幸《さいわい》 するは
周王朝が衰えたとき
邦国はそれぞれ地図を異にしていた
臣下は主君の法をしのぎ
王は諸侯となり下がる
諸侯はかえって王を制して
命令をふさぎ滞らせて世はますます暗黒である
災いは膠のように密着して
骨肉はかたきに変わる
奸臣どもは褒賞を得て
忠勇の臣は殺される
こんな顚倒の世に身の幸福を計るのは

大夫《たいふ》の羞《はじ》なり

萇大夫の恥とするところである

▼原文二六一頁

注解　①**有周の羸れしとき**―『蔣注』に「羸（ルイ）は、力追の切。転は、一に輔に作る。疹は、恥忍の切。音軫（シン）。字当に疢（チン）に作るべし。蠱（コ）は、音古。仇は、一に尤に作る。○羸は、弱なり。疹は、疾なり。蠱は、毒なり。劉は、殺なり。」とある。有周は、周の国。有は、助辞。『風俗通』十反に「武王は有周の号を建つ。」とある。羸は、つかれる。『礼記』問喪に「勤めに服すること三年、身病み体羸（つか）る。」とあり、『釈文』に「羸は、疲るるなり。」とある。異図は、地図を異にする。　②**臣君の則を乗いで**―臣乗は、上下（君臣）処を変えること。乗は、凌（しの）ぐ。勝つ。　③**威強逆制して**―威強は、威勢の強いこと。逆制は、逆に制する。道に背いておさえつける。ここでは、諸侯の身分で天下を制すること。鬱命は、命令をふさぎ滞らせる。転は、うたた。いよいよ。　④**疹蠱膠密にして**―疹蠱（シンコ）は、熱病と毒蠱（人に害を与えるもの）。災いをいう。疹は、久しい病。膠密は、膠（にかわ）のように緻密なこと。肝膽は、肝臓と胆嚢。互いに近い処に在る二つの物の喩え。ここでは、骨肉兄弟をいう。化仇は、仇敵となる。かたきに変わる。『柳河東集』は「化仇」を「為仇」に作る。　⑤**姦権は貨を蒙りて**―『楚辞』「招魂」第四段に「天地の四方には、賊姦多し」とあり、「(王)注」に「姦は、悪なり。」とある（→『全注釈』7三九・四〇）。蒙貨は、褒賞を得る。蒙は、うける。劉は、殺す。『爾雅』釈詁に「劉は、殺なり。」とある。『詩経』周頌・臣工之什「武」に「殷に勝ちて劉（ころ）すを遏（や）む」とある。　⑥**伊の時云に幸する**―云幸は、「このような顚倒の世に幸福を計るのは」の意。大夫は、ここでは、萇弘をさす。

嗚呼《ああ》　危《あやう》いかな
①河《か》・渭《い》の潰《つい》え溢《あふ》るるときに
軀《み》を横《よこ》たへ以《もつ》て抑《おさ》ふ
②嵩高《すうこう》の坼《さ》け陊《くず》るるときに
手《て》を挙《あ》げて③排直《はいちよく》す
④圧溺《あつでき》を之《こ》れ慮《おもんぱか》らず
堅剛《けんごう》以《もつ》て式《のり》と為《な》す
死《し》すとも撓《たわ》むべからざるを知《し》りて
⑤人極《じんきよく》を明章《めいしよう》にす

ああ危いなあ
黄河や渭水の堤防が切れて水があふれたとき
わが身を横にして流れをおさえる
嵩山が崩れ落ちるとき
手を挙げてこれをおさえようとする
大夫はおしつぶされるのを恐れず
堅剛さでこの難に当たり
たとえ死んでもくじけてはだめだと知り
人臣の無上の道を明らかにした

▼原文二六二頁

注解　①**河渭の潰え溢るる**―河渭は、黄河と渭水。ここでは、渭水をいう。『漢書』巻六十五「東方朔伝」に「南山は天下の阻なり。南に江淮有り、北に河渭有り。」とある。潰溢（カイイツ）は、ついえてあふれ出る。堤防が切れて水があふれる。潰は、堤防がくずれる。②**嵩高の坼け**―『蔣注』に「陊は、杝（タ）・治の二音。○『説文』（十四下）に、陊は、落つるなり、と。壊るるなり。山崩るるなり。」とある。嵩高は、五岳の一つ。嵩山。河南省登封県の北。坼（タク）は、さける。わかれる。『詩経』大雅・生民之什「生民」第二章に「坼せず副（やぶれる）せず」とある。陊（タ）は、おちる。やぶれる。少しくずれる。　③**排直**―押しひらきただす。排は、押し分ける。押しのける。押し出す。ならぶ。ならべる。　④**圧溺を之れ**―圧溺は、おしつぶされたりおぼれたりする。王充『論衡』気壽に「当に触値すべき所とは、兵焼圧溺を謂ふなり。」とある。慮は、おもんぱかる。憂える。心配する。撓は、たわめる。くじける。屈する。　⑤**人極を明章にす**―人極は、人類の無上の道。人類にとって最高の道。民極。『文中子』述史篇に「仰いで以て天文を観、俯して以て地理を察し、中以て人極を建つ。」とある。明章は、あきらかにあらわす。『礼記』昏義に「以て天下の内治を聴き、以て婦順を明章にす。」とある。

①夫《そ》れ何《なん》ぞ大夫《たいふ》の炳烈《へいれつ》にして
②王《おう》は夫《か》の讒賊《ざんぞく》を寤《さと》らざる
卒《つい》に快《こころよ》きことを③剽狡《ひょうこう》に施《ほどこ》して
怛《たん》として制《せい》に強国《きょうこく》に就《つ》く
④松柏《しょうはく》の斬刈《ざんかい》せらるるときに
⑤蓊茸《おうじよう》植《た》つことを欣《よろこ》ぶ
⑥盗驪《とうり》の足《あし》を折《お》るときに
⑦罷駑《ひど》臆《むね》を抗《あ》ぐ

いったいどうして萇大夫の功績が明らかなのに
王はあの邪悪な輩の心をさとれなかったのか
遂には悪がしこい輩に恩恵を与えて
嘆き悲しんで強国に制圧された
松や柏が斬り尽くされると
地上の雑草は生い茂って生き生きとする
駿馬が足を折ると
駑馬は胸を張って勝手なふるまいをする

⑧鷙鳥《しちょう》高《たか》く翔《か》くるときに
⑨孽狐《げつこ》惴《おそ》れて食《くら》はず
⑩窃《ひそか》に畏《おそ》れ忌《い》みて以《もつ》て群朋《ぐんほう》す
⑪夫《そ》れ孰《たれ》か百《ひやく》を病《や》みて一《いつ》を申《の》べん

猛鳥が空高く翔けると
禍いをする狐は恐れて食べない
こっそりと身をひそめて群がり集まる
いったい誰が多くの讒賊を非として忠臣を思うようにできよう

▼原文二六二頁

注解　①**夫れ何ぞ大夫**―大夫は、萇弘を指す。炳烈は、あきらかなこと。②**王は夫の讒賊**―王は、敬王をさす。讒賊は、悪い者。邪悪な（人・心）。人を陥れてそこなう。ここでは、衛の彪傒の輩をさす。『墨子』尚同中に「善く口を用ひざる者は、以て讒賊寇戎を為す。」とある。③**剽狡**―『蔣注』に「剽は、匹妙の切。狡は、古巧の切。○范・中行の難に、萇弘之に与（くみ）す。晋以て討を為す。周人、萇弘を殺す。」とある。剽狡は、悪がしこい。また、その人。狡猾。施は、幸福を与える。恩恵を与える。④**松柏の斬刈せらるる**―松柏は、松と、このてがしわ。斬刈（ザンカイ）は、草木を刈り取る。切り殺す。切り尽くす。根こそぎにする。松柏は、萇弘に喩える。⑤**蓊茸植つこと**―『蔣注』に「蓊（オウ）は、烏孔の切。茸（ジョウ）は、如容・而隴の二切。○張衡の賦（『文選』巻四「南都賦」）に、阿那（ダ・郍。柔弱なさま）蓊（竹の様子）茸（竹の上のほうの葉が風にゆれて模様ができるさま）、風靡（なび）き雲披（雲のように広がりゆく）す、と。注に、竹の盛んなる貌。」とある。蓊茸は、茂り盛んなさま。草の乱れ茂るさま。乱密のさま。ここでは、讒賊に喩える。⑥**盗驪の足**―『蔣注』に「驪（リ）は、音麗。○『穆天子伝』（巻一）に、八駿其の一を盗驪と曰ふ、と。」とある。盗驪は、駿馬の名。周の穆王八駿の一。浅黒色で小頸なもの。『列子』「周穆王第三」

に「盗驪を左驂にして山子を右にす。」とある。 ⑦**罷駑臆を抗ぐ**—『蔣注』に「罷は、音皮。」とある。罷駑は、疲れて鈍い馬。この句は、忠臣亡びて讒賊の臣がのさばり、主君をしのぐに喩える。抗臆は、むねをあげる。意をほしいままにする。頭をもたげる。抗は、挙げる。臆は、胸。 ⑧**鷙鳥**—『蔣注』に「鷙は、音至。○鳥の鷙なる者を鷹隼と曰ふ。」とある。鷙鳥は、たけだけしい鳥。猛鳥。「離騒」に「鷙鳥の群せざるは、前世よりして固に然り」とある（→『全注釈』[1]八七・八八）。 ⑨**孼狐惴れて**—『蔣注』に「孼（ゲツ・わざわい）は、孽と同じ。惴は、之瑞の切。」とある。孼狐は、わざわいをする狐。『荘子』庚桑楚（第二十三）に「孼狐（いたずらものの狐）之が祥と為る。」とある。 ⑩**窃かに畏れ**—群朋は、多くのともがら。多くの者が集まること。群居すること。この句は、忠臣が上に在れば、讒賊の臣が息をひそめて慎しむに喩える。 ⑪**夫れ孰か百を**—病百は、百の事を苦にする。百は、ここでは、多くの讒賊。病は、非とする。申（伸）は、一つの事が思うようになる。一は、ここでは、忠臣。

①寡《か》を挺《ぬき》んでて以《もつ》て衆《しゅう》に校《たくら》ぶるは
古《いにしえ》の聖人《せいじん》の②難《かたん》ずる所《ところ》なり
③矧《いわ》んや羸《るい》を援《たす》けて以《もつ》て傲《ごう》を威《おど》す
④茲《こ》れ固《まこと》に殆《あやふ》きを蹈《ふ》みて安《やす》きに違《たが》ふ
身《み》を殺《ころ》すは予《わ》が戚《うれ》ひに匪《あら》ず

寡をあげて衆にくらべるのは
古の聖人も難事とすることである
まして疲弱な者を助けて傲慢な者をおどす
萇大夫の業はもちろん危険なことで平安な道にたがうものだ
身を殺すことは私の憂いではない

⑤宗周《そうしゅう》の完《まった》からざらんことを閔《あわれ》む
周の権威が失墜することをこそ憂えるのである

▼原文二六二頁

注解　①寡を挺んでて―挺は、ぬきんでる。突き出る。あげる。ひきあげる。特出する。校は、た較（比）ぶ。くらべる。比較する。おしえる。はかる。考える。『管子』小匡に「民の道有る者を比校し、象を設けて以て民紀と為る。」とある。②難ずる所―難は、難件。むずかしい事がら。困難とする。③矧んや羸を―矧（シン）は、いわんや。まして。羸（ルイ）は、疲れよわる。羸弱。『左氏伝』桓公六年に「請ふ、師を羸（よわ）め以て之を張（おだてる）らしめんことを。」とある。傲は、おごる。傲慢（な人）。威は、威圧する。④茲れ固に殆き―茲は、萇大夫の業を指す。殆（タイ）は、危険。『爾雅』釈詁に「殆は、危なり。」とある。安は、平安。⑤宗周―『左氏伝』昭公二十四年に「嫠（リ・寡婦）其の緯（よこ糸）を恤（うれ）へずして、宗周の隕（お）ちんことを憂ふ。」とある。

①豈《あ》に城《しろ》を成《な》して以《もっ》て功《こう》に夸《ほこ》らんや
どうして萇大夫が城を築いて功に誇ろうか

②清廟《せいびょう》の将《まさ》に残《そこな》はれんとするを哀《かな》しむ
清廟が今にも破損されようとするのを悲しむ

③彪子《ひょうし》の誕《たん》を肆《ほしいまま》にして
彪子がうそ偽りを恣にして

④皇覧《こうらん》を弥《お》へて以《もっ》て謾《あなど》ることを為《な》すを嫉《にく》み
天の照覧する処を言い終え侮りを恣にするのを悪む

姑《しばら》く道《みち》を舎《す》てて以《もっ》て世《よ》に従《したが》はば
今しばらく道を捨てて世俗に従ったとしたら

焉《いず》くんぞ夫《か》の古《いにしえ》を考《かんが》へて以《もつ》て賢《けん》を登《あ》ぐる
ことを用《もち》ひん
白日《はくじつ》を指《さ》して以《もつ》て憤《いか》りを致《いた》すも
⑤卒《つい》に頽幽《たいゆう》にして列《れつ》ならず
⑥上帝《じょうてい》に版《はん》して以《もつ》て精《せい》を飛《と》ばせば
⑦黮《たん》として寥廓《りょうかく》として殄絶《てんぜつ》す
⑧掲《さ》つて雲《くも》に馮《よ》つて以《もつ》て狂愬《こうそ》すれば
⑨終《つい》に冥冥《めいめい》として以《もつ》て鬱結《うつけつ》す

どうしてあの道を考えて賢臣を挙用する要があろうか
大夫はそこで白日に誓って憤りを発し忠を尽くすも
その業は沈みかくれて功もない
上帝の道に背いて精霊を飛ばすと
黒々とがらんとした中で絶滅してしまう
そこで精魂は雲に乗って飛んで来て訴えれば
ついに暗々として心むすぼれむしゃくしゃする

▼原文二六三頁

注解　①**豈に城を成して**—『蔣注』に「初め王子朝、乱を作（おこ）す。魯の昭（公）二十三年夏（六月壬午）に於て、王子朝、王城に入り（左巷に次る）。敬王、劉に如（ゆ）く。秋、敬王翟泉に居れり。成周の城は、周の墓の在る所なり。昭公二十六年、四月、敬王、師敗れて出でて滑に居り、（冬）十月、晋人之を救ふ。王、成周に入る。（王）子朝、楚に奔る。其の余党儋扁の徒、多く王城に在り。敬王之を畏る。是に於て晋・衛の諸侯周を戍（まも）る。月役煩労なり。故に萇弘成周に城（きず）きて以て周を保たんと欲するなり。」とある。　②**清廟の将に**—清廟は、おごそかで清らかな廟（おたまや）。立派な徳のある人を祀る廟。周の文王の廟をいう。『詩経』周頌・清廟之什「清廟」序に「清廟は、文王を祀るなり。周公既に洛邑を成し、諸侯を朝せしめ、率ゐて以て文王を祀る。」

とある。　③**彪子の誕を肆にす**―『蔣注』に「彪子は、衛の（大夫）彪傒（ヒョウケイ）なり。」とある。『左氏伝』昭公三十二年に「冬十一月、晋の魏舒・韓不信、京師に如（ゆ）き、諸侯の大夫を狄泉に合はせ、盟（ちかい）を尋（あたた）め、且つ成周に城くことを令す。魏子南面す。衛の彪傒曰はく、魏子必ず大咎有らん。位を干（おか）して以て大事を令するは、其の任に非ざるなり。云云」とある。『左氏伝』定公元年に「晋の魏舒、諸侯の大夫を狄泉に合わせ、将に以て成周に城かんとす。魏子政に涖（のぞ）む。衛の彪傒曰はく、将に天子を建てんとするに、位を易へて以て令するは、義に非ざるなり。大事に義を奸（おか）せば、必ず大咎有らん。云云」とある。誕は、いつわる。あざむく。肆（シ）は、かってきまま。ほしいままにする。　④**皇覧を弥へて**―『蔣注』に「諹は、平声なり。○覧は、観なり。皇覧の字は、『楚辞』（「離騒」）に見ゆ。」とある。「離騒」に「皇（ちち）覧て余を初度に揆（はか）る」とある（→『全注釈』1四〇・四一）。弥は、『爾雅』釈言に「弥は、終なり。」とある。『詩経』大雅・生民之什「巻阿」第二章に「爾（汝・王を指す）をして爾の性（生命）を弥（お）へしめ、先公（先君・文王、武王をいう）に似（継）ぎて酋（終）はらん」とある（「毛伝」「集伝」同じく弥を終なりと訓じる）。諹は、あざむく。『説文』（三上）に「諹、欺なり。」とある。いつわる。そしる。たぶらかす。あなどる。軽んじる。わるがしこい。　⑤**卒に頽幽にして**―頽幽は、沈みかくれる。列は、功。てがら。　⑥**上帝に版して**―上帝は、天神。天帝。天子。上古の帝王。版は、背く。もとる。ひがむ。道を失う。　⑦**黮として寥廓として**―『蔣注』に「黮（タン）は、徒敢の切。○黮は、明らかならざるの貌。」とある。黮は、黒い。甚だ黒い。暗い。寥廓は、むなしい。空しく広い。がらんとしたさま。「遠遊」第九段に「下は峥嶸（ソウコウ・深遠なさま）として地無く、上は寥廓として天無し」とある（→『全注釈』5八四～八六）。殄絶は、尽きる。絶える。滅びる。ほろぼす。唐の儲光羲「效古の詩」に「稼穡既に殄絶し、川沢復た枯槁す」とある。

⑧朅つて雲に馮つて—『蔣注』に「馮は、音憑。⿰犭工は、音貢。又音は、紅。○朅は、去なり。馮は、依なり。⿰犭工は、『説文』（五上）に云ふ、飛び至るなり。」とある。朅（ケツ）は、『説文』（五上）に「朅は、去なり。」とある。ここでは、思い切って行くこと。いさましいさま。⿰犭工愬（コウソ）は、飛び至って訴える。飛び来たりて訴える。⿰犭工は、至る。飛んで来る。『文選』巻七「甘泉賦」（揚子雲・雄）に「椽欒（山の名）に登りて天門に⿰犭工る」とある。愬は、訴える。⑨終に冥冥として—冥冥は、暗いさま。「九章」渉江に「深林杳（ヨウ・ぼんやりとしたさま）として以て冥冥（かすかで暗いさま）たり」とある（→『全注釈』④七一・七二）。「九歌」東君に「杳として冥冥として以て東に行く」とある（→『全注釈』②一一七〜一二二）。冥冥は、奥深く遠いさま。人目につかないこと。先が見えない。鬱結は、心がふさぐ。心がむすぼれてむしゃくしゃする。気が晴れない。気が塞がって伸びないさま。「九章」惜誦に「心鬱結して紆軫（ウシン・もだえいたむ）す」とある（→『全注釈』④五一・五二）。

山《やま》に登《のぼ》りて以《もっ》て辞《ことば》を号《さけ》ばんと欲《ほっ》すれば
①愈〻《いよいよ》洋洋《ようよう》として以《もっ》て超忽《ちょうこつ》たり
②心《こころ》冱涸《ごこ》として其《そ》れ化《か》せず
③形《かたち》凝冰《ぎょうひょう》として自《おのずか》ら慄《おのの》く

いま私は山に登って大夫に弔辞を捧げようとすると
ますます遥かに遠くなって帰する所がない
心は寒く凍りついたようで不安だし
体も氷のように凝り固まって自然に恐れてぞっとする

▼原文二六三頁

注解 ①愈〻洋洋として―洋洋は、広いさま。盛大なさま。多いさま。帰する所のないさま。たよる所のないさま。『楚辞』「九章」哀郢に「焉（ここ）に洋洋として客（船路の旅人）と為る」とあり、「王逸注」に「洋洋は、帰する所無きなり（朱注も同じ）」とある（→『全注釈』[4]九五～九七）。超忽は、景色などが遥かに遠いさま。気分の高くさわやかなさま。とびはなれているさま。『文選』巻五十九「頭陀寺碑文」（王巾・簡栖）に「東のかた平皐を望むに、千里超忽（遠いさま）たり。」とある。「九章」悲回風に「軋（波がひしめく）りて洋洋として之れ従（よ）る無し」（→『全注釈』[4]三一一～三一三）、また「九弁」第七段に「年は洋洋として以て日に往く」とある（→『全注釈』[6]六四）。第九段に「莽として洋洋（野の限りなく広がるさま）として極まり無し」とある（→『全注釈』[6]八〇・八一）。②心沍涸として―沍涸は、寒くて凍りつく。沍は、寒い。凍る。ふさぐ。沍は、沍と通用。『荘子』斉物論に「河漢沍（こお）れども寒きこと能はず。」とある。③形凝冰として―凝冰は、氷。『荘子』在宥に「其の熱きこと焦火のごとく、其の寒きこと凝冰のごとし。」とある。

始《はじ》めを図《はか》りて末《おわり》を慮《おもんぱか》るは
大夫《たいふ》の操《そう》に非《あら》ず
①瑕《か》に陥《おちい》り厄《やく》に委《い》するは
固《まこと》に②衰世《すいせい》の道《みち》なり
不可《ふか》を知《し》りて愈〻《いよいよ》進《すす》む

事を始めてその成否を思いめぐらすのは
大夫の志ではない
事成らずして災厄に陥るのは
もちろん衰世の習いである
不可なるを知りながら挫けずにますますつき進む

誓《ちか》ひて偸《いや》しうして以《もつ》て自《みずか》ら好《よ》くせず
誠《まこと》を陳《の》べて以《もつ》て命《めい》を定《さだ》む
③貞臣《ていしん》に侔《ひと》しうして与《とも》に友《とも》為《た》り
④比干《ひかん》の仁類《じんるい》を以《もつ》て
⑤緬《めん》として遼絶《りようぜつ》して以《もつ》て群《ぐん》せず
⑥伯夷《はくい》の潔《けつ》に殉《したが》ひて以《もつ》て怨《うら》み莫《な》し
孰《たれ》か克《よ》く⑦其《そ》の遺塵《いじん》に軌《したが》はん

心に誓ってかりにも自分で好くしないで
誠を述べて安危を天命に委ねて
忠臣の臣にひとしく並んで友とする
比干の仁義に則り
遥かに遠くへだたって世俗に群しない
伯夷の潔さにならって怨むことがない
誰がその遺蹤にしたがうことができようぞ

▼原文二六三頁

注解　①**瑕に陥り**―瑕は、きず。あやまち。欠点。ここでは、災難。②**衰世の道**―衰世は、道の行なわれない世。時運の衰えた世。末の世。③**貞臣に侔しうして**―『蔣注』に「臣の下、一に以の字有り。」とある。貞臣は、みさお正しい家来。忠義の臣。忠正の臣。心正しく二心のない臣。「九章」惜往日に「貞臣に属（ショク・頼む）して日〻に娯（たの）しむ」「何ぞ貞臣の辜（つみ）無き」「貞臣をして由る無しと為さしむ」とある（↓『全注釈』4 二二七・二三三・二三八）。漢、劉向『説苑』臣術篇に「文を守り法を奉じ、禄を辞し賜を譲り、贈遺を受けず、此れ貞臣なり。」とある。侔（ボウ）は、そろう。並ぶ。同等に並ぶような。④**比干の仁義を以て**―『蔣注』に「一本に〔比干之仁義兮〕に作り、一本に〔比干之以仁義類兮〕に作る。一に又た、義の字無し。○比干・伯夷は、倶に詳らかに『論語』に見ゆ。」とある。比干は、殷の忠臣。紂王のおじ。紂王の暴虐を諫め、胸をさかれて殺された。箕子・微子と合わせて殷の三仁という。『史記』巻三「殷本紀」を見よ。『論語』微子第十八・第一章に「微子之を去り、箕子は之が奴と為り、比干は諫めて死す。孔子曰はく、殷に三仁有り、と。」とある。**⑤緬として遼絶して**―緬は、はるかに。遠い。遼絶は、はるかに遠くへだたる。はるかにへだたる。遼隔。不群は、仲間とならない。『説文』（四上）に「群は、輩なり。」とある。群は、くみ。とも。仲間。**⑥伯夷の潔に殉ひて**―『論語』公冶長第五・第二十二章に「子曰はく、伯夷・叔斉、旧悪を念はず。怨み是（ここ）を用（もっ）て希（少）なり、と。」とあり、述而第七・第十四章に「冉有曰はく、夫子は衛の君を為（たす）けんか、と。子貢曰はく、諾、吾れ将に之を問はんとす、と。入りて曰はく、伯夷・叔斉は何人ぞや、と。曰はく、古の賢人なり、と。曰はく、怨みたるか、と。曰はく、仁を求めて仁を得たり。又た何ぞ怨みん、と。出でて曰はく、夫子は為（たす）けじ、と。」とある。『史記』巻六十一「伯夷列伝」を見よ。**⑦其の遺塵に**―遺塵は、後に遺った塵。古人の遺蹟などにいう。軌は、依る。のっとる。循う。『後漢書』列伝二十下「襄楷伝」に「常道に軌（したが）はず。」とあり、また、漢・賈誼『新書』道術篇に「法に縁り理に循ふ、之を軌と謂ふ。」とある。

①苟《いや》しくも端誠《たんせい》の内《うち》に虧《か》けなば　　もし端誠の心に欠ける所があったならば

②耆老《きろう》と雖《いえど》も其《そ》れ誰《たれ》か珍《ちん》とせん　　有徳の老人だって誰が珍重しよう

③古《いにしえ》より固《まこと》に一死《いっし》有《あ》り　　昔から勿論死というものはある

④賢者《けんじゃ》は其《そ》の所《ところ》を得《う》るを楽《たの》しむ　　賢者は死んで自分にふさわしい所を得るを楽しむ

大夫《たいふ》の忠《ちゅう》に死《し》するは
⑤君子《くんし》の与《くみ》する所《ところ》なり
嗚呼《ああ》　哀《かな》しいかな
⑥敬《つつし》みて忠甫《ちゅうほ》を弔《ちょう》す

大夫が忠に死ぬのは
世の君子たちが称賛する所である
ああ、悲しいかな
私は萇大夫をつつしんでとむらう

▼原文二六四頁

注解　①**苟しくも端誠**―苟（コウ）は、もしも。もし。端誠は、正しくて誠がある。『荀子』非相に「矜荘以て之に莅（のぞ）み、端誠以て之に処し、堅彊以て之を持す。」とある。虧（キ）は、かける。へらす。気力がへる。物が減少する。　②**耆老と雖も**―耆老は、としより。長者。徳の高い老人。耆（キ）は、六十歳。老は、七十歳。『礼記』曲礼上に「人生まれて十年を幼と曰ふ、学ぶ。……七十を老と曰ふ、而して伝ふ。」とある。『周礼』地官「槁人」に「若し耆老・孤子・士庶子を饗すれば其の食（シ）を共にす。」とある。珍は、珍重する。めずらしいものとして大切にする。また、その物。
③**古より固に一死有り**―『論語』顔淵第十二・第七章に「曰はく、食を去らん。古自（よ）り皆死有り、民は信無くんば立たず、と。」とある。　④**賢者は其の所を得る**―得所は、願う所を得る。思い通りになる。『易経』繋辞伝下に「日中に市（場）を為し、天下の民を致（集める。至らしめる）し、天下の貨を聚（あつ）め、交易して退き、各〻其の（欲する）所を得しむ。」とある。ふさわしい地位・場所を得る。相当した場所に就く。『孟子』万章上に「子産曰はく、其の所を得たるかな（魚が最も適当な居所を得たことを喜ぶ言葉）、其の所を得たるかな、と。」とある。　⑤**君子の与する**―与は、くみする。なかまになる。したがう。賛成する。　⑥**敬みて忠甫を弔す**―敬弔は、死者をうやま

いとむらう。忠甫は、忠義な人。甫は、男子の尊称。賈誼「弔屈原文」(『文選』巻六十、また『全注釈』[8]二九～三一)に「造(いた)りて湘流に託し、敬んで先生を弔ふ。」とある。

弔楽毅　第四十二

晁氏《ちょうし》曰《い》はく、「①楽毅《がくき》を弔《とむら》ふの文《ぶん》」は、柳宗元《りゅうそうげん》の作《つく》る所《ところ》なり。②楽毅《がくき》、其《そ》の先《せん》を③楽羊《がくよう》と曰《い》ふ。燕《えん》の昭王《しょうおう》、④子之《しし》の乱《らん》を以《もつ》て斉大《せいおお》いに燕《えん》を敗《やぶ》る。昭王《しょうおう》斉《せい》を怨《うら》み、未《いま》だ嘗《かつ》て一日《いつじつ》として斉《せい》に報《むく》ゆるを忘《わす》れざるなり。廼《すなわ》ち先《ま》づ郭隗《かくかい》を礼《れい》して、而《しか》して毅《き》往《ゆ》きて⑤質《し》を委《い》す。以《もつ》て上将軍《じょうしょうぐん》と為《な》す。斉《せい》の七十余城《しちじゅうよじょう》を下《くだ》す。田単之《でんたんこれ》を間《かん》す。毅《き》、誅《ちゅう》を畏《おそ》れ、遂《つい》に西《にし》して趙《ちょう》に降《くだ》る。書《しょ》を以《もつ》て燕《えん》の恵王《けいおう》に遺《おく》りて曰《い》はく、臣《しん》聞《き》く、聖賢《せいけん》の君《きみ》は功《こう》立《た》ちて廃《はい》せず。故《ゆえ》に『春秋《しゅんじゅう》』に著《あら》はる。⑥蚤知《そうち》の士《し》は名《な》成《な》りて毀《やぶ》らず。故《ゆえ》に後世《こうせい》に称《しょう》せらる、と。宗元《そうげん》、毅《き》の功《こう》有《あ》りて知《し》られずして、讒《ざん》を以《もつ》

晁氏が言うことに「楽毅を弔うの文」は、柳宗元が作ったものである。楽毅はその先祖を楽羊と言う。燕の昭王は、子之の乱のときに斉が大いに燕を敗ったことで、昭王は斉を怨み、今まで一日も斉に復讐することを忘れなかった。そこで手始めに郭隗を礼遇したので毅は燕に赴き礼物を差し出した。それで昭王は楽毅を上将軍にした。斉の七十余城を降した。斉の田単は間諜（スパイ）を放った。毅は誅殺をおそれ、かくて西に向かって趙に投降した。楽毅が書簡を燕の恵王に送って言うには、わたくしは次のようなことを聞いたことがある、「聖賢の君は功立ちてすたれず、故に『春秋』にあらわる。先見の明ある士は名成りてやぶらず、故に後世に称される」と。宗元は、楽毅は功績があるのに認められないで、讒言によって廃されたことを悲しんだ。故に弔ったの

て廃《はい》するを傷《いた》む。故《ゆえ》に弔《ちょう》すと云《い》ふ。

だという。

▼原文二六四頁

注解　①**楽毅を弔ふの文**—『柳河東集』巻十九『蔣注』に「毅、一に生に作る。○楽毅、其の先を楽羊と曰ふ。燕の昭王、子之の乱を以て、斉大いに燕を敗る。昭王之を怨んで未だ嘗て一日として斉に報ゆるを忘れざるなり。乃ち先づ郭隗を礼して、毅往きて質（シ）を委す。以て上将軍と為す。斉の七十余城を下す。田単之を間す。毅、誅を畏れて、遂に趙に降る。書を以て燕の恵王に遺りて曰はく、臣聞く、聖賢の君は功立ちて廃せず。故に『春秋』に著（あら）はる。勇知の士は名成りて毀れず。故に後世に称せらる、と。（柳）子厚、毅の功有りて知らるるを得ずして、讒を以て廃するを傷む。故に弔ふと云ふ。」とある。　②**楽毅**—戦国時代の燕の将軍。昭王の亜卿（次席の宰相）となり、斉を討ち七十余城を下した。恵王のとき免職されて趙に逃亡、観津（カンシン）に封じられて、望諸君と号した。のち燕・趙二国の客卿となり、趙で死んだ。『戦国策』燕策に「昌国君の楽毅、燕の昭王の為に、五国の兵を合して斉を攻め、七十余城を下し、尽（ことごと）く之を郡県として、以て燕に属す。三城（聊・即墨・莒）未だ下らずして、燕の昭王死し、恵王位に即く。斉人の反間を用ひて楽毅を疑ひ、而うして騎劫をして之に代はりて将たらしむ。楽毅は趙に奔る。趙封じ以て望諸君と為す。斉の田単、騎劫を詐（あざむ）き、卒に燕の軍を敗り、復た七十余城を収めて以て斉に復す。燕王は悔い、趙の楽毅を用ひて、燕の弊に乗じて以て燕を伐たんことを懼る。燕王乃ち人をして楽毅を譲（せ）め且つ之に謝せしめて曰はく、先王国を挙げて将軍に委ね、将軍燕の為に斉を破り、先王の讎に報い、天下振動せざるは莫し。寡人豈に敢て一日も将軍の功を忘れんや。」とある。『戦国策』秦策に「魏の文侯、楽羊をして将として中山を攻めしめ、三年にして之を抜く。　③**楽羊**—楽羊反つて功を語る。」とあり、魏策に「楽羊魏の将と為りて中山を攻む。其の子、中山に在り。中山の君、其の子を烹（に）て之に羹（あつもの）を遺る。楽羊、幕下に坐して之を啜（すす）り、一盃を尽くす。」とある。 ④**子之の乱**―昭王の父の噲が宰相の子之に位を譲った事件。 ⑤**質を委す**―委質（イシ）は、始めて仕官する者が礼物を君の前に置くこと。質は、贄（シ）で、礼物。委は、置く。仕官するとき、君の前に礼物の雉（きじ）をささげ置いた。『左氏伝』僖公二十三年に「名を策し質を委して、弐あるは乃ち辟（つみ）なり。」とある。 ⑥**蚤知の士**―先見の明のある人。早く時機を知る人。『戦国策』燕策に「賢明の君は、功立ちて廃（すた）れず。故に『春秋』に著はる。蚤知の士は、名成つて毀（やぶ）れず。故に後世に称せらる。」とある。『史記』「楽毅列伝」第二十を見よ。

①大厦《たいか》の竉《か》くるときに
②風雨《ふうう》之《これ》に萃《あつ》まる
車《くるま》の其《そ》の軸《じく》を亡《うしな》ふときに
乗者《じようしや》之《これ》を棄《す》つ
嗚呼《ああ》 ③夫子《ふうし》
④不幸《ふこう》 之《これ》に類《るい》す
尚《な》ほ何《なに》をか為《な》さんや

大きな家が倒れるときは
風雨がこれに集まる
車がその軸を失ったときは
乗者は車を棄てて逃げる
ああ、楽先生の
不幸な境遇はこれと同じだ
もちろん燕を去る外はない

▼原文二六五頁

注解　①大厦の騫くるとき―『蔣注』に「厦（カ）は、屋なり。騫（ケン）は、壊なり。」とある。大厦は、大きな建物。大きな家。騫は、虧（キ・かける）。倒れる。家が破（壊）れる。『文選』巻二「西京賦」（張平子・衡）に「大厦耽耽（タンタン・奥深いさま）たり」とある。②風雨之に萃まる―萃（スイ）は、あつまる。至る。この二句は、国が滅びるとき、まず讒人が集まることに喩えた。③夫子―楽毅を指す。④不幸之に類す―不幸は、不幸な境遇の意。類は、如に同じ。

①昭《しょう》留《とど》まるべからず
道《みち》常《つね》にすべからず
②死《し》を畏《おそ》れて疾走《しっそう》して
③狂顧傍徨《きょうこほうこう》す
④燕《えん》復《ま》た斉《せい》と為《な》りしも
⑤東海洋洋《とうかいようよう》たり

昭王は死んで留めることができないし
夫子の道も常にすることはできない
そこで夫子は死を恐れて燕を去り
何度も燕を振り返りながら趙にさまよう
強国だった燕は再び弱国斉のようになっても
他国に頼る所もない

▼原文二六五頁

注解　①昭留まるべからず―昭は、燕の昭王のこと。②死を畏れて―『蔣注』に「死を畏れて疾走すとは、田単の反間（敵国に潜入して、様子をさぐったり、破壊活動をしたりすること。スパイ。間諜）の計行はれて、誅を畏れて趙に降るを謂ふなり。」とある。『史記』巻八十二「田単列伝」を見よ。
③**狂顧傍徨す**―傍徨は、さまよう。徘徊する。うろつく。傍徨。彷徨。④**燕復た斉と為り**―『蔣注』に「燕復た斉と為るとは、謂へらく趙は毅を観津に封じて望諸君と号す。毅を尊寵して以て燕・斉を驚動す。田単は燕の軍と戦ふ。燕を逐ひて北のかた河上に至る。尽（ことごと）く斉の地を復す。」とある。洋洋は、『楚辞』「九章」哀郢に「焉（ここ）に洋洋として客（船路の旅人）と為る」とあり、「王注」に「帰する所無きなり（朱注も同じ）。」とある（→『全注釈』4 九五～九七）。

①嗟《ああ》 夫子《ふうし》の直《ちょく》を専《もっぱ》らにするや
②後《のち》を 慮《おもんぱか》りて防《ふせ》ぐことを為《な》さず
③胡《なん》ぞ規《き》を去《さ》り矩《く》に就《つ》き
④卒《つい》に陥滞《かんたい》して以《もっ》て流亡《りゅうぼう》せる
惜《お》しむらくは功美《こうび》の就《な》らざることを
⑤愚昧《ぐまい》をして 周章《しゅうしょう》せしむ

ああ、楽毅は正直の道を一途に行なうにあたり
後の災難を考えて防ぐことをしなかった
どうして円通な道をすてて直道について
遂には陥滞して流亡の禍いに遇ったのか
惜しいことだなあ、功業成就することなく
愚民たちをあわてふためかせたのは

▼原文二六五頁

注解 ①**嗟夫子の直**―嗟は、ああ。なげき悲しむ声。感嘆する声。夫子は、楽毅を指す。直は、正直

の道。直道。専は、もっぱら。ひたすら。いちずに。専一。一つの事にもっぱら心を用いること。**②後を慮りて**—後は、後事の難（災難）。慮は、あれこれと思いめぐらす。将来に考えそなえる。用心する。**③胡ぞ規を去り**—規矩は、ぶんまわしとさしがね。コンパスと物さし。規は、円。円通の道に喩える。矩は、方。直道に喩える。**④卒に陥滞して**—陥滞は、おちいりとどこおる。『楚辞』「九章」思美人に「陥滞して発（先に行く。前進する）せず」とあり（↓『全注釈』[4]一九八～二〇一）、また、「九章」懐沙に「任重く載盛んにして、陥滞して済（わた）られず」とある（↓『全注釈』[4]一七四・一七五）。流亡は、一定の居所なく流浪する。「九章」惜往日に「寧ろ溘（にわか）に死して以て流亡すとも、余れ此の態を為すに忍びざるなり」とある（↓『全注釈』[4]二五五～二五七）。**⑤愚昧を周章せしむ**—『蔣注』に「『（孔子）家語』（「五儀解」）に、遠祖を周章して亡国の墟を観る（君緬然として長く思ひ、四門を出でて周章遠望し、亡国の墟を覩ば、必ず将た数有り。）、と。「注」に「征営の貌。」とある。愚昧は、おろかで暗い。知識が乏しく事理にくらい。おろか。『旧唐書』賈耽伝に「臣愚昧なりと雖も、夙（つと）に師範に嘗みられ、累（かさ）ねて抜擢を蒙り、遂に台司を忝（かたじけな）くす。」とある。周章は、めぐりあそぶ。あわてる。周章狼狽（あわてふためく）。『楚辞』「九章」雲中君に「聊（しばら）く翱遊（天がけり遊ぶ）して周章す（あまねくめぐり遊ぶ）」とある（↓『全注釈』[2]二二三～二二五）。

①豈《あ》に夫子《ふうし》の能《よ》くせざらんや　　どうして先生にできないことがあったろうか

②亦《ま》た是《こ》の遑遑《こうこう》たるを悪《にく》むこと無《な》し　　他国をせわしく流浪することを怨むこともない

③夫《か》の趙《ちょう》に対《たい》するの悃款《こんかん》なるを仁《じん》なりとす
④誠《まこと》に其《そ》の故邦《こほう》に忍《しの》びず
⑤君子《くんし》の容与《ようよ》する
⑥億載《おくさい》に弥《わた》りて愈〻光《いよいよひかり》あり
諒《まこと》に時《とき》の然《しか》らざるに遭《あ》ふ
⑦謀慮《ぼうりょ》の長《なが》からざるに匪《あら》ず

趙へのあれほどの誠実でねんごろな態度は仁である
誠にその故国たる燕の衰運を見るに忍びない
先生がゆったりとして道を践まれたのは
遥か後世にわたってますます光り輝いている
先生の流浪はまことに時の不運に因るものである
謀慮の下手さにあったのではない

▼原文二六五頁

注解 **①豈に夫子の能く**—夫子は、楽毅を指す。 **②亦た是の遑遑たる**—遑遑は、心落ち着かず、うろうろするさま。いそがしいさま。あわてるさま。『楚辞』「九弁」第五段に「鳳は独り遑遑として集（とど）まる所無し」とある（↓『全注釈』[6]四一・四二）。陶潜「帰去来辞」（『文選』巻四十五「辞」）に「胡為（なんす）れぞ遑遑として何（いず）くに之（ゆ）かんと欲する」とある（↓『後語』[4]三四～三七）。 **③夫の趙に対するの悃款**—『蔣注』に「悃（コン・まこと。ねんごろ）は、口本の切。○楽毅は趙に奔（はし）る。燕の恵王、人をして毅を譲（せ）めしめ、且つ之を謝せしむ。毅は書を報じて云云（前出）。悃款は、志純一なるなり。」とある。悃款は、誠実で飾りのないさま。ねんごろで誠実なさま。懃苦のさま。『楚辞』「卜居」に「吾れ寧ろ悃悃（誠実なさま）款款（ねんごろなさま）として樸（飾りけがない）にして以て忠ならんや」とある（↓『全注釈』[5]九一～九三）。悃（コン）は、まこと。まごころ。劉向「九歎」愍命に「忠正の悃誠を親しむ」とある。 **④誠に其**

の故邦―故邦は、故国。古い国。故郷。ここでは、燕を指す。不忍は、燕を忘れるに忍びない。⑤君子の容与する―容与は、ゆったりするさま。遊びにたわむれるさま。「離騒」に、「赤水に遵（そ）ひて容与（ゆっくりとさまよう）す」とある。（↓『全注釈』[1]二三二～二三四）。「九歌」湘君に「時は再びは得べからず、聊（しばら）く逍遥（ぶらぶら歩く）して容与（ゆっくりと遊ぶ）せん」とある（↓『全注釈』[2]四八～五二）。「九歌」湘夫人に「聊く逍遥して容与せん」とある（↓『全注釈』[2]七三～七五）。容与という熟語は『楚辞』に十五か所に見える。⑥億載を弥りて―億載は、一億年。久しい後の世まで。非常に長い年月。はるか後世。『文選』巻九「長楊賦」（揚雄）に「億載を規（はか）り帝業を恢（おおい）にす」とある。載は、年。弥は、わたる。時を経る。⑦謀慮の長からざる―謀慮は、はかり考える。はかりごと。『韓非子』巻五「亡徴」に「法禁を簡（おろそかにする）にして謀慮（謀略の私知）を務め、封内を荒して交援（交際と援助）を恃（たの）む者は、亡ぶべきなり。」とある。長は、すぐれる。まさる。

①跽《ひざま》づいて辞《ことば》を陳《の》べて以《もっ》て涕《なみだ》を隕《おと》す
②仰《あお》いで天《てん》の茫茫《ぼうぼう》たるを視《み》る
③世《よ》に苟偸《こうとう》せば謂何《いかん》
余《わ》が心《こころ》の臧《よ》からざるを言《い》ふ

私は今先生に弔辞を述べて涙を落し
仰いで広大な蒼天に質す
もし束の間の安楽を俗世で貪ったならば何と評するか
世人は私の心の善からざるを言うだろう

▼原文二六六頁

注解　①**跽づいて辞を陳べて**—『蔣注』に「跽は、巨几の切。言は、一に信に作る。○『楚辞』（「離騒」）に、茹蕙を攬（と）りて以て涕を掩へば、余が襟を霑して浪浪たり、跽（ひざま）づきて衽（えり）を敷いて以て辞を陳ぶるに、耿（コウ）として吾れ既に此の中正を得たり、と。跽は、長跽なり。」とある（↓『全注釈』1 一三一～一三五）。陳辞は、ことばを述べる。「九章」抽思に「茲（ここ）に情を歴（つら）ねて以て辞を陳ぶれば、蓀は詳（いつわ）り聾（ロウ）して聞かず」とある（↓『全注釈』4 一三一～一三三）。　②**仰いで天の茫茫たる**—茫茫は、広大なさま。遠いさま。盛んなさま。明らかでないさま。『楚辞』「哀時命」に「怊茫茫として帰ること無し」とある（↓『全注釈』8 九五～九九）。　③**世に苟偸せば**—苟偸は、束の間の安楽をむさぼる。謂何は、いかん。いかんせん。如何と同じ。

乞巧文　第四十三

晁《ちょう》（補之）氏曰《しい》はく、「①乞巧文《きっこうぶん》」は、柳宗元《りゅうそうげん》の作《つく》る所《ところ》なり。②伝《でん》に曰《い》はく、③周鼎《しゅうてい》に倕《すい》を鑄《い》て其《そ》の指《ゆび》を吃《か》ましむ。先王以《せんおうもつ》て大巧《たいこう》の為《な》すべからざるを見《しめ》すなり。故《ゆえ》に④子貢甕《しこうかめ》を抱《いだ》く者《もの》に教《おし》へて⑤桔槔《きつこう》を為《つく》らしむ。力《ちから》を用《もち》ふること少《すくな》くして功《こう》を見《み》ること多《おお》し。而《しか》るに甕《かめ》を抱《いだ》く者之《ものこれ》を羞《は》づ。夫《そ》れ鳩《はと》は巣《す》つくること能《あた》はず。拙《せつ》 比《たぐい》莫《な》し。而《しか》して屈原《くつげん》 乃《すなわ》ち曰《い》はく、⑥雄鳩《ゆうきゅう》の鳴《な》き逝《ゆ》くに、吾《わ》れ猶《な》ほ其《そ》の⑦佻巧《ちょうこう》を悪《にく》む、と。原《げん》、誠《まこと》に世《よ》の⑧澆偽《ぎょうぎ》の⑨固《まこと》 に拙《せつ》に抵《あた》りて以《もつ》て巧《こう》と為《な》すを傷《いた》む。意《おも》ふに昔《むかし》の然《しか》らざる者《もの》、今皆然《いまみなしか》り。之《これ》を甚《はなはだ》 しとするなり。柳宗元《りゅうそうげん》の作《さく》は、亦《ま》た時《とき》の⑩奔騖《ほんぶ》するを閔《あわれ》

晁氏が言うことに、「乞巧文」は柳宗元が作ったものである。伝記の書の類には、周鼎に倕がその指を噛んでいる姿を鋳出した。先王はもって大巧の為しえないことを示したのである。故に子貢は拙陋（下手でみにくい）に甘んじている者に教えて井戸のはねつるべを作らせた。すると労力を費やすことが少ないのに、功をみることが多かった。拙陋に甘んじている者はいかにも恥ずかしげだった。そもそも鳩は巣を作ることができない。拙いことこの上ない。そうして屈原はそこで言うには、雄鳩が鳴きながら飛び去ろうとするが、わたしはやはり軽薄で小利口なのをにくむ、と。屈原は、誠に世間の軽薄で偽りの多さが信に拙なのに巧とすることを悲しんだ。考えてみるに以前そうでなかったものが、今は皆そうなってしまっている。これを酷とするのである。柳

んで、諸《これ》を厚《こう》に帰《き》せんことを要《よう》すと雖《いえど》も、
然《しか》れども宗元《そうげん》は拙《せつ》なるを媿《は》づ。

宗元の作品は、やはり時俗が奔放に向かうのを憂えて、これを敦厚に帰せんことを望んでも、しかしながら宗元は自分の拙さを恥じている。

▼原文二六六頁

注解　①乞巧文―『柳河東集』巻十八「騒」乞巧文の『蔣注』に「(晋の)周処の『風土記』(巻十)に、七月七日、其の夜、庭露を灑掃(サイソウ・水をそそぎ、ほうきではき清める)し、几筵(祭りに用いた供え物の台と敷物)を施し、酒脯(酒とほじし)時果を設け、香粉を河鼓(牽牛の北にある三星の一つ)織女に散して富を乞ひ寿を乞ふ。子無きは子を乞ふ。惟だ一を乞ふを得るのみにして、兼ね求むることを得ず。三年にして乃ち之を言ふを得。頗る其の祚(ソ・さいわい)を受くる者有り、と。『荊楚歳時記』(梁、宗懍著)に、七夕に婦人女子綵縷(サイル・美しく彩った糸すじ)を結んで七孔(穴)の針を穿つ。或は金銀鍮石を以て針と為す。瓜果を庭中に陳して、以て巧を乞ふ。喜子(くもの一種)の瓜上に網すること有れば、則ち以て得たりと為す。或ひと云ふ、天漢の中、奕奕(エキエキ・美しく盛んなさま。光り輝くさま)たる白気、光有りて五色なるを見るときは、以て徴応と為す。見る者福を得。此れ乞巧の自(よ)る所なり。然して子厚此を為(つく)るは、特に是を仮りて以て其の己を謀るに拙なるを見(しめ)すのみ。○詞特に暢麗なるのみ。其の気骨は(韓)昌黎の〈送窮(文)〉に遜すること、遠きこと其だし。呉典の沈下賢(唐、沈亜之)も亦た此の文を為る。又た後に瞠(みは)る。晁補之曰はく、周鼎……宗元拙なるを媿(は)づ(前引)、と。孫鉱(明の人。字は文融。『明史』巻二二四を見よ)曰はく、篇中に一処も自ら地歩を占めざること無し。」

とある。「送窮文」は、『韓昌黎全集』巻三十六に見ゆ。　②**伝に曰はく**―『淮南子』『韓非子』『呂氏春秋』などを見よ。　③**周鼎に倕を鋳て**―『淮南子』巻八「本経訓」に「故に周鼎に倕を(附)け、其の指を銜ましめ、以て大功の為すべからざるを明らかにするなり。」とある。「注」に「倕は、堯の巧工なり。周鼎を鋳るに及んで、倕像を鼎に著け…大功を為すべからざるを明らかにするなり。」とある。　④**子貢甕を抱く**―『荘子』天地に「子貢南のかた楚に遊び、晋に反らんとし、漢陰を過（よぎ）る。一丈人の方に将に圃畦を為（おさ）むるを見る。隧（スイ）を鑿（うが）ちて井（セイ）に入り、甕（かめ）を抱きて灌（そそ）ぐ。云々」とある。抱甕は、拙陋（へたでみにくいこと）に安んじる喩え。　⑤**桔槔**―井戸のはねつるべ。『荘子』天運に「子独り夫の桔槔なる者を見ざるか。之を引けば則ち俯し、之を舎（す）つれば則ち仰ぐ。」とある。　⑥**雄鳩の鳴き逝くに**―次の「……其の佻巧を悪む。」まで、「離騒」の文章。佻巧は、軽薄で利巧に立ち廻る。うわべの上手。（↓『全注釈』1一六八～一七〇）。　⑦**佻巧**―佻は、軽薄。巧は、利。小利口。　⑧**澆偽**―人情がうすくて、いつわりが多い。軽薄で偽りが多い。　⑨**固に拙に抵り**―『蔣注』に引く晁補之の語は、抵を詆に作る。それに拠れば、「固に拙にして以て巧と為すを詆（そし）る。」と読める。　⑩**奔鶩**―劉向「九歎」怨思に「玉門に背きて以て奔鶩し、蹇（ああ）尤に離（あ）ひて詬を干（もと）む」とある。

柳子《りゅうし》夜《よる》外《ほか》自《よ》り帰《かえ》る
庭《にわ》に祠《まつり》を設《もう》くる者《もの》有《あ》り
①饘餌《せんじ》馨香《けいこう》して蔬果《そか》交羅《こうら》す

柳先生が外から帰ったら
庭で祭りの準備をしている人がいた
その人はこいかゆと餅の香りをたて野菜と果物など
並べていた

②竹《たけ》を挿《はさ》み綏《ひも》を垂《た》れ瓜《うり》を剖《さ》くこと犬牙《けんが》たり
且《か》つ拝《はい》し且《か》つ祈《いの》る
怪《あや》しんで問《と》ふ
③女隷《じょれい》進《すす》みて曰《い》はく
④今茲《こんじ》秋孟《しゅうもう》七夕《しちせき》に
⑤天女《てんじょ》の孫《そん》
将《まさ》に河鼓《かこ》に嬪《ひん》せんとす
⑥邀《むか》へて祠《まつ》る者《もの》には幸《さいわ》ひにして之《これ》に巧《こう》を与《あた》ふ
⑦蹇拙《けんせつ》を駆去《くきょ》して手目開利《しゅもくかいり》す
⑧組紝縫製《そじんほうせい》将《まさ》に心《こころ》に滞《とどこお》ること無《な》からんとす
是《これ》が為《ため》に禱《いの》るなり、と

司祭者が瓜を割いて並べるさまはあたかも犬牙のようだ
礼拝もし祈禱もしている
その様子を見た宋元が不思議に思って質問した
すると女の召使が進み出て言うには
今年の初秋の七月七夕には
織女星が
牽牛星のところに嫁入りする
天女を招いて祠る者には機織りが上手になる法が与えられる
不器用さをのぞいて器用に機織りが出来るようになる
組みひもや裁縫が自由自在にできるようになる
それで天女に祈っているのだ、と

▼原文二六六頁

注解 ①**餐餌馨香して**—『蔣注』に「餐（セン・餰に同じ）は、詣延の切。饘（セン・かたがゆ）と同じ。餌（ジ・餅）は、仍吏の切。綏は、而追の切。緌と同じ。〇餐は、厚粥（あつがゆ）なり。餐餌は、旧注に謂へらく、稲米と狼の臅膏（狼の胸のあぶら）とを以て之を為（つく）る、と。今に至りて呉中に尚ほ其の遺風を存す。七月七日、民家皆餳蜜を以て麺に和し、熬煎（ゴウセン・いる）して餌と作す。之を寒具（寒食のときに食べる菓子）に比ぶれば潤少し。名づけて巧餅と曰ふ。山林供するときは則ち之を称して蜜食と為す。」とある。餈餌は、こい粥と餅。馨香は、におい。よいかおり。かおりが遠くに及ぶ。蔬果は、野菜と果物。交羅は、こもごも陳列する。②**竹を挿み綏を垂れ**—『蔣注』に「竹を挿すは、疑ふらくは即ち古人草を結び竹を折りて、以てト（ボク・うらなう）ふの義ならん。『楚辞』（「離騒」）に、所謂る筳・篿なり（↓『全注釈』[1]一八〇・一八一）。『礼（記）』内則に「綏纓を頷下に結びて以て冠結の余を固くする者なり。散じて下に垂る、之を綏（ズイ・かんむりのたれひも）と謂ふ。犬牙は、其の瓜の形似たるを言ふなり。」とある。『詩経』斉風「南山」第二章に「葛屨（カック）は五両（五足）、冠綏（冠から垂れる飾りひも）は双（なら）ぶ」とある。

③**女隷**—女の召使。婢。④**今茲秋孟**—今茲は、今年。秋孟は、孟秋（七月）。孟は、初。⑤**天女の孫**—『蔣注』に「『漢（書）』（巻二十六）天文志に、織女は天孫の女なり、と。嬪は、婦なり。『続斉諧記』（梁・呉均撰）に、七月七日、織女当に河を渡りて暫く牽牛に詣るべし、と。『爾雅』に、河鼓、之を牽牛と謂ふ、と。」とある。天女は、織女星。天の真女。『史記』巻二十七「天官書」に「其の北織女、織女は、天女の孫なり。」とある。河鼓は、『晋書』巻十一「天文志」に「河鼓三星、牽牛の北に在り、天鼓なり。軍鼓を主（つかさ）どる。」とある。嬪は、つれそう。よめ入り。妻となる。

⑥**邀へて祠る**—邀（ヨウ）は、むかえる。招致する。呼ぶ。巧は、はたおりが上手になる方法。

⑦**蹇拙を駆去して**—蹇拙は、俗にいう不器用さ。蹇は、かける。そこなう。あやまち。とどこおる。なやむ。駆去は、のぞきさる。かりのぞく。開利は、開いて通ずるようにする。⑧**組紝縫製**—『蔣注』に「組は、総古の切。紝は、如林の切。又た去声。○組は、補縫（衣服のほころびを縫いつくろうこと）なり。紝は、機縷（はたいと）なり。」とある。組紝は、糸をくみ布を織ること。組は、くみ

ひも。くむ。紝は、紝の別体。はたいと。機を織る。縫製は、（布を）ぬう。

柳子《りゅうし》曰《い》はく、苟《いや》しくも然《しか》らんか
吾《われ》も亦《ま》た大《おお》いに拙《せつ》なる所有《ところあ》り
儻《も》し可《か》ならば是《これ》に因《よ》りて以《もっ》て之《これ》を去《さ》らんことを求《もと》めん、と
乃《すなわ》ち①纓弁束衽《えいべんそくじん》して武《あし》を促《ちかづ》け気《き》を縮《ちぢ》めて
②旁趨曲折《ぼうすうきょくせつ》して傴僂《うる》して事《こと》を将《おこな》ふ
再拝稽首《さいはいけいしゅ》して臣《しん》と称《しょう》して進《すす》みて曰《い》はく
③下土《かど》の臣《しん》　窃《ひそ》かに聞《き》く
④天孫《てんそん》　巧《こう》を天《てん》に専《もっぱ》らにして
⑤璇璣《せんき》を轇轕《こうかつ》し星辰《せいしん》を経緯《けいい》し
⑥能《よ》く文章《ぶんしょう》を成《な》して帝《てい》の躬《み》を黼黻《ほふつ》して以《もっ》て
下民《かみん》に臨《のぞ》む、と

柳先生が言うことには、もしそうならば
私も非常に拙い点がある
もしよろしければこれによって大拙を除きたい、と
そこで冠のひもを結び襟をくくり足をつづめ息を縮め
祠祭者のわきから走り出て身をかがめひれ伏して事を行なう
再拝稽首して臣と称して進み出て以下の通り申し上げる
下界の臣が仄聞するに
織女星は機織りの技巧を天上界で存分にふるい
日月を自由自在にめぐらし星辰を治め整え
すばらしい文様を画いて天帝の身を飾り、下民の前に現われる、と

⑦聖霊《せいれい》を欽《つつし》み光耀《こうよう》を仰《あお》ぐの日《ひ》久《ひさ》し

天帝をつつしみ輝きを仰ぐ日は久しい

▼原文二六七頁

注解　①**纓弁束衽して**—『蔣注』に「弁は、冠なり。袵（衽）は、衿なり。」とある。纓は、ひも。冠のひも。まとう。結ぶ。束衽は、衽（袵・衿・えり）をくくる。促武は、足をつづめる。武は、足。歩み。半歩（一歩は六尺）。促は、近づける。縮気は、気を縮める。息をひそめる。縮は、短くする。小さくする。　②**旁趨曲折して**—『蔣注』に「傴（ウ）は、委羽の切。僂（ル）は、隴主の切。」とある。旁趨は、ここでは、司祭者のわきから小走りに出ること。曲折は、おれまがる。背をかがめる。曲折傴僂は、身体をかがめて再拝する。傴僂は、せぐくまる。身を屈める。うつむき伏す。恭敬のさま。将事は、『左氏伝』哀公十五年に「朝聘して（終われば）尸（シ）を以（い）て事を将（おこな）ふの礼有り。」とある。将は、行なう。　③**下土の臣**—『詩経』邶風「日月」に、「日や月や、下土を照臨す」とある。また、『詩経』小雅・谷風之什「小明」を見よ。下土は、大地。下界。上天の対。窃聞は、ひそかに聞く。窃（セツ）は、ひそかに。そっと。人知れず。　④**天孫**—織女星。たなばた。『漢書』巻二十六「天文志」に「織女は、天帝の孫なり。」とある。　⑤**璇璣を轇轕し**—『蔣注』に「轇（コウ）は、音交。轕（カツ）は、音葛。〇轇轕（まじり乱れる）は、猶ほ交加（入りまじる）のごときなり。『書（経）』（堯典）に、璇璣玉衡（天文観測の道具）を在（み）て（以て七政を斉ふ）、と。璣は、天文を正すの器。璇は、美玉なり。」とある。璇璣は、天体を観測する機械。渾天儀（昔、天体の観測・研究に用いた機械）。また、北斗七星中第二を璇という。陰刑を主どる女主の位。第四を璣という。殺害を主どる。『史記』巻二十七「天官書」を見よ。轇轕（コウカツ）は、長遠のさま。雑乱のさま。車馬の多いさま。かけるさま。自由に廻転するさま。ここでは、璇璣（日月のこと）を自由自在にめぐらすこと。経緯は、たて糸とよこ糸。治めととのえる。⑥**能く文章を成して**―文章は色どり。飾り。模様。黼黻（ホフツ）は、古代の天子の礼服のぬいとりの名。黼は、白と黒の斧形。黻は、黒と青糸で両の弓の字（一説に、両の己の字）の相背いた模様にぬいとりしたもの。ここでは、今もって天帝の身を飾るをいう。たすける。賛助する。⑦**聖霊を欽しみ**―欽は、欽仰。敬いあおぐ。敬いしたがう。光耀は、ひかり。かがやき。光暉に同じ。一般に天の日月星辰を総括していう。『列子』天瑞に「日月星辰、亦た積気中の光耀有る者なり。」とある。

①今聞《いまき》く　天孫《てんそん》　其《そ》の独《ひと》りを楽《たの》しまずして
②貞卜《ていぼく》を玄亀《げんき》に得《え》て
③将《まさ》に石梁《せきりよう》を蹈《ふ》んで天津《てんしん》を款《たた》き
④神夫《しんふ》に漢《かん》の浜《ひん》に儷《なら》ばんとす、と
⑤両旗開張《りようきかいちよう》して中星《ちゆうせい》　芒《ひか》りを耀《かがや》かす
⑥霊気翕欻《れいききゆうこつ》として茲《こ》れ辰《しん》の良《よ》きなり

今聞く、織女は独居を楽しまないで
亀甲を灼いて吉日を占い
天河の石橋を渡って天門を通り
牽牛に天河のほとりで嫁ごうとする、と
左右の旗は開帳して北斗星は輝きをまし
霊気は突然あらわれ七夕の良き日である

▼原文二六七頁

注解　①**今聞く天孫**―天孫は、織女星（前出）。不楽其独は、独居できないことを婉曲にそしったのである。②**貞卜を玄亀に**―貞卜は、占って神意を問いただす。貞卜玄亀は、天子に係わる占卜をいう。『周礼』春官「占人」を見よ。③**将に石梁を蹈んで**―『蔣注』に「天津は、九星天河の中に横たはりて、四瀆（長江・黄河・淮水・済水）の津梁（渡し場と橋）を主（つかさ）どる。」とある。石梁は、河漢にかかる石橋の名。天津は、門の名。「離騒」に「朝に軔（ジン・車輪の止め木）を天津に発し、夕べに余れ西極（山の名）に至る」とある（→『全注釈』1二二九～二三一）。款（カン）は、（門を）たたく。案内を求める。④**神夫に漢の浜に**―神夫は、牽牛星を指す。漢浜は、正しく礼を行なう処をいう。儷（レイ）は、つれあい。配偶。ならぶ。二つそろう。二つ並びそろう。⑤**両旗開張して**―『蔣注』に「左旗の九星は河鼓の左旁に在り。右旗も亦た之（か）くの如し。而して河鼓其の中に居る。儷は、偶なり。」とある。両旗は、左旗と右旗。旗は、星のこと。中星は、ここでは、北斗七星をいう。二十八宿を四方に分けると、方毎に七宿となる。その各〻七宿の中央の宿を中星という。⑥**霊気翕欻として**―翕欻（キュウコツ）は、すみやかなさま。疾いさま。『文選』巻五「呉都賦」（左太沖・思）に「神化翕忽として幽を函（ふく）み明を育（やしな）ひ、性を窮め形を極め、盈虚は自然なり」とある。辰良は、よい日。吉日。良辰。ここでは、七月七夕。昏嫁の時をいう。「九歌」東皇太一に「吉日の辰良」とある（→『全注釈』2九・一〇）。

①幸《さいわい》にして弭節《びせつ》して民間《みんかん》に薄遊《はくゆう》す
臣《しん》の庭《てい》に臨《のぞ》みて曲《②つぶさ》に臣《しん》の言《げん》を聴《き》け
臣《しん》には大拙《たいせつ》有《あ》り

幸運なことに民間にしばらく停まり遊び
私の庭で私が詳しく言うからしっかり耳傾けよ
私は確かに大いに拙い点がある

智《ち》も化《か》せざる所《ところ》
医《い》も攻《おさ》めざる所《ところ》
威《い》も遷《うつ》すこと能《あた》はず
寛《かん》も容《い》るること能《あた》はず
③乾坤《けんこん》の量《りよう》海岳《かいがく》を包含《ほうがん》す
臣《しん》の身《み》甚《はなは》だ微《び》なれども
足《あし》を投《とう》ずる所無《ところな》し
④蟻《ぎ》は垤《てつ》に適《ゆ》き
蝸《か》は殻《こく》に休《いこ》ふ
⑤亀《き》黿《げん》螺《ら》蚌《ほう》までも皆服《みなふく》する所《ところ》有《あ》り
臣《しん》は物《もの》の霊《れい》なれども
⑥進退《しんたい》唯《た》だ辱《はずかし》めらる
⑦彷徉《ほうよう》すれば狂《きよう》と為《な》し
⑧局束《きよくそく》すれば（謟）〔諂《てん》〕と為《な》す
⑨吁吁《くく》すれば詐《さ》と為《な》し

どんな知恵でも変えられないところ
どんな名医でも治せないことがあるし
威しても遷すことができないし
寛大にしても包含することができない
天地の大いさは海岳を包含する
私の体は非常に小さいけれども
足を投げ出して休むところもない
蟻はあり塚にゆくし
かたつむりは殻の中で休息する
亀や大すっぽん、蛤の類まで皆隠れる処がある
私は万物の霊長なのに
進むも退くも辱められるばかり
ぶらぶらさまよえば狂だとし
身をかがめてちぢこまっていると諂だとし
世を嘆くと詐だとされ

⑩坦坦《たんたん》たれば忝《てん》と為《な》す　寛やかで公平だと辱だとされる

▼原文二六八頁

注解　①**幸にして弭節して**—『蔣注』に「弭（ビ）は、徐行するなり。」とある。弭節は、歩く調子をひかえる。ゆるやかに歩む。急ぎ行かないで暫く停まること。「離騒」に「吾れ羲和（日輪の御者）をして節を弭（や）め、崦嵫（日の入る所の山）を望んで迫る勿からしむ」とある（↓『全注釈』[1]一三九～一四一）。薄遊は、薄禄をもって仕官すること。質素な旅行。ここでは、一寸の間わが民間に遊ぶこと。②**曲に臣の言を**—曲は、つぶさに。こまかに詳しく。すみずみまで。もれなくそろうさま。『荀子』非十二子に「原を宗として変に応じ、曲に其の宜しきを得たり。」とある。③**乾坤の量**—乾坤は、天地。『易経』説卦伝に「乾を天と為し、圜（エン）と為し、君と為し、父と為し、……坤を地と為し、母と為し、布と為し、釜と為し、云云」とある。④**蟻は垤に適く**—蟻は、あり。垤（テツ）は、あり塚。ここでは、安心の地をいう。⑤**亀黿螺蚌**—黿（ゲン）は、大すっぽん。すっぽんに似た大形のかめ。螺（ラ）は、巻き貝。蚌（ホ）は、どぶがい。⑥**進退**—立ち居振る舞い。仕官と退官。去就。進むも退くも。⑦**仿佯すれば狂と為し**—『柳河東集』は仿佯を彷徉に作り、『蔣注』に「彷は、音房。徉は、音羊。○彷徉は、徙倚（シイ・行ったりもどったりする。立ち止まる）なり（『広雅』）。」とある。仿佯は、ぶらぶらさすらう。『呂氏春秋』巻二十「恃君覧」行論に「野に仿佯して以て帝を恚（うれ）へしむ。」とある。「招魂」第二段に「彷徉（歩きまわる）して倚（よ）る所無く、広大にして極まる所無し」とある（↓『全注釈』[7]二五～二九）。『史記』巻三「殷本紀」に「箕子、詳（いつわ）り狂して奴と為る。」とある。⑧**局束すれば諂**—局束は、身をかがめちぢこまるさま。こせついてのびのびしないさま。おずおずとおそれるさま。しばられてちぢこまる。ここでは、殷勤すぎたり丁寧すぎたりすること。諂（テン）は、へつらう。こびおもねる。

⑨吁吁すれば―吁吁（クク）は、ああ。なげくさま。嘆息する。『白虎通』「号」に「臥するときは之れ詓詓、起くるときは之れ吁吁たり。」とある。世のためになげく。息せききって、ことば多く語るさま。⑩坦坦たれば―坦坦は、平らで広々としたさま。寛平なるさま。平凡な。普通の。『易経』一〇「履」に「九二　道を履（ふ）むこと坦坦たり。幽人貞（ただ）しくして吉なり。」とある。

①他人《たにん》の身《み》を有《たも》つこと
②動《うご》けば必《かなら》ず宜《よろ》しきを得《う》
③周旋《しゅうせん》すれば笑《わら》ひを獲《え》
④顚倒《てんとう》すれば嘻《わら》ひに逢《あ》ふ
⑤己《おのれ》の尊昵《そんじつ》する所《ところ》
人《ひと》或《あるい》は之《これ》を怒《いか》る
情《じょう》を変《へん》じて勢《いきお》ひに徇《したが》ひて
利《り》を射《い》て⑥巇《ぎ》を抵《う》つ
中心《ちゅうしん》は甚《はなは》だ憎《にく》めども

他人が身を保つこと
行動を起こせば必ず善事をえた
うろうろすると笑われ
つまずき倒れると声をあげて笑う
私が親近するものは
人は時として怒る
さきの心を変えて怒る者の勢いのままに順い
好い処を取ろうとすきに乗じる
心のうちでは非常に憎んでも

彼《かれ》の奇《き》とする所《ところ》と為《な》る
仇《あだ》を忍《しの》んで佯《いつわ》り喜《よろこ》び
悦誉《えつよ》遷随《せんずい》す

かれに奇とされる
仇を許していつわり喜び
悦誉遷るがままに従う

▼原文二六八頁

注解　①**他人の身を有つ**—有は、保有する。保守する。『礼記』哀公問第二十七に「人を愛する能はざるときは、其の身を有（たも）つ能はず。」とあり、大学第四十二に「国を有つ者は、以て慎まざるべからず。」とある。②**動けば必ず**—動は、一説に「ややもすれば・つねに」と解す。宜は、よろしい。よろしい事。正しい。道理にかなう。③**周旋すれば**—周旋は、挙動。たちいふるまい。動作。めぐり歩く。追いかけまわる。とりもつ。世話する。『左氏伝』襄公三十一年に「進退は度とすべく、周旋は則るべく、容止は観るべし。」とある。④**顚倒すれば**—顚倒は、さかさまになる。ひっくりかえる。『詩経』斉風「東方未明」第一章に「東方未だ明けざるに、衣裳を顚倒す」とあり、第二章に「東方未だ晞（あ）けざるに、裳衣を顚倒す」とある。嘻（キ）は、笑い声。よろこんで笑う。作り笑いする。⑤**己の尊昵する**—『蔣注』に「昵（ジツ）は、尼質の切。巇は、音義。○昵は、親近するなり。」とある。昵は、近づく。なじむ。親しみなれる。⑥**巇を抵つ**—『蔣注』に「巇は、山険しき貌。」とある。抵巇は、すきまをねらいうつ。すきに乗じる。機会を利用する。『韓昌黎文集』巻十三「釈言」（篇）に「機に乗じ巇を抵（お）して、以て権利を要すること能はず。」とある。巇（キ）は、けわしい。すきま。すき。

胡《なん》ぞ臣《しん》の心《こころ》を執《と》りて
常《つね》に移《うつ》らざらしむる
①人《ひと》に反《はん》して己《おのれ》を是《ぜ》として
②曾《かつ》て惕《おそ》れ疑《うたが》はず
名《な》を貶《へん》し命《めい》を絶《た》ちて
知《し》る所《ところ》に負《そむ》かず
③抃嘲《べんとう》して傲《おご》るに似《に》たれども
貴者《きしや》　④歯《は》を啓《ひら》く
臣《しん》は旁《かたわ》らに震驚《しんきよう》すれども
彼《かれ》は且《ま》た恥《は》ぢず
⑤叩稽匍匐《こうけいほふく》して
言語《げんご》　⑥譎詭《けつき》なり

どうして私の心を堅く守って
常に移らないようにさせたのか
人に反対して自分を是とし
一度も恐れ疑わなかった
名をけなし命を絶ち
知るところに負かない
悪人どもは手を打って嘲り傲っているようだが
権勢者は歯をむきだして笑う
私は傍らでふるえ驚いているのに
悪人はまた恥としない
ぬかづき平身しながら
言葉は偽りあざむく

▼原文二六九頁

注解　①人に反して—反は、反対する。是は、正しいとする。　②曾て惕れ—曾は、かつて。これまでに。以前に。全然。一度も。惕（テキ）は、つつしむ。おそれつつしむ。おそれる。ぞっとする。

③抃嘲して傲る―抃（ベン）は、手をうつ。喜んで手をたたく。手拍子をとる。手でうつ。傲は、おごりたかぶる。あなどる。他人をみくだす。抃嘲は、手をたたいてあざける（からかう）。④歯を啓く―笑う。口を開いて歯を見せる。口を開く。発言する。⑤叩稽匍匐して―叩（コウ）は、ぬかずく。たたく。ひかえる。匍匐は、はらばう。はらばいになって進む。⑥譎詭―偽りあざむく。不思議で珍しいこと。いろいろと変わること。譎（ケツ）は、いつわる。詭は、せめる。いつわる。あざむきだます。そむく。

①臣《しん》をして縮恧《しゅくじく》せしめて
②彼《かれ》は則《すなわ》ち大《おお》いに喜《よろこ》ぶ
③臣《しん》若《も》し之《これ》に効《なら》はば
④瞋怒《しんど》己《おのれ》に叢《あつ》まらん
彼《かれ》は誠《まこと》に大巧《たいこう》にして
臣《しん》が拙《せつ》は比《たぐい》無《な》し
王侯《おうこう》の門《もん》には
⑤狂吠《きょうはい》する狴犴《へいかん》あり
臣到《しんいた》ること百歩《ひゃくほ》なれば

私を恥じちぢませて
あの権勢者は大いに喜んでいる
私がもしこの輩のようにしたら
怒りが自分に集中するだろう
権勢者は誠に大巧な人で
私の拙さは比類がない
王侯の門には
猛くほえる野犬がいる
私が百歩ほど近づくと

⑥喉喘《のどあえ》ぎ 顚汗《いただきあせ》す
⑦睢盱《きく》として逆走《ぎゃくそう》して
⑧魄遁《はくのが》れ神叛《しんそむ》く
⑨欣欣《きんきん》たる巧夫《こうふ》は
⑩徐《おもむ》ろに入《い》つて縦誕《しょうたん》す
⑪毛群《もうぐん》尾《お》を掉《うご》かして
百怒一散《ひゃくどいっさん》す

恐れおののき額に汗する
小人どもは目を見張り私が逃げ出すと
殊の外驚く
喜び楽しむ巧夫は
ゆっくり入って思いのままに振る舞う
野犬は尾をふってすっかり馴れ
さかんに声をあげては追い払う

▼原文二六九頁

注解 ①**臣をして縮恧**—『蔣注』に「恧（ジク）は、女六の切。下同じ。」とある。縮恧は、恥じてちぢむ。恧は、忸の本字。はじる。きまりが悪い。②**彼は則ち**—彼は、ここでは、権勢者・勢力者を指す。③**臣若し之に效はば**—之は、権勢者を指す。效は、ならう。まねる。まなぶ。④**瞋怒己に**—瞋怒は、目を見はって怒る。『魏略』「苛吏伝」に「済陰の王思、瞋怒度無し。」とある。叢は、むらがる。あつまる（聚）。⑤**狂吠する狴犴**—『蔣注』に「狴（ヘイ）は、音陛。又た辺迷の切。犴（カン）は、音岸。○狴犴は、狂犬なり。亦た之を獄と謂へるは、其の犬の守る所と為るを以てのみ。」とある。狂吠は、猛くほえる。狴犴は、虎に似て、力があり、訟を好む。転じて牢獄をいう。ここでは、野犬・狂犬をいう。貴人の門衛に喩える。⑥**喉喘**—喉喘は、のどがつまってあえぐ。恐れおののくこと。顚は、ひたい。喉喘顚汗は、門衛が怒り狂うこと。⑦**睢盱として逆走して**—睢盱

（キク）は、小人の喜悦するさま。質朴なさま。目を見張ること。仰ぎ見ること。『文選』巻二「西京賦」（張平子・衡）に「緹衣（テイイ・かき色の衣服）韎韐（バツコウ・あかね色の前垂れ）、睢盱（目を見張る）として抜扈（足をふんばる）す」とある。逆走は、柳宗元が驚いて逃げ去るということ。**⑧魄遁れ神叛く**―この句は、非常に驚くという意。**⑨欣欣**―喜び楽しむさま。『詩経』大雅・生民之什「鳧鷖」第五章に「旨酒欣欣たり、燔炙（やきざかな）芬芬たり」とある。**⑩徐ろに入つて**―入は、王侯の門に入ること。縦誕（ショウタン）は、ほしいまま。わがまま。自在にふるまう。『晋書』巻四十二「王澄伝」に「酣燕縦誕して、歓を窮め娯しみを極む。」とある。**⑪毛群**―獣のむれ。猚犴の類。野犬。『文選』巻一「西都賦」（班孟堅・固）に「毛群内に闐（み）ち、飛羽上に覆ふ」とあり、巻四「蜀都賦」（左太沖・思）に「毛群陸離（分散するさま）羽族紛泊（飛び散ること）す」とある。また、左思の「呉都賦」（巻五）に「羽族は觜距（くちばしとけづめ）を以て刀鈹（剣）と為し、毛群は歯角を以て矛鋏（剣）と為す」とある。掉尾は、尾をふるう。容易に馴れていることをいう。掉（トウ）は、振る。振り動かす。

①世《せい》途《と》昏険《こんけん》にして
②歩《ほ》を擬《ぎ》すれば漆《うるし》の如《ごと》し
③左《ひだり》は低《た》れ右《みぎ》は昂《あ》げて
④闘冒衝突《とうぼうしょうとつ》す

世の道は暗く険しく
歩こうにもままならない
左右は下ったり上がったりして
行き難いのを強いて行こうとする

⑤鬼神《きしん》も恐悸《きょうき》し
聖智《せいち》も⑥危慄《きりつ》す
⑦泯焉《びんえん》として直《ただ》ちに透《とお》つて
至《いた》る所一《ところいつ》なるが如《ごと》し
是《こ》れ独《ひと》り何《なに》の工《たくみ》ありて
⑧縦横《じゅうおう》にして恤《うれ》へざる
天《てん》の仮《か》す所《ところ》に非《あら》ずんば
彼《か》の智《ち》焉《いず》くにか出《い》でん
独《ひと》り⑨臣《しん》に畜《おし》んで
恒《つね》に⑩玷黜《てんちゅう》せしむ

鬼神も恐れおののき
聖智の人も危ぶみ恐れる
大巧の人は真っすぐに通って
到達するところは同じようだ
これはどんな巧みさがあって
自在に振る舞って憂えないのか
天が知恵を貸さなかったら
あの知恵はどこから出たのだろう
私（宗元）にだけおしんで
いつもけがさせたり退けようとしている

▼原文二六九頁

注解　①**世途昏険にして**―世途は、世間の道。世に処する道。世渡りの道。昏険は、暗く険しい。②**歩を擬す**―歩こうとすること。漆の如しとは、自由にならないこと。③**左は低れ右は昂げて**―不自由なことをいう。④**闘冒衝突**―行き難いのを強いて行こうとすること。⑤**鬼神も恐悸し**―恐悸は、恐れてびくびくする。恐れておののく。唐の銭珝の「王相公の為に司空を加へらるるを譲るの表」に「分を揣るに次に非ず。恐悸して安んじ難し。」とある。⑥**危慄**―危ぶみ恐れる。漢の焦贛の

『易林』に「危慄して安からず。」とある。⑦**泯焉**―滅びるさま。はっきりしないさま。なんの苦もない大巧の人のこと。辛苦のない人。直透は、（大巧の人は）世途は昏険ではないということ。⑧**縦横にして恤へ**―『蔣注』に「恤は、一に卹（ジュツ・うれえる）に作る。」とある。縦横は、思うがまま。自由自在に振る舞う。『後漢書』列伝第九十三「李固伝」に「賓客縦横にして、多く過差有り。」とある。⑨**臣に嗇んで**―臣は、柳宗元を指す。嗇（ショク）は、惜しむ。惜しみ渋る。物惜しみする。吝嗇（リンショク）。『文選』巻三十七「平原内史を謝するの表」に「蕞爾の生、尚ほ吝（お）しむに足らず。」とある。『老子』第五十九章に「人を治め天に事ふるには、嗇（無駄を省く）に若（し）くは莫し。夫れ唯だ嗇なり。」とある。⑩**玷黜**―欠けることと、おとすこと。玷（テン）は、欠ける。きず。けがす。辱める。黜（チュツ）は、おとす。しりぞける。官位をおとす。『詩経』大雅・蕩之什「抑」第五章に「白圭の玷（か）くるは、尚ほ磨くべし」とある。

①沓沓謇謇《とうとうけんけん》として
口《くち》の言《い》ふ所《ところ》を恣《ほしいまま》にす
②逆《むか》へて喜怒《きど》を知《し》り
黙《もく》して憎憐《ぞうれん》を測《はか》る
③脣《くちびる》を揺《うご》かして一《ひと》たび発《はつ》すれば

軽口をべらべらと語り
口から出るがままに言う
相手の喜怒の思いを知り
だまって相手の憎しみや憐みの思いを推測する
くちびるを動かし一たびもの言うと

④径《ただ》ちに心原《しんげん》に中《あ》たる
⑤膠《にかわ》　加《くわ》はり鉗《はさみ》　夾《はさ》んで
死《し》を誓《ちか》ひて遷《うつ》ること無《な》し
⑥心《しん》を探《さぐ》り胆《たん》を扼《やく》して
⑦踊躍拘牽《ようやくこうけん》す

すぐに心奥に当たる
にかわで着け　かなばさみで挟んだように
死を誓って心変わりしない
互いの心もこのようだと
飛びあがり喜んで互いに引き合う

▼原文二七〇頁

注解　①**沓沓謇謇**―『蔣注』に「沓は、達合の切。○『詩（経）』（小雅・節南山之什「十月之交」第七章）に、噂沓（集まって共々に悪口をいう）背憎（蔭でにくむ）、と。沓沓は、疾なり。」とある。沓沓（トウトウ）は、口数の多いさま。多弁で流暢なさま。謇謇（ケンケン）は、軽々しいさま。言葉の巧みなさま。媚びる時の言葉のさま。この句は、言語の自在なさまにいう。『説文』（五上）に「語多く沓沓たるなり。」とある。　②**逆へて喜怒を知り**―逆知は、相手の気持ちを知る。相手にこういうと嬉しがるだろうと推知すること。測は、相手の憎・憐の情を推測する。　③**脣を揺かして**―揺脣は、くちびるを動かす。しゃべる。　④**径ちに心原に**―径は、直ちに。すぐさま。心原は、心の奥底。中は、当たる。あう。一致する。適する。　⑤**膠加はり鉗夾んで**―『蔣注』に「鉗は、其廉の切。或は銛（セン・すき。もり）に作る。夾は、音甲。○膠加はり鉗夾むとは、巧言膠固（にかわで着けたように、かためること。かたい。こびりつく）なる者を謂ふ。」とある。膠加は、にかわで着ける。鉗は、くびかせ。かなばさみ。はさむ。無遷は、変わることがない。心変わりしない。この句は、大巧の人たちは、人に対してこのように交誼が堅いことを誓うをいう。⑥**心を探り胆を扼して**―探心・扼胆は、お互いの情がよく合ったことをいう。扼は、おさえる。とらえる。⑦**踊躍拘牽**―踊躍は、こおどりする。喜んでとび上がる。『詩経』邶風「撃鼓」に「鼓を撃つこと其れ鏜（鼓の音がドンドンと鳴るさま）たり、踊躍して兵（武器）を用ふ」とある。拘牽は、掛かりあい。かかわる。ひきとめられる。こだわる。相互に引き合う。あちらこちら引き釣り合う。『漢書』巻九「元帝紀」に「虖（ああ）、苛吏に煩擾（わずらわしく乱れる）し、微文に拘牽せられて、永くは性命を終ふるを得ず。」とある。

①彼《か》れ 佯《いつわ》り退《しりぞ》くと雖《いえど》も
②胡《なん》ぞ旃《これ》を得《う》べけんや
独《ひと》り臣《しん》の舌《した》を結《むす》んで
③喑抑銜冤《いんよくかんえん》せしむ
④眦《まなじり》を掣《さ》き血《ち》を流《なが》して
一辞《いちじ》宣《の》ぶること莫《な》し
⑤胡為《なんす》れぞ賦授《ふじゅ》
⑥此《こ》の奇偏《きへん》有《あ》る

かれは退去したのだが
どうしてそれが偽りだと知りえようか
わたしだけがもの言わず
ぬれぎぬにむせび泣かされた
目をいからし血を流して
一言も述べることができない
どうして天の賦与が
こんなに常と異なるのか

▼原文二七〇頁

注解 ①彼れ佯り退く―佯退は、退去すること。佯は、いつわる。みせかける。あざむく。だます。②胡ぞ旃を―『蔣注』に「旃（セン）は、語詞なり。」とある。旃は、これ。これを。之・焉の二音を縮めたものという。可得は、知りえない。③喑抑銜冤―『蔣注』に「喑（イン・なく）は、音陰。」とある。喑抑は、泣きむせぶ。喑は、なく。泣ききって声がかれる。抑は、圧抑（おさえる）。銜冤（カンエン）は、冤罪をうける。冤罪をうけて恨みをいだく。無実の罪や屈辱をうけて訴える方法がないこと。④眦を擘き―『蔣注』に「眥（眦の別体）は、音剤。○眥（まなじり。にらむ）は、目を瞋（いか）らす貌。」とある。擘眦は、目をいからす。目を見張る。擘（ハク）は、裂く。破裂。一辞莫宣は、一言も満足に述べることができない。⑤胡為れぞ賦授―胡為は、どうして。賦授は、天の賦授（賦与）。⑥此の奇偏有る―奇偏は、珍しくかたよっている。常と異なっている。

①眩耀《げんよう》して文《ぶん》を為《つく》りて
②瑣砕排偶《ささいはいぐう》す
黄《こう》を抽《ぬき》んで白《はく》に対《たい》し
③飛走《ひそう》を唍哢《がんろう》す
④四《し》を駢《なら》べ六《ろく》を儷《なら》べて
⑤錦心繡口《きんしんしゅうこう》なり

世人は人の目をくらますような華麗な文章を作り
くだくだしく並べることに専念する
黄を抜き取って白に対すること（対句を設けること）
あたかも鳥獣がさえずっているかのようである
四字句六字句を並べて
言葉も思想も美しい

⑥宮沈《きゅうしず》み　羽《う》振《ふ》るひて
⑦笙簧《しょうこう》　手《て》に触《ふ》る
観《み》る者《もの》　⑧舞悦《ぶえつ》して
⑨誇談《こだん》　雷《らい》のごとく吼《ほ》ゆ

その文章は宮声と羽声を調えて
笙簧を演奏しているようである
観る者は舞いおどり悦び
自慢げに話すこと雷鳴のようだ

▼原文二七〇頁

注解　①**眩耀**―目がまばゆいばかりに耀く。ここでは、人の目がどぎまぎするように華麗なことをいう。『楚辞』「遠遊」に「雄虹の采旄を建つれば、五色雑りて炫耀す」とある（→『全注釈』5 五三・五四）。『漢書』巻六十五「東方朔伝」賛に「童児牧豎も、眩耀せざる莫し。」とある。②**瑣砕排偶す**―瑣砕は、こまかいこと。小さなこと。くだくだしいこと。排偶は、ならぶ。ならべる。黄と白とを互いに対（つい）すること。③**飛走を⿰口弇哢す**―『蔣注』に「⿰口弇（ガン）は、音弇。哢（ロウ）は、音弄。○⿰口弇哢は、鳥の声なり（『集韻』）。」とある。飛走は、鳥獣をいう。⿰口弇哢は、さえずる。哢吟する。⿰口弇は、とじる。口をつむぐ。哢は、鳥の声。鳥がさえずる。ここでは、いたずらに生気のない文字を巧みにするをいう。④**四を駢べ**―『蔣注』に「駢は、音便。平声なり。」とある。駢四儷六は、四字句と六字句とを並べて文章を作る。四六駢儷体（四六文。四字句六字句を多用して調子をととのえ、対句を用いた美文）、六朝の文は多くこの体である。⑤**錦心繡口**―美しい思想と美しいことば。飾りたてていること。文才のすぐれた人をほめていう。詩人や文士の美しい思想感情の喩え。錦心は、錦のような美しい心（思想）。繡口は、ぬいとりした、美しい言葉の意で、詩文などの才能に富んでいることの喩え。⑥**宮沈み羽振るひて**―宮・羽は、五音（宮・商・角・徴〈チ〉・羽）の二音。

⑦**笙簧**—笙の笛の舌。　⑧**舞悦**—舞い踊り悦ぶ。悦は、快く思う。楽しむ。　⑨**誇談**—自慢げに話す。自慢話。賞賛すること。

独《ひと》り臣《しん》の心《こころ》を溺《おぼ》らしめ
①老醜《ろうしゅう》を甘《あま》んぜしむ
②嚚昏《ぎんこん》莽鹵《もうろ》にして
③樸鈍《ぼくどん》枯朽《こきゅう》す
④一時《いちじ》を期《き》せず
以《もつ》て⑤悠久《ゆうきゅう》を俟《ま》つ
⑥万金《ばんきん》を旁羅《ぼうら》すれども
⑦弊帚《へいそう》を鬻《う》らず
⑧跪《ひざまず》いて豪傑《ごうけつ》に呈《てい》すれば
投棄《とうき》して有《たも》たれず
⑨眉《まゆ》矉《ひそ》み頞《ひたい》蹙《しか》めて
⑩喙《くち》唾《つばは》き胸《むね》欧《は》く

私の心だけ古文に溺れさせて
今の世に合わない古体に満足させる
だから作る文は誠実さがなく
粗雑で飾りけも潤いもない
今の人びとの賞賛を期待しないで
後世の誉れを待とう
たとえ大金を積まれても
私のやぶれた箒を売るまい
ひざまずいて富貴の人にさしあげると
棄てられてしまう
顔をしかめ鼻筋にしわ寄せ
口でつばし胸の恨みを吐きだす

▼原文二七〇頁

注解 ①**老醜**―老いてみにくいこと。ここでは、当世に合わない文体、いわゆる古文をいう。甘は、満足する。しかたなく我慢する。　②**嚚昏莽鹵**―『蔣注』に「嚚（ギン）は、音銀。」とある。嚚は、語る声。また、声がわるい。ことばに誠がない。おろか。莽鹵（モウロ）は、軽々しく扱う。粗末にする。鹵は、愚・魯・おろか。　③**樸鈍**―器が鋭利でない。なまくら。性質が素直でにぶい。素直でおろか。飾りけがなく拙い。『三国志』「蜀書」巻七「龐統伝」に「少（わか）き時樸鈍にして、未だ識る者有らず。」とある。　④**一時を期せず**―一時は、その当時。同時代。時人。期は、望み。期待。⑤**悠久を俟つ**―千年も万年も後代を待つということ。俟（シ）は、まつ。『礼記』「中庸」第三十一に「博厚は物を載する所以なり。高明は物を覆ふ所以なり。悠久は物を成す所以なり。博厚は地に配し、高明は天に配し、悠久は疆り無きなり。」とある。　⑥**万金を旁羅すれども**―『蔣注』に「帚は、止酒の切。○文を選ぶこと一体に非ず。能く善を備ふること鮮（すくな）し。是（ここ）を以て各〻長ずる所を以て、其の短なる所を軽んず。（里）語に曰はく、家に敝（やぶ）れたる帚有り。之を千金に享（あ）つ、と。自ら見ざるの患ひなり。」とある。『文選』巻五十二「典論論文」（魏文帝）に「而も文は一体に非ざれば、能く善を備ふること鮮し。是を以て各〻長ずる所を以て、短とする所を相軽んず。里語（町中の人たちの語）に曰はく、家に弊れたる帚有り、之を千金に享（みつも）る、と。斯れ自ら見ざるの患ひ（欠点）なり。」とある。なお『東観漢記』（後漢の明帝創修）光武帝紀を見よ。旁羅は、あまねくしく。ここでは、重ねること。『史記』巻一「五帝本紀」に「日月星辰・水波土石金玉を旁羅す。」とある。　⑦**弊帚を鬻らず**―弊帚は、やぶれた箒。転じて、身の程を知らないで誇ること。弊帚千金（やぶれ箒を千金に比べた故事）。柳宗元が自分の文章を箒に喩えた。鬻（イク）は、ひさぐ。売る。よび売り。発音「シュク」のときは、かゆ。　⑧**跪いて豪傑に**―跪は、ひざまずく。ひざまずいて拝する礼法。豪傑は、ここでは、富人や貴人をいう。呈は、さしあげる。

贈呈する。「離騒」に「跪きて衽を敷いて以て辞を陳ぶるに、耿として吾れ既に此の中正を得たり」とある（→『全注釈』[1] 一三三～一三五）。**⑨眉矉み頞蹙めて**―『蔣注』に「矉は、音賓。目恨み張るなり。音は頻と顰と同じ。頞（アツ）は、音曷。○『説文』に蹙額を矉（にらむ。しかめる）と曰ふ、と。頞（アツ・はなばしら。はなすじ）は、鼻茎なり。」とある。矉は、うらんでにらむ。顔をしかめる。蹙頞は、鼻柱にしわを寄せる。憂えるさま。『孟子』梁恵王下に「挙（みな）首を疾ましめ頞を蹙め、而して相告げて曰はく……」とある。**⑩喙唾き胸欧く**―『蔣注』に「喙（カイ）は、呼恵の切。欧は、即ち嘔（オウ・はく）の字なり。」とある。

①大《おお》いに赧《は》ぢて帰《かえ》り
②恨《うら》みを塡《あ》て 首《かしら》を低《た》る
③天孫《てんそん》 巧《こう》を司《つかさ》どる
而《しか》るに臣《しん》を窮《きゅう》すること是《か》くの若《ごと》し
卒《つい》に余《われ》に畀《あた》へず
独《ひと》り何《なん》ぞ酷《はなは》だしきや
敢《あえ》て願《ねが》はくは④聖霊《せいれい》 禍《か》を悔《く》いて
臣《しん》の独《ひと》り⑤艱《なや》めるを矜《あわれ》め

大いに恥じて帰り
恨みをいっぱいにしてうなだれる
天孫は巧を司る者なのに
私を困窮させることがこのようである
とうとう私に与えない
どうしてこんなにひどいのか
どうか聖霊たる天孫よ 禍いを悔いて
私だけ悩んでいるのをあわれめ

⑥姿媚《しび》を付与《ふよ》して
臣《しん》の⑦頑顔《がんがん》を易《か》へよ
臣《しん》の⑧方心《ほうしん》を鑿《うが》ちて
⑨規《き》するに大円《だいえん》を以《もっ》てせよ

私を姿媚ならしめて
頑顔を変わらせよ
私の四角な心を
大円のように丸くせよ

▼原文二七一頁

注解　①**大いに赧ぢて**―赧（タン）は、はじる。あからむ。恐れる。②**恨みを塡て**―塡（テン）は、みたす。みちる。低首は、頭をたれる。うなだれる。③**天孫**―織女。司巧の知力を有する者。④**聖霊**―ここでは、天孫を指す。⑤**艱めるを矜め**―艱（カン）は、なやむ。苦しむ。矜（キョウ）は、あわれむ。いたむ。『書経』泰誓上に「天は民を矜む。」とある。⑥**姿媚を付与して**―姿媚は、しなを作って媚びる。『文選』巻二十三「詠懐」（阮嗣宗・籍）に「流眄（流し目で見る）して姿媚を発し、言笑して芬芳を吐く」とある。付与は、与える。授ける。⑦**頑顔**―頑固な顔つき。頑は、にぶい。おろか。かたくな。⑧**方心**―四角な心。角のある心。正しい心。方正の心。『管子』覇言に「夫れ先王の天下を争ふや、方心を以てし、其の之を立つるや、整斉を以てす。」とある。鑿（サク）は、ほる。けずる。うがつ。える。⑨**規するに**―規は、まる。まるい。まるくする。大円は、大きな円。転じて、天。天空。

吶舌《とつぜつ》を抜《ぬ》き去《す》てて
納《い》るるに②工言《こうげん》を以《もつ》てせよ
③文詞《ぶんし》　婉軟《えんなん》にして
④歩武《ほぶ》　軽便《けいべん》にし
⑤歯牙《しが》　饒美《じようび》にして
⑥眉睫《びしよう》　妍《けん》を増《ま》し
⑦突梯巻孌《とつていけんれん》として
世《よ》の賢《けん》とする所《ところ》と為《な》せ
公侯卿士《こうこうけいし》
⑧五属《ごぞく》　十連《じゆうれん》
彼《か》れ独《ひと》り何人《なんぴと》ぞ
長《なが》く享《う》けて天《てん》を終《お》ふる、と
⑨言《い》ひ訖《お》はりて又《ま》た再拝稽首《さいはいけいしゆ》して
⑩俯伏《ふふく》し以《もつ》て俟《ま》つ
夜半《やはん》に至《いた》るまで命《めい》を得《え》ず

わが訥舌を抜きすてて
巧舌に代えよ
文章のことばは婉曲で
足どりも軽やかに
ことばは豊かで美しく
容顔はなまめかしさをます
変通自在な生き方をし
世人から賢者と称されるようにせよ
公侯や卿士と
五つの属国や十の連国
彼らはいったい何びとにして
長く幸福をうけて天寿を終えられたのか、と
以上、言い終わってまた再拝稽首して
ひれ伏して待つ
夜半に至るもご命令が下らない

⑪疲極《ひきょく》して睡《ねむ》る

つかれ果ててねむってしまった

▼原文二七一頁

注解　①吶舌―『蔣注』に「吶（トツ）は、訥と同じ。」とある。吶舌は、訥言に同じ。訥言は、口が重く、ことばの巧みでないこと。話し方がまずい。口べた。訥は、どもる。口が重い。『論語』里仁第四・第二十四章に「子曰はく、君子は言に訥にして、行に敏ならんと欲す、と。」とある。②工言―雄舌。雄弁。弁舌のすぐれていること。工は、上手。巧。　③文詞婉軟―『蔣注』に「便は、平声なり。」とある。文詞は、文章のことば。文辞。婉軟は、たおやかでやわらかい。婉曲。　④歩武軽便―歩武は、わずかな距離。歩きぶり。足どり。『国語』周語下に「目の度を察するや、歩武尺寸の間に過ぎず。」とある。軽便は、身軽ですばやい。簡単で便利。軽くて自在なこと。　⑤歯牙饒美―歯牙は、歯。歯ときば。言論。口先き。ことば。饒美は、ゆたかで美しい。『玉篇』に「饒は、豊なり。」とある。　⑥眉睫妍を増し―眉睫は、眉とまつげ。顔かたち。接近している喩え。『荘子』庚桑楚に「向（さき）に吾れ若（なんじ）の眉睫の間を見る。吾れ因りて以て汝を得たり。」とある。『列子』仲尼に「近きこと眉睫の内に在り。」とある。妍（ケン）は、美しい。美しさ。なまめかしい。⑦突梯巻臠―『蔣注』に「巻は、音拳。臠（レン）は、音攣。又た巻勉・力転の二切。〇『楚辞』「卜居」に、将（は）た突梯（円滑なこと）滑稽（脂の如く韋の如く）以て潔楹（ケツエイ・なめらかな柱のように肌ざわりがよい。潔くすべすべしているさま）ならんか、と（→『全注釈』5九七～九九）。突梯は、俗に随う貌。『荘子』（在宥篇）に、臠巻傖嚢（まといまつわり乱れる。一説に、臠巻は、伸びないさま。傖嚢は、あわてるさま）して天下を乱す、と。巻臠は、中舒せざる貌。」とある。突梯巻臠は、ここでは、変通自在なこと。自由自在に円滑なこと。心のままに物事に応じてよく変化すること。突梯は、圭角がなく世俗に逆らわず、あい共に推し移ること。突梯滑稽は、俗に随い逆らわないで推し移るをいう。　⑧**五属十連**―『礼記』王制篇に「千里の外（畿外の地。八州）に方伯（州の長官）を設く。五国以て属と為す。属に長有り。十国以て連（周制、十国を合聚した一区域の称）と為す。連に帥有り。」とある。　⑨**言ひ訖はり**―訖（キツ）は、おわる。おえる。　⑩**俯伏**―うつむき伏す。ひれ伏す。　⑪**疲極**―甚だ疲れる。つかれ果てる。『三国志』「呉書」巻十六「陸凱伝」に「調賦（みつぎ物）相仍り、日に以て疲極す。」とある。

①青襃朱裳《せいしゅうしゅしょう》して
手《て》に②絳節《こうせつ》を持《も》ちて来《き》たり告《つ》ぐるもの有《あ》るを見《み》る
曰《い》はく　天孫《てんそん》　汝《なんじ》に告《つ》げしむ
汝《なんじ》の詞《ことば》　良《まこと》に苦《く》なり
凡《およ》そ汝《なんじ》の言《げん》
吾《わ》れ極《きわ》めて知《し》る所《ところ》なり
③汝《なんじ》は而《なんじ》の行《こう》を択《えら》びて
④彼《かれ》を嫉《にく》むことを為《な》さざれ
汝《なんじ》の欲《ほつ》する所《ところ》

青いたもと紅いもすそ姿で
手には紅色の旗印を持って　来たり告げる者がいるのを見た
天孫は侍女にあなたに告げさせた
あなたの言葉はまことに苦しげである
あなたの言葉の大体は
私は十分理解し　ほめるものだ
あなたはそなた自身の行いを択んで
彼をにくむようなことをなさるな
あなたが希望することは

汝《なんじ》 自《みずか》ら期《き》すべし
胡《なん》ぞ之《これ》を為《な》さずして
⑤我《われ》を 誑《たぶらか》すことを為《な》す
⑥汝《なんじ》唯《た》だ諂貌淫詞《てんぼういんし》を恥《は》づるを知《し》るのみ
寧《なん》ぞ貴《たっと》からざることを辱《は》ぢんや
自《みずか》ら其《そ》の宜《よろ》しきに適《てき》せよ

あなた自身で期するがよい
どうしてそれをしないで
私をたぶらかすようなことをするのか
あなたはただへつらう態度やみだらな歌を作ることを恥じることを理解しさえすれば良いのだ
貴人とならないことを恥じることはあるまい
自分でその道理にかなうようにせよ

▼原文二七一頁

注解 ①**青褎朱裳**―『蔣注』に「褎（シュウ）は、音袖。○『説文』（八上）に褎は、（衣）袂（イベイ・たもと。そで）なり、と。」とある。裳は、もすそ。したばかま。スカート。青褎朱裳は、天孫（織女）の侍女の姿。②**絳節**―漢の使者の持つ、赤色の符節。紅色の旗印。絳は、あか。『庾子山集』（庾信）「謹贈司寇淮南公」詩に「伝呼して絳節を擁し、交戟して彤闈（トウイ・赤く塗った宮門。尚書の役所をいう）を映す」とある。③**汝は而の行を**―而は、なんじ。そなた。おまえ。④**彼を嫉む**―嫉は、憎み嫌う。他人の善事を羨み憎む。⑤**我を誑す**―誑は、たぶらかす。まどわす。あざむく。だまし迷わす。⑥**汝唯だ諂貌**―諂（テン）は、へつらう。人の気に入るように媚びる。人の気に入るようなことを言う。淫詞は、みだらな歌。でたらめな言葉。不正な言論。

①中心《ちゅうしん》に已《すで》に定《さだ》む
②胡《なん》ぞ妄《もう》にして祈《いの》る
汝《なんじ》の③心《こころ》を堅《かた》くして
汝《なんじ》の持《じ》する所《ところ》を④密《みつ》にせよ
⑤之《これ》を得《う》るを大《だい》なりと為《な》し
失《うしな》ふは⑥汚卑《おひ》とせざれ
凡《およ》そ⑦吾《わ》が有《ゆう》する所《ところ》
敢《あえ》て⑧汝《なんじ》に施《し》せざらん
⑨命《めい》を致《いた》して昇《のぼ》らん
汝《なんじ》慎《つつし》んで疑《うたが》ふこと勿《な》かれ、と
嗚呼《ああ》天《てん》の命《めい》ずる所《ところ》
⑩中革《ちゅうあらた》むべからず
泣拝欣受《きゅうはいきんじゅ》して
初《はじ》めは悲《かな》しむも⑪後《のち》には懌《よろこ》ぶ
⑫拙《せつ》を抱《いだ》き身《み》を終《お》へて

心のうちでは既に定まっていた
それなのにどうして馬鹿げた祈りなどをするのか
あなたの心をしっかり守って
あなたの保持するものをきびしくせよ
心を得るを大とし
位記を失うことを汚らわしくいやと思うな
そもそも私が持っているものは
お前に施与できまい
侍女は天孫の命を伝えて昇天し去ろう
あなたは慎んで受け入れて疑ってはいけない、と
ああ、天の命じるもの
中道は改めてはいけない
天命と分かって泣拝し欣受して
初め悲しんだが後では心から喜んだ
世渡りの下手な性分を抱いて身を終えて

以《もっ》て死《し》すとも⑬誰《たれ》をか惕《おそ》れん　　死んだとしても誰もおそれはしない

▼原文二七二頁

注解　①**中心に已に**—中心は、心中。心のうち。②**胡ぞ妄にして**—妄は、みだりに。法にそむく。ばかげた。おろか。でたらめに。あてもなく。道理・礼法にはずれること。③**心を堅くして**—堅は、かたい。堅固にする。しっかり守る。④**密にせよ**—密は、濃い。厚い。こまやか。ここでは、きびしくする。⑤**之を得るを**—得之は、自得すること。⑥**汚卑**—汚らわしくいやしい。『三国志』「呉書」張温伝に「其の位に居りて貪鄙、志節汚卑なる者、皆以て軍吏と為り、営府を置き以て之に処る。」とある。⑦**吾が有する所**—所有は、持っているもの。⑧**汝に施せざらん**—施は、施与する。恵与する。⑨**命を致して**—致命は、命令を伝える。『儀礼』聘礼に「大夫東面して命（令）を致（伝）す。」とある。ここでは、侍女が天孫の命を伝えること。⑩**中革むべからず**—中は、中道。革は、改。あらためる。⑪**後には懌ぶ**—懌（エキ）は、よろこぶ。気持ちがほぐれる。心にしみこむようによろこぶ。『詩経』小雅・節南山之什「節南山」第八章に「既に夷ぎ既に懌べば、相醻（むく）ゆるが如し」とある。⑫**拙を抱き**—世渡りの下手な性分を堅持する。⑬**誰をか惕れん**—惕（テキ）は、懼れる。懼れてしりごみする。驚きおそれる。

憎王孫文　第四十四

晁氏《ちようし》曰《い》はく、「①憎王孫《ぞうおうそん》の文《ぶん》」は、柳宗元《りゆうそうげん》の作《つく》る所《ところ》なり。「②離騒《りそう》」は虬竜鸞鳳《きゆうりようらんぽう》を以《もつ》て君子《くんし》に託《たく》し、悪禽臭物《あくきんしゆうぶつ》を以《もつ》て讒佞《ざんねい》を指《さ》す。而《しか》して宗元《そうげん》之《これ》に放《なら》ふ。

晁（補之）が言うことに、「憎王孫の文」は中唐の柳宗元が作ったものである。「離騒」は、虬竜鸞鳳をもって君子にかこつけ、悪禽臭物をもって心がよこしまで口先がうまい人を指す。そうして宗元はこれに模倣した。

▼原文二七二頁

注解　①憎王孫の文―『柳河東集』巻十八『蔣之翹注』（以下『蔣注』と略記す）に「漢の王延寿は嘗て〈王孫の賦〉（『古文苑』巻六）を為（つく）る。意、諷刺する所有るに似たり。子厚之に效（なら）ひて是の文を為る。但だ子厚は（王）叔文に党して、八司馬と同じく貶せらる。吾れ恐らくは其の自ら王孫と為りて逐を猨に受くること多きことを。乃ち嘵嘵然（恐れさわぐさま。恐れて泣き叫ぶさま）として反つて王孫の猨を逐ふことを謂はんや。陳長方（字は斉之。号は唯室先生。紹興の進士。『宋元学案』巻二十九を見よ）曰はく、余れ嘗て疑ふ〈蝮蛇を宥す〉〈王孫を憎む〉の文の序に已に其の意を述べ、詞又た之を述ぶるを疑ふ。閻丘鑄謂へらく、柳子は晩年仏書の先づ其の義を述べ乃ち偈（頌）を作りて曰ふを学ぶ。柳子之を熟し、筆を下して遂に爾り、と。余れ為に一笑す、と。」とある。「憎王孫文」の序を次に示す。「猨と王孫とは、居ること山を異にし、徳は性を異にして、相容るること能はず。猨の徳は静にして以て恒あり。仁譲孝慈に類せり。居るときは相愛し、食ふときは相先んじ、行くときは列有り、飲むときは序有り。不幸にして乖離（そむきはなれる）すれば、則ち其の鳴くこと哀し。難有れば則ち其の柔弱なる者を内にして、稼（穀物）蔬を践まず。木実未だ熟せざれば、相与に之を視ること謹めり。既に熟せるときは嘯呼（よぶ）して群り萃（あつ）まる。然る後に食ひて衎衎焉（カンカンエン・楽しむさま。和楽のさま）たり。山の小草木をば、必ず環りて行きて其の植を遂げしむ。故に猨の居る山は恒に鬱然（こんもりと茂るさま）たり。王孫の徳は躁（あわただ）しうして以て囂（キョウ・かまびす）しく勃諍（にわかに争う）号呶（かまびすしい）して、唶唶（サクサク・鳥の鳴く声。さけぶさま）彊彊（争い悪むさま）たり。群ると雖も相善からず。食ふときは相噬齧（ゼイゲツ・かむ）し、行くときは列無く、飲むときは序無し、乖離して思はず。難有るときは其の柔弱なる者を推して以て免る。好んで稼を践み、過ぐる所狼籍（ものが散らばっているさま）にして披攘（ひらきはらう）す。木実未だ熟せざれば、輒ち齕齩（コツコウ・かじる）投注す。窃かに人の食を取りて、皆其の嗛に実つ。山の小草木をば、必ず凌挫（しのぎくじく）折挽（バン・ひく）して、之をして瘁（やつ）れしめて、然る後に已む。故に王孫の居る山は恒に蒿然（乱れ茂るさま）たり。是（こ）れを以て猨の群れ衆（多）ければ則ち王孫を逐ふ。王孫の群れ衆ければ、亦た猨を齰（サク・かむ）む。猨棄て去りて、終に与に抗せず。然らば則ち物の甚だ憎むべきは、王孫に若（し）くは莫し。余れ山間に棄てられて久しく、其の趣きの是（か）くの如くなるを見、〈憎王孫〉を作ると云ふ。」　②**離騒**―王逸『離騒経章句』第一に「〈離騒〉の文は、『詩（経）』に依りて興を取り、類を引きて譬諭す。故に善鳥・香草は、以て忠貞に配し、悪禽・臭物は、以て讒佞（心が邪悪で口先がうまい）に比す。云々」とある。「離騒」に「玉虬を駟（四頭立ての馬）として以て鷖に乗り、溘（たちま）ち埃（アイ）風にして余れ上征す」とある（↓『全注釈』①一三三～一三六）。「九章」

渉江に「青虯を駕して白螭（チ）を驂にす」とある（↓『全注釈』4 六一～六三）。「惜誓」（賈誼）に「已んぬるかな、独り見ずや、夫の鸞鳳の高く翔りて……」とある（↓『全注釈』8 二五・二六）。

①湘水《しょうすい》の湫湫《ゆうゆう》たる
其《そ》の上《かみ》は群山《ぐんざん》なり
②胡《なん》ぞ茲《ここ》は鬱《うつ》として彼《かしこ》は瘁《つか》れたる
善悪《ぜんあく》は居《きょ》を其《そ》の間《かん》に異《こと》すればなり
悪《あく》なる者《もの》は王孫《おうそん》　善《ぜん》なる者《もの》は猨《えん》なり
③環《めぐ》り行《ゆ》いて植《しょく》を遂《と》げしめ暴残《ぼうざん》を止《と》めしむ
王孫《おうそん》　甚《はなは》だ憎《にく》むべし
噫《ああ》　山《やま》の霊《れい》　胡《なん》ぞ④旃《これ》を賊《ぞく》せざる

ゆったりと流れる湘水
その上には群山がある
どうしてこちらは草木がこんもり茂り、あちらはあらいのか
善悪は居所をその間に異にするからである
王孫は悪く猨は善い
山霊は山中をめぐり行き植林を遂行させ残伐を止めさせた
王孫は非常に憎むべき奴だ
ああ、山霊はどうしてこれを罰しないのか

▼原文二七三頁

注解　①湘水の湫湫たる―『蔣注』に「湫湫は、一に悠に作る。〇『水経注』に、湘水は零陵の始安県の陽海山に出づ。」とある。湫湫は、悠悠に同じ。水のゆったりと流れるさま。『楚辞』「大招」に

「東に大海有り、溺水湫湫たり」とある（→『全注釈』7 一一四〜一一六）。②胡ぞ茲は鬱として—茲は、こちら。鬱は、鬱茂。草木がこんもり茂っているさま。彼は、あちら。瘁（スイ）は、病む。つかれる。やつれる。やせ衰える。あらく、おおまか。あらい。『詩経』小雅・谷風之什「蓼莪」第二章に「哀哀たる父母、我を生みて労瘁す」とある。③環り行いて—環り行くは、山中をめぐり行く。植を遂ぐとは、植林を遂行させる。一説に、植物の生を遂げさせる。暴残は、残伐すること。④旃を賊せざる—『蔣注』に「賊は、害なり。」とある。旃（セン・これ）は、王孫を指す。

①跳踉叫囂《ちょうりょうきょうごう》して
目《め》を衝《つ》き齗《はぐき》を宣《の》ぶ
外《ほか》は以《もっ》て物《もの》を敗《やぶ》り
内《うち》は以《もっ》て群《ぐん》を争《あらそ》ふ
②善類《ぜんるい》を排闘《はいとう》して
③譁駭披紛《かがいひふん》す
民《たみ》の食《しょく》を盗取《とうしゅ》し
己《おのれ》に私《し》して分《わ》かたず

悪猿たる王孫は跳ねまわりわめきたて
目をつき歯ぐきをあらわにする
外では物を敗り
内では群を争う
善人の類と争い排斥して
やかましく言いさわぐ
民衆の食べ物を盗み取って
自分のものとして分け与えない

▼原文二七三頁

注解　①**跳踉叫囂**—『蔣注』に「跳は、徒凋の切。踉は、呂唐の切。齗は、魚巾の切。○齗（ギン・歯ぐき）は、歯根の肉なり。」とある。跳踉は、おどり上がる。はねまわる。『荘子』秋水第十七に「（井戸の外に出でては）井幹（井げた）の上に跳踉（とびあがる）し、（井戸の中に）入りては欠甃（ケッシュウ・欠けた壁瓦）の崖（つき出た所）に休ふ。」とある。叫囂（キョウゴウ）は、やかましく叫ぶ。わめきたてる。『柳河東集』巻十六「捕蛇者説」に「悍吏（乱暴な役人）の吾が郷に来たるや、東西に叫囂（がなりたてる）し、南北に隳突（キトツ・突き当たってあばれまわる）す。」とある。②**善類を排闘して**—善類は、善人の類。善良な人のなかま。『子華子』（晋、程本撰）「孔子贈」に「善類を明旌（あきらかにあらわす）し、醜厲を誅鋤（罪して殺しつくす）する者は、法の正なり。」とある。③**譁駭披紛す**—『蔣注』に「譁は、音華。駭は、下楷の切。」とある。譁駭は、喧嘩に同じ。やかましく言いさわぐ。譁は、かまびすしい。やかましい。披紛は、紛披に同じ。花が乱れ咲くさま。散乱するさま。和らぎ緩やかなさま。

①嗛《けん》を充《み》て腹《はら》を果《あか》して
②驕《きょう》傲《ごう》驩《かん》欣《きん》す
③嘉《か》華《か》美《び》木《もく》　碩《おお》いにして繁《しげ》し
群《ぐん》披《ぴ》競《きそ》ひ齧《か》んで株根《しゅこん》を枯《か》らす
成《な》るを毀《やぶ》り実《みの》るを敗《やぶ》り更《さら》に怒喧《どけん》す

口いっぱいに含み　腹いっぱい食べて
おごりたかぶってよろこぶ
他人が植えた良い花　すばらしい木は大きくなっておい茂っている
王孫どもは勝手にかみ取り　株根までも枯らす
成るをこわし　実れるを敗り　その上怒りさわぐ

④居民怨苦《きよみんえんく》して穹旻《きゆうびん》に号《さけ》ぶ
⑤王孫《おうそん》甚《はなは》だ憎《にく》むべし
噫《ああ》山《やま》の霊《れい》
胡《なん》ぞ独《ひと》り聞《き》かざる

住民は天に向かって訴え叫ぶ
王孫は非常に憎むべき奴だ
ああ、山の神霊よ
どうして聞き入れないのか

▼原文二七三頁

注解 **①嗛を充て腹を果して**—『蔣注』に「果は、字の如し。又た苦火の切。○『荘子』（逍遥遊）に、三飡（サンソン・三度、食事をする）して返るに（一日三食の間に帰って来て）、腹猶ほ果然（飽くさま。満腹をいう）たり、と。注（「釈文」）に、飽の貌、と。嗛を充つとは、口にいっぱい含む。嗛（ケン）は、ふくむ。口にくわえる。『説文』（三上）に「嗛は、口に銜（ふく）む所有るなり。」とある。腹を果すとは、腹いっぱい食べる。果は、いっぱいに満ちる。**②驕傲驩欣**—驕傲は、おごってほしいままにする。「離騒」に「厥（そ）の美を保ちて以て驕傲し、日に康娯して以て淫遊す」とある（→『全注釈』1一六三・一六四）。驩欣は、よろこぶ。『史記』巻六「秦始皇本紀」に「驩欣して教へを奉じ、尽（ことごと）く法式を知る。」とある。**③嘉華美木**—他人が植えた良い草木。『文選』巻二「西京賦」（張平子・衡）に「嘉（よい）木 庭に植（う）ゑ、芳草積むが如し」とある。碩は、大。**④居民怨苦して**—『蔣注』に「号は、音豪。旻（ビン）は、音泯。」とある。居民は、その土地に住んでいる人。住民。『戦国策』楚策に「有（ま）た偏く新城を守らしめて、居民苦しむ。」とある。穹旻は、天。空。穹天に同じ。『文選』巻五十五「演連珠」（陸士衡・機）に「日薄（せま）り星廻る、穹天物を紀する所以なり」とある。⑤王孫甚だ憎むべし―『蔣注』に「王孫の二句を重ぬること、凡べて三ところ見ゆ。前に応ず。」とある。

①猨《えん》の仁《じん》なる
逐《お》はるるを受《う》けて②校《むく》いず
③退《しりぞ》いて優游《ゆうゆう》として
惟《た》だ徳《とく》に 是《こ》れ儆《なら》ふ
④廉《れん》・来《らい》同《どう》じて 聖《せい》囚《とら》はれ
⑤禹《う》・稷《しょく》合《がつ》して 凶《きょう》誅《ちゅう》せらる
⑥群小《ぐんしょう》遂《と》げて 君子《くんし》違《たが》ひ
大人《たいじん》聚《あつ》まりて ⑦孽《わざわい》余《あま》り無《な》し

猨は仁なる動物で
悪人に追われても抵抗はしない
退いてゆったりして
ひたすらに徳を修める
飛廉と悪来の二人の悪人が合同して聖人を牢獄に投じ
禹と后稷が合同して凶徒が誅された
群小人が勢いを得ると君子は禍いを受け
大人が多く集まると禍いは消滅する

▼原文二七四頁

注解 ①猨の仁なる―猿は、民に喩える。②校いず―校は、むくいる。『小爾雅』広言に「校は、報なり。」とある。『論語』泰伯第八・第五章に「実つれども虚しきが若く、犯されて校いず。」とある。③退いて優游―退は、退隠する。優游は、ひまがあってゆったりしているさま。みずから満足しているさま。　④廉・来 同じて—『蔣注』に「○飛廉（殷の紂王の寵臣）・悪来（飛廉の子）は、紂の臣なり（『史記』巻三「殷本紀」）。聖囚は、文王の羑里（殷代の獄舎の名。河南省）に囚はるる（『史記』巻四「周本紀」）を謂ふ。」とある。『孟子』滕文公下に「飛廉を海隅に駆（か）りて、之を戮（リク）す。」とある。『荀子』儒効篇に「周公曰はく、比干を剄（さ）きて箕子を囚へ、飛廉・悪来政を知る。夫れ又た悪（なん）ぞ不可なること有らんや、と。」とある。　⑤禹・稷合して凶—『蔣注』に「凶誅は、舜の禹・（后）稷を用ひて四凶（共工・驩兜・三苗・鯀）を去るを謂ふなり。」とある。『書経』堯典に「共工を幽州に流し、驩兜を崇山に放ち、三苗を三危に竄（ザン）し、鯀を羽山に殛す。四罪して天下咸（みな）服す。」とある。『孟子』離婁下に「禹・稷は平生に当たりて、三たび其の門を過ぐれども入らず。孔子之を賢とす。」とある。『史記』巻一「五帝本紀」を見よ。
⑥群小遂げて—遂は、私心を遂行すること。違は、その所を失すること。『柳河東集』は「遂」は「逐」に作る。　⑦孽余り無し—孽（ゲツ）は、妖孽。わざわいの起こるきざし。『礼記』中庸第三十一に「国家将に亡びんとすれば、必ず妖孽有らん。」とある。

善《ぜん》と悪《あく》とは郷《きょう》を同《おな》じうせず
①否《ひ》泰《たい》既《すで》に其《そ》の盈虚《えいきょ》を兆《ちょう》す
②伊《こ》れ細大《さいだい》の固《まこと》に然《しか》る
乃《すなわ》ち禍福《かふく》の趨《おもむ》く攸《ところ》なり

善と悪とはその郷を同じくしない
否と泰とは既にその盈と虚との別を生じる
これは細も大もまことにそうである
つまり禍福のおもむく所である

王孫《おうそん》　甚《はなは》だ憎《にく》むべし
噫《ああ》　山《やま》の霊《れい》
胡《なん》ぞ逸《やすん》じて居《お》らしむる

王孫は非常に憎むべき奴だ
ああ、山の神霊よ
どうして平安ならしめるのか

▼原文二七四頁

注解　①**否泰既に其の―**『蔣注』に「否は、備鄙の切。」とある。否泰は、ふさがるのと通じるのと。不運と幸運と。『易経』雑卦伝に「否泰は其の類を反するなり（その種類が反対である）。」とある。
②**伊れ細大の固に―**『蔣注』に「固の字、疑ふらくは同の字に作るかと。」とある。

楚辞後語巻第六

〈本文〉

楚辞後語　巻第六

幽懐賦　第四十五

①晁氏《ちょうし》曰《い》はく、「②幽懐《ゆうかい》の賦《ふ》」は、唐《とう》の③山南《さんなん》の節度使《せつどし》・④李翺《りこう》の作《つく》る所《ところ》なり。翺《こう》は韓愈《かんゆ》に従《したが》ひて文章《ぶんしょう》を為《つく》り、当時《とうじ》に⑤推《お》さる。性《せい》⑥鯁直《こうちょく》にして、議論《ぎろん》⑦人《ひと》に下《くだ》ること能《あた》はず。仕《つか》へて志《こころざし》を得《え》ず、⑧鬱鬱《うつうつ》として発《はつ》する所無《ところな》し。⑨宰相李逢吉《さいしょうりほうきつ》を⑩面斥《めんせき》して、此《ここ》に坐《ざ》して振《ふ》るはず。故《ゆえ》に翺《こう》の自叙《じじょ》に云《い》ふ、其《そ》の交《まじ》はり相歎《あいなげ》く者有《ものあ》り。「幽懐《ゆうかい》」を賦《ふ》して以《もつ》て之《これ》に答《こた》ふ、と。昔《むかし》、⑪欧陽文忠公嘗《おうようぶんちゅうこうかつ》て云《い》ふ、始《はじ》め余《われ》翺《こう》の「⑫復性《ふくせい》の書《しょ》」を読《よ》みて曰《い》はく、此《こ》れ特《た》だ

晁氏が言うことに、「幽懐の賦」は、唐の山南の節度使・李翺が作ったものである。翺は韓愈に従って文章を作り、当代に推し薦められた。性は強く正しく、議論は人の下について回ることができなかった。仕官しても希望通りにならないで、気がふさがっても発散するすべがない。宰相李逢吉にまみえて過失を指摘したが、ここに坐して動かない。故に翺の「幽懐の賦」の自序に言う、その朋友に相歎く者がいる。「幽懐」を詠んでこれに答える、と。昔、欧陽文忠公は以前次のように言う（「読李翺文」）、始めわたしは李翺の「復性書」を読んで、これはただ

「中庸《ちゅうよう》」の⑬義疏《ぎそ》のみ、作《つく》らずして可《か》なり。意《おも》ふに翺《こう》は特《こと》に秦漢《しんかん》の間《かん》の事《こと》を好《この》み義《ぎ》を行《おこな》ふの一豪《いちごう》のみ、と。最後《さいご》に「幽懐《ゆうかい》の賦《ふ》」を読《よ》むに云《い》ふ、衆《しゅう》⑭囂囂《ごうごう》として雑《まじ》はり処《お》り、咸《みな》老《ろう》を歎《なげ》いて以《もっ》て卑《ひく》きを嗟《なげ》く。余《わ》が心《こころ》を視《み》るに然《しか》らず、道《みち》を行《おこな》ふことの猶《な》ほ非《ひ》なることを慮《おもんぱか》る、と。乃《すなわ》ち始《はじ》めて太息《たいそく》して、韓愈《かんゆ》を薄《かろ》んじて翺《こう》が賦《ふ》に及《およ》ばずといふに至《いた》る。以謂《おも》へらく、⑮二鳥《にちょう》の光栄《こうえい》を羨《うらや》み、⑯一飽《いっぽう》の時無《ときな》きことを歎《なげ》くに過《す》ぎざるのみ、と。又云《またい》ふ、翺《こう》は⑰神《しん》 堯《ぎょう》の⑱一旅《いちりょ》を以《もっ》て天下《てんか》を取《と》りて、而《しか》して後世《こうせい》の子孫《しそん》、天下《てんか》を以《もっ》て⑲河北《かほく》を取《と》ること能《あた》はざるを憂《うれ》ひと為《な》すを怪《あや》しむ、と。⑳曰《い》はく、嗚呼《ああ》、当時《とうじ》の君子《くんし》をして、皆其《みなそ》の老《ろう》を歎《たん》じ卑《いや》しきを嗟《なげ》くの心《こころ》を易《か》へて、翺《こう》の憂《うれ》ふ

「中庸」の義疏に過ぎない、創作しないでよろしい、と口にした。次に「与韓侍郎薦賢書」を読んで、翺はただ秦漢の頃の事を好み道を行う一豪俊に過ぎない、と思った。最後に「幽懐の賦」を読み、人はガヤガヤと騒がしく入りまじり、みな老衰を嘆き官位の低いことを恥じている。わたしだけこれと心を異にし、道を行うことが思うようにならないことを嘆いている、との件りに至り、そこで始めて深いため息をついて、韓愈を軽んじて翺の賦に及ばないと言うに至る。思うことには、韓愈は、二鳥の光栄を妬ましく思い、一飽の時すら無いことを嘆くに過ぎない、と。更に言う、翺は高祖（李淵）が僅かな晋陽の節度使から天下を取って、そうして後世の子孫が、天下をもって河北を取ることができなかったことを憂いとしたことを不思議がった、と。かくて欧陽氏は、ああ、当時の君子たちに、みなその歎老嗟卑の心を翺の憂心に換えさせたならば、則ち唐の天下に、

る所《ところ》の心《こころ》と為《な》さしめば、則《すなわ》ち唐《とう》の天下《てんか》、豈《あ》に乱《らん》と亡《ぼう》と有《あ》らんや、と。其《そ》の重《おも》んずること是《か》くの若《ごと》し。故《ゆえ》に附《ふ》して此《ここ》に見《しめ》す、と。

どうして乱と亡とがあったであろうか、と述べた。その敬重はこれほどである。故に附けてここに示す、と。

▼原文二七五頁

注解　①**晁氏**—晁補之。北宋の詩人。鉅野の人。端有の子。字は无咎。号は帰来子・済北詩人。蘇軾の門人。少くして聡明強記、善く文を作る。十七歳にして父が杭州に官となるに従い、銭塘の山川風物の麗を萃（あつ）めて「七述」を著す。蘇軾之を見て歎賞す。進士。開封及び礼部別院に試せられ、皆第一。官は礼部郎中、知河中府となる。家に還りて後、陶淵明を慕い、帰来園を修む。大観の末、達泗二州の知に起用され、大観四年卒す。才気飄逸（すぐれている）、嗜学（学問を非常に好む）倦まず。詩文書画に巧。書室を帰来園という。著に「七述」『雞肋集』『晁无咎詩』などがある。『宋史』巻四四四・『宋元学案』巻九十九を見よ。②**幽懐の賦**—序に「朋友に相歎く者有り。幽懐を賦し、以て之に答ふ。其の辞に曰はく……」とある。『李文公集』巻一を見よ。③**山南**—道の名。唐の貞観の初めに置かれた。終南山・太華山の南方にあるからいう。『新唐書』地理志を見よ。節度使は、地方の軍政・行政をつかさどった官。唐・宋代に置かれた。④**李翺**—七七二〜八四一。中・晩唐の学者。字は習之。諡は文。貞元の進士。甘粛省の人。韓愈のめいの婿。韓愈を継承した古文作家。『李文公集』跋文（明・邢譲）に「宋の欧陽文忠公、唐文の善なるものを称すれば、則ち曰はく、韓・李、と。」とある。『旧唐書』巻一六〇、『新唐書』巻一七七を見よ。『新唐書』文芸伝序に「是（ここ）に於て韓愈 之を倡（とな）へ、柳宗元・李翺・皇甫湜等 之に和す。百家を排逐し、法度森厳（極めていかめしい。おもおもしい）たり。」とある。⑤**推さる**―おし尊ばれる。おし薦められる。⑥**鯁直**―こわばって堅いこと。強く正しい。鯁は、かたい。『後漢書』黄琬伝に「朝に在りては鯁直の節有り。出でては魯・東海二郡の相と為る。」とあり、『北史』李文伝に「性貞介鯁直にして、学を好んで倦まず。」とある。⑦**人に下ること能はず**―人の下に付いて回ることはできない。⑧**鬱鬱**―気がふさがるさま。不平のさま。⑨**宰相李逢吉**―『新唐書』巻一七六を見よ。⑩**面斥**―面前で指摘する。⑪**欧陽文忠公**―欧陽修「読李翺文」（『欧陽文忠公集』巻二十三）を見よ。⑫**復性の書**―宋学の先駆的論文。無為恬澹な性に帰るということ。欲心を除き去って、生まれながらの善性にたちかえること。孟子の性善説、荘子の繕説などに基づいたもの。『李文公集』巻二に「復性書上・中・下」がある。⑬**義疏**―文章や文字の意味を説きあかしたもの。注釈。『顔氏家訓』勉学に「俗間の儒士、群書に渉らず。経緯の外は義疏のみ。」とある。⑭**囂囂**―衆人がなげき憂えるさま。多くの声のさわがしいさま。やかましい。⑮**二鳥の光栄**―韓退之「二鳥に感ずるの賦」（『韓昌黎集』巻一）。白鳥と白鸜鵒とが、ただ羽毛が異なるだけで天子の採擢を蒙ったのに反して、己れは善を累ねても時に遇わなかったことを悼んで賦したもの。⑯**一飽**―『淮南子』巻九「脩務訓」に「今以て学者の過有るが為にして、学者を非とするは、則ち是れ一飽（一たび飽く）の故を以て、穀を絶ちて食はず。一蹪の難を以て、足を輟めて行かざるなり。惑なり。」とある。⑰**神堯**―唐の高祖のこと。⑱**一旅**―周代の制度で、兵士五百人の軍隊。『左氏伝』哀公元年に「田一成（十里四方の土地）有り。」とあり、注に「五百人を旅と為す。」とある。一成一旅は、土地が狭く、人の少ないこと。⑲**河北を取る**―安禄山に取られた。⑳**曰はく**―欧陽氏の嘆じた言葉。

衆《しゅう》 ①囂囂《ごうごう》として雑《まじ》はり処《お》り
咸老《みなろう》を嗟《なげ》いて卑《ひく》きを羞《は》づ
予《わ》が心《こころ》を視《み》るに然《しか》らず
道《みち》を行《おこな》ふことの猶《な》ほ非《ひ》なることを慮《おもんぱか》る
儻《も》し②中懐《ちゅうかい》の自得《じとく》せば
終《つい》に老死《ろうし》すとも其《そ》れ何《なん》ぞ悲《かな》しまん
昔《むかし》 ③孔門《こうもん》の賢多《けんおお》き
惟《た》だ④回《かい》や庶幾《ちか》しと為《な》す

衆人はガヤガヤと騒がしく入りまじり
みな老衰をなげき官位の低いことを恥じている
わたしだけこれと心を異にし
道を行うことが思うようにならないことを嘆いている
もしこの志が実現できたなら
老死したとしても悲しまないだろう
むかし孔門の弟子には賢者が多かったが
その中で顔回だけが孔子に近いと称えた

▼原文二七六頁

注解　①**囂囂**―多くの声のさわがしいさま。やかましい。『詩経』小雅・南有嘉魚之什「車攻」第三章に「徒を選ぶに囂囂たり」とある。②**中懐の自得**―中懐は、心のうち。中情。心のおくそこ。晋の陶潜「斜川に遊ぶの詩」に「之を念へば中懐動く、辰に及びて茲の遊びを為す」とある。自得は、自分で心にさとる。『礼記』中庸篇に「君子は入りて自得せざる無し。」とある。自分で得意になる。うぬぼれる。『史記』巻六十二「管晏列伝」に「意気揚揚として自得せり。」とある。③**孔門の賢多**

き―孔子の弟子の中で、特にすぐれた七十人。『史記』巻六十七「仲尼弟子列伝」では、七十七人。巻四十七「孔子世家」では、七十二人という。『孟子』公孫丑に「七十子の孔子に服するが如きなり。」とある。孔門の四科十哲。『論語』先進第十一・第三章に「徳行には顔淵・閔子騫（ケン）・冉伯牛・仲弓。言語には宰我・子貢。政事には冉有・季路。文学には子游・子夏。」とある。④回や庶幾し―『論語』先進第十一・第十九章に「子曰はく、回や其れ庶（ちか）きか、屢〻（しばしば）空（窮乏）し。賜（子貢）は命（官命。一説に、天命）を受けずして貨殖す。億（おもんぱか）れば則ち屢〻中（あ）たる、と。」とある。庶幾は、近い。孔子に近い。

群情《ぐんじょう》を超《こ》えて以《もつ》て独《ひと》り去《さ》る
①聖域《せいいき》を指《さ》して惟《こ》れ高《たか》く追《お》ふ
②固《まこと》に簞食《たんし》と瓢飲《ひょういん》とのみ
③寧《むし》ろ軽《かろ》きを服《ふく》して肥《こ》えたるに駕《が》せんや
④若《かくの》ごとき人《ひと》を望《のぞ》むに其《そ》れ何如《いか》んぞや
吾《わ》が徳《とく》の纖微《せんび》なるを慚《は》づ
⑤躬《み》田《た》づくらずして飽食《ほうしょく》し
⑥妻《さい》は織《お》らずして豊衣《ほうい》す

すべての情欲を押しのけて独り行き
聖人の境地に達そうと専ら務めはげむ
まことに一簞の食・一瓢の飲に甘んじ
いっそ軽裘を着て肥馬に乗ろうなどとは思うまい
いま自分をあの顔回に比したらどうか
わが徳の微小なるを恥じるばかり
そればかりか自分で耕作しないで腹いっぱい食べ
妻もはた織りもしないで暖かに身にまとう

▼原文二七六頁

注解 ①**聖域**―聖人の地位。聖人の境地。『漢書』巻六十四「賈捐之伝」に「臣聞く、堯・舜は聖の盛なり。禹は聖域に入れども優ならず。」とある。 ②**固に箪食と**―『論語』雍也第六・第十一章に「子曰はく、賢なるかな回や。一箪の食（シ）・一瓢の飲・陋巷（狭くて汚いまち）に在り。人は其の憂ひに堪へず。回や其の楽しみを改めず。賢なるかな回や、と。」とある。 ③**寧ろ軽きを服して**―雍也第六・第四章に「子華（孔子の門人。公西赤の字）、斉に使ひす。冉子（冉求のこと）、其の母の為に粟を請ふ。子曰はく、之に釜（六斗四升）を与へよ、と。益さんことを請ふ。（子）曰はく、之に庾（十六斗）を与へよ、と。冉子、之に粟五秉（秉は十六斛。五秉は、釜の百二十五倍にあたる）を与ふ。子曰はく、赤の斉に適（ゆ）くや、肥馬に乗りて、軽裘（上等な毛皮のコート）を衣（き）たり。吾れ之を聞く、君子は急（困窮者）を周（すく）ひて富めるに継がず（足しまえはしない）、と。」とある。 ④**若ごとき人**―顔回を指す。 ⑤**躬田づくらずして**―諸葛亮「前出師表」に「臣本と布衣、南陽に躬耕（みずから田を耕す）す。」とある。『荘子』馬蹄に「彼の民には常性有り。織りて衣（き）、耕して食ふ。是を同徳と謂ふ。」とあり、また盗跖に「耕して食ひ、織りて衣、相害するの心有ること無し。此れ至徳の隆なり。」とある。 ⑥**豊衣**―ゆったりとした衣服。豊厚な衣服。『後漢書』列伝第二十二「樊準伝」に「豊衣博帯して、従つて宗廟に見（まみ）ゆ。」とある。

①聖賢《せいけん》を援《ひ》いて度《のり》を比《くら》ぶ
②何《なん》の僥倖《ぎょうこう》をか之《こ》れ能《よ》く希《ねが》はん
懐《おも》ふ所《ところ》の未《いま》だ展《の》びざることを念《おも》ふ
③己《おのれ》を悼《いた》みて 私《わたくし》を陳《の》ぶるに非《あら》ず
④禄山《ろくざん》が兵《へい》を始《はじ》めし自《よ》り
⑤歳《とし》 周甲《しゅうこう》すれども未《いま》だ夷《たい》らかならず
⑥何《なん》ぞ神《しん》 堯《ぎょう》の郡県《ぐんけん》なりし
乃《すなわ》ち家《いえ》に伝《つた》へて自《みずか》ら持《たも》つ

聖人賢者をひいて法度を共にする
どんな幸せかこれには及ぶまい
胸中の思いはまだ充分説きえていないことをおもう
わが身の不遇をいたみ私心を述べたいわけではない
安禄山が挙兵して河北を奪取してから
六十年にもなるのにいまだに平定しない
河北の地はもと高祖神堯皇帝の郡県で
それ以来相伝えて皇家の所有だった

▼原文二七六頁

注解 ①**聖賢を援いて**―援は、手をさしのべて助ける。たよる。すがる。度は、のり。法則。比は、ならべる。横に並ぶ。同じ。 ②**何の僥倖をか**―僥倖は、偶然の幸い。思いがけない幸せ。また、それを求めること。『荘子』在宥に「此れ人の国を以て僥倖するなり。幾何か僥倖して人の国を喪ぼさざらんや。」とある。利益や幸福を求めてやまないこと。『集韻』に「僥、僥倖は、利を求めて止まざる貌。」とある。能希は、聖賢の人と同格でありたいと希求する。 ③**己を悼みて**―悼己は、自分の不遇を傷む。私は、私心。私事。 ④**禄山が兵を**―安禄山（『旧唐書』巻二〇〇上・『新唐書』巻二二五を見よ）は玄宗の天宝（七四二～七五六）十四年（七五五年）十一月、范陽で挙兵し、憲宗の元和（八〇六～八二〇）年間に至るまで兵乱は止まなかった。 ⑤**歳周甲すれども**―周甲は、干支が一度めぐり尽くすことで、六十年をいう。甲子（干支の第一。甲は、十干のはじめ。子は、十二支のはじめ）が一度周回する。六十年。夷は、平らか。たいらげる。⑥**何ぞ神堯**―神堯は、唐の太祖（高祖・李淵）。

①生人《せいじん》を税《ぜい》して卒《そつ》を育《やしな》ひ
高城《こうじょう》を列《つら》ねて以《もつ》て相継《あいつな》ぐ
何《なん》ぞ茲《こ》の世《よ》の久《ひさ》しかるべき
宜《よろ》しく永《なが》く念《おも》ひて遐《はる》かに思《おも》ふべし
②三苗《さんびょう》の命《めい》に逆《さから》ふこと有《あ》りしも
③干羽《かんう》を舞《ま》はして以《もつ》て之《これ》を来《き》たす
惟《こ》れ④刑徳《けいとく》の既《すで》に修《おさ》まりて
⑤遠邇《えんじ》と無《な》くして咸帰《みなき》す

安禄山は河北を私有し人民に課税して苦しめ兵卒を養い
それで高城を列ねて自ら守る
どうして唐の天下が久しいはずがあろう
為政者は永く思って深く慮らねばなるまい
三苗が王命に逆らうことがあったが
干羽の舞いを舞わせると三苗は来たり服した
それこそ徳刑が立派に修まると
遠近の人たちは皆帰服した

▼原文二七七頁

注解　①**生人を税して**―生人は、人民。生民。百姓。税は、ここでは、租税を重くする。卒は、兵卒。
②**三苗の命**―三苗は、洞庭湖を左に、彭蠡を右にす。一本「苗」に作る。『書経』堯典に「三苗を三

危に竄（ザン・はなつ）し、鯀（コン・夏の禹王の父）を羽山に殛す。四罪して天下咸（みな）服す。」とあり、「禹貢」に「三危は既に宅り、三苗丕（おお）いに叙（したが）ふ。」とある。『楚辞』「九歎」愍命に「三苗（堯の佞臣）の徒は以て放逐す」とある。③**干羽を舞はして**―干羽の舞い。干羽は、舞者の執る物。『書経』大禹謨に「帝乃ち誕（おお）いに文徳を敷き、干羽を西階に舞はしむ。七旬にして有苗格（いた）る。」とある。④**刑徳**―刑罰と恩賞。刑罰と徳化。徳刑。『荘子』説剣に「天子の剣は……制するに五行を以てし、論ずるに刑徳を以てし、開くに陰陽を以てす。」とある。『韓非子』二柄に「二柄とは刑徳なり。何をか刑徳と謂ふ。曰はく、殺戮を之れ刑と謂ひ、慶賞を之れ徳と謂ふ。」とある。⑤**遠邇**―遠近。『書経』盤庚に「汝 積徳（旧習にとどこおる徳）有りて乃ち畏れず、毒（害毒）を遠邇に戎（おお）いにす。」とある。帰は、帰服する。なつき従う。帰順する。

①高祖《こうそ》の初《はじ》めて起《お》こるに当《あ》たりて
②一旅《いちりょ》の羸《つか》れたる師《し》を提《ひっさ》げて
能《よ》く③天《てん》に順《したが》ひて衆《しゅう》を用《もち》ひ
竟《つい》に冦《あだ》を掃《はら》ひて④隋《ずい》に戡《か》てり
況《いわ》んや⑤天子《てんし》の神明《しんめい》なる
⑥烈祖《れっそ》の前規《ぜんき》有《あ》るをや

神堯が初めて軍を起こしたときは
わずか五百人の衰弱した兵士を引き連れて
天の道に従って民衆をよく働かせ
かくて外敵を討ち掃って隋に勝った
まして憲宗の神明なること
高祖の遺範たる善い規則があったのだからいうまでもない

⑦弊政《へいせい》を剗《けず》りて本《もと》に還《かえ》らば
⑧掌《たなごころ》を反《かえ》すの為《な》し易《やす》きが如《ごと》くならん

今の悪政を除去して本来の善政に立ちもどったら
手のひらを返すように容易になるだろう

▼原文二七七頁

注解　①**高祖**―神堯をさす（唐の高祖・李淵）。②**一旅の羸れたる**―一旅は、五百人の軍隊。羸（ルイ）は、やせる。つかれる。衰弱する。弱い。羸師は、弱兵。羸卒。提は、ひっさげる。引き連れる。③**天に順ひて**―順天は、天の道に従う。『易経』革に「湯（王）武（王）命を革め、天に順ひて人に応ず。」とある。④**隋に戡てり**―戡（カン）は、かつ。うつ。ころす。征する。⑤**天子の神明**―天子は、憲宗を指す。『書経』君陳に「至治の馨香、神明（神）に感ず。」とある。⑥**烈祖の前規**―烈祖は、高祖・太宗らを指す。前規は、前代の規模。前代の規則。遺範。『陳書』宣帝紀に「朕は寡薄（少ない。才徳のとぼしいこと）にして、才 聖賢に非ざるを以て、夙に前規を荷ひ、方（まさ）に景祚（大きなさいわい。景徳）を伝ふ。」とある。⑦**弊政**―悪い政治。『漢書』巻五十八「公孫弘伝」に「夫れ邪吏をして弊政を行ひ、倦令（不当な命令）を用ひ、薄民（貧困にあえいでいる民。貧民）を治めしむ。」とある。剗（サン）は、除去する。⑧**掌を反す**―反掌は、てのひらをかえす。事の為し易いことに喩える。『文選』巻三十九「上書して呉王を諫む」（枚叔・乗）に「掌を反すの易きを出で、泰山の安きに居らず。」とある。『孟子』公孫丑上に「斉を以て王たるは、由（な）ほ手を反すがごときなり。」とある。

苟《いや》しくも①廟堂《びょうどう》の治《ち》 得《え》たらば
何《なん》ぞ②下邑《かゆう》の能《よ》く違《たが》はん
③予《わ》が生《せい》の賤遠《せんえん》なるを哀《かな》しむ
④深懐《しんかい》を包《つつ》んで誰《たれ》にか告《つ》げん
嗟《ああ》 此《こ》の誠《まこと》の達《たつ》せざる
此《こ》の道《みち》の遺《おく》ること無《な》きを惜《お》しむ
独《ひと》り⑤中夜《ちゅうや》にして以《もっ》て潜《ひそ》かに歎《なげ》く
吾《わ》が憂《うれ》ひの宜《よろ》しき所《ところ》に匪《あら》ず

もし朝廷の政治がよく治まっていたら
どうして民衆が道を踏みはずそう
わが生い立ちは賤しく政治と縁遠いことを悲しむ
深い思いを隠し、この憂さを誰に告げ晴らそう
ああ、この誠も為政者には届かない
この道も彼に遺れないことを残念がる
これを思うと夜半に人知れず嘆くだけ
わたしの憂いは小さいもので憂いと為すものではない

▼原文二七七頁

注解 ①**廟堂の治**―廟堂は、祖先の霊を祭った建物。みたまや。宗廟と明堂。転じて、王宮の政殿。政治を行う所、朝廷をいう。『楚辞』「九歎」逢紛（劉向作）に「始め言を廟堂に結び、信に中途にして之に叛く」とある。 ②**下邑**―田舎の町。辺地にある町。ここでは、民衆。『左氏伝』荘公二十八年に「多く郿に築く。」とあり、「杜注」に「郿は、魯の下邑なり。」とある。 ③**予が生**―自分の生い立ち。 ④**深懐を包んで**―深懐は、深く思う。また深い思い。『文選』巻十五「思玄の賦」（張平子・衡）に「私（ひそ）かに湛憂（憂いに沈む。深く憂える。湛は、深）して深く懐ひ、思ひ繽紛（乱れに乱れるさま。乱れまがうさま）として理（おさ）まらず」とある（↓『後語』[3] 二七～二九）。

⑤**中夜**—夜半。よなか。『楚辞』「遠遊」に「中夜に於て存す」とある（↓『全注釈』5三五〜三九）。『書経』冏命に「中夜以て興（お）き闕（そ）の愆（あやま）ちを免れんことを思ふ。」とある。『列子』黄帝に「中夜に禾生・子伯の二人。」とある。

書山石辞　第四十六

「山石《さんせき》に書《しよ》するの辞《じ》」は、宋《そう》の①丞相《じようしよう》荊国《けいこく》・王文公安石《おうぶんこうあんせき》の作《つく》る所《ところ》なり。公《こう》、舒州《じよしゆう》の②山谷《さんこく》に遊《あそ》んで、此《こ》の詞《し》を③澗石《かんせき》に書《しよ》す。蓋《けだ》し④楚《そ》の言《げん》を学《まな》ぶ者《もの》に非《あら》ずして、亦《ま》た今人《きんじん》の語《ご》に非《あら》ざるなり。是《ここ》を以《もつ》て談《だん》ずる者《もの》之《これ》を尚《たつと》ぶ。

「山石に書するの辞」は、宋の丞相・王安石が作ったものである。荊国公安石は、舒州の山谷寺に遊んで、この詞を谷川の石に書きしるした。思うに『楚辞』を学んで似せたものではないし、また宋人の語でもない。こういうわけで語る者はこれを好んだ。

▼原文二七八頁

注解　①**丞相**―官名。天子を助けて政を行う最高の臣。王安石は、一〇二一～一〇八六。北宋の政治家・文人・学者。字は介甫。号は半山。臨川（今の江西省）の人。唐宋八大家の一人。神宗のとき宰相となり、いわゆる「王安石の新法」を施行し、司馬光らの保守派の反対にあう。のち哲宗が即位し、司馬光が宰相となって、「新法」は廃止された。『臨川集』『周官新義』などがある。　②**山谷**―山谷寺のこと。安徽省潜山県の西北の三祖山にある。　③**澗石**―谷川の石。書すとは、書きつけること。　④**楚の言を学ぶ者に非ず**―『楚辞』を学んで似せたのではない。

①水冷冷《みずれいれい》として北《ほく》より出《い》で
②山靡靡《やまびび》として以《もつ》て旁々《かたがた》囲《かこ》む
③原《げん》を窮《きわ》めんと欲《ほつ》して得《え》ず
④竟《つい》に悵望《ちょうぼう》して以《もつ》て空《むな》しく帰《かえ》る

渓水はさらさらと北から流れ
樹木秀美な山々は四方をめぐり囲んでいる
水源を極めようと遡り行くも達することができない
かくてうらめしげに遠く眺めて空しく帰った

▼原文二七八頁

注解 ①**水冷冷として**―冷冷は、音の清く澄んださま。清らかで涼しいさま。ここでは、水の流れるさま。水流の声。東方朔「七諫」初放に「下冷冷として来たり風ふく」とあり、また、「七諫」怨世に「清冷冷として殲滅（ほろぼしつくす。根絶する）す」とある。『文選』巻二十二「招隠詩」（陸士衡・機）に「山溜（谷川の小流）何ぞ冷冷たる、飛泉（高い所から落ちる滝水）鳴玉を漱（ゆるが）す」とある。 ②**山靡靡として**―靡靡は、なびき従うさま。連なるさま。ここでは、樹木の秀美なさま。旁囲は、山が水を四周より囲む。 ③**原を窮めんと**―原は、水源。不得は、水源に達することができない。薛能（字は大拙）「黄河」に「人間博望無く、誰か復た窮源に到らん」とある。 ④**竟に悵望して**―竟は、とうとう。残念ながら。かくて。悵望は、うらめしげに眺める。不平に感じ、がっかりして見やる。『楚辞』巻八「哀時命」に「悵として遠く此の曠野を望む」とある（→『全注釈』8九五～九九）。『文選』巻三十八「表下」「范尚書の為に吏部封侯を譲るの第一表」（任彦升・昉）に「関外（関所の外）の一区（住居）、鐘阜（鐘山）を悵望（はるかにのぞむ）するを以てす。」とある。

寄蔡氏女　第四十七

「蔡氏《さいし》の女《じょ》に寄《よ》す」は、王文公《おうぶんこう》の作《つく》る所《ところ》なり。公《こう》、①文章《ぶんしょう》・節行《せっこう》を以《もっ》て②一世《いっせい》に高《たか》し。而《しか》して尤《もっと》も③道徳《どうとく》・経済《けいざい》を以《もっ》て、己《おの》が任《にん》と為《な》す。④神宗《しんそう》に遇《ぐう》せられて、位《くらい》を宰相《さいしょう》に致《いた》す。世《よ》は方《まさ》に其《そ》の為《な》すこと有《あ》らんことを仰《あお》いで、復《ま》た⑤二帝三王《にていさんおう》の盛《さか》んなるを見《み》んことを⑥庶幾《しょき》す。而《しか》して公《こう》は乃《すなわ》ち⑦汲汲《きゅうきゅう》として⑧財利兵革《ざいりへいかく》を以《もっ》て先務《せんむ》と為《な》して、凶邪《きょうじゃ》を⑨引用《いんよう》し、忠直《ちゅうちょく》を⑩排擯《はいひん》し、⑪躁迫強戻《そうはくきょうれい》にして、天下《てんか》の人《ひと》をして⑫囂然《ごうぜん》として其《そ》の生《せい》を楽《たの》しむの心《こころ》を喪《うしな》はしむ。之《これ》を卒《お》ふるに⑬群姦《ぐんかん》虐《ぎゃく》を嗣《つ》ぎ、毒《どく》を四海《しかい》に流《なが》す。⑭崇宣《すうせん》の際《さい》に至《いた》りて、禍乱極《からんきわ》まりぬ。公《こう》は、又《ま》た女《むすめ》を以《もっ》て⑮蔡卞《さいべん》に妻《めあわ》す。此《こ》れ其《そ》の予《あた》

「蔡氏の女に寄す」は、王安石が作ったものである。公は、文章・節行をもってその時代に名を馳せた。そしてとりわけ道徳・経済をもって、己れの任務とした。神宗に挙げ用いられて、位を宰相の地位にまで極めた。世人は正にその為すことがあるだろうことを仰いで、再び二帝三王の立派な聖世を見たいと望んでいる。而して王文公は意外なことに汲汲としてもうけ・軍備などをもって第一に為すべき仕事と思って、凶邪な人をとりたて用い、忠直な臣を押しのけて退け、性急強戻にして、天下の人びとが嘆き憂えて、自らの生を楽しむの心を失うようにした。これを終えるに多くの悪者どもが虐を次ぎ、天下に毒を流した。崇寧・宣和の際に至って、禍乱が極まった。公は、一方、娘を蔡卞に嫁がせている。これはその時娘に与えた詞である。しかしながらその言葉

ふる所《ところ》の詞《し》なり。然《しか》れども其《そ》の言《げん》は平淡簡《へいたんかん》遠《えん》、⑯倏然《しゅくぜん》として⑰出塵《しゅつじん》の趣《おもむき》有《あ》り。其《そ》の平《へい》生《せい》の行事心術《こうじしんじゅつ》に視《くら》ぶるに、略《ほ》ぼ豪髪《ごうはつ》も⑱肖似《しょうじ》すること無《な》し。此《こ》れ夫子《ふうし》の「予《われ》に於《おい》てか是《これ》を改《あらた》む」の歎《たん》有《あ》る所以《ゆえん》なるか。晁氏《ちょうし》其《そ》の少《わか》くして作《つく》れる両賦《りょうふ》を録《ろく》して、而《しか》して独《ひと》り此《これ》を遺《す》つ。蓋《けだ》し暁《さと》るべからず。故《ゆえ》に今特《いまとく》に収《おさ》め采《と》りて并《あ》はせて其《そ》の本末《ほんまつ》を著《あらわ》す。亦《ま》た読《よ》む者《もの》をして宜陵《ぎりょう》の「⑲絶命《ぜつめい》」の章《しょう》に疑《うたが》ひ無《な》からしむと云《い》ふ。

は穏やかでさっぱりしていて簡遠、物事にとらわれず脱俗の趣きがある。その普段の行いや心がまえなどを注意して見較べると、大方は少しも似ることは無い。これは孔子が「宰予の行動を見るに及んで、観察眼を改めた」（『論語』公冶長第十章）の嘆ある所以であるか。晁（補之）氏は公の年少の時に作った二賦を録して、ただこの賦を漏らした。考えてもよく理解できない。故に今とくに収め取って、合わせてその本末を明らかにする。また読者に息夫躬の「絶命辞」の章に疑念を抱かしめない、と云う。

▼原文二七八頁

注解　①**文章・節行を以て**―文章は、徳や教養が言葉や動作となって外に現れたもの。節行は、みさお正しい行動。　②**一世**―その時代。　③**道徳・経済**―道徳は、人が行うべき正しい道。道義。経済は、世を治め人民を救うこと。経世済民の略。　④**神宗**―神宗は、一〇四八～一〇八五。北宋第六代の天子。在位一〇六七～一〇八五。　⑤**二帝三王**―古代の聖天子である堯や舜の二帝と、夏の禹王、殷の湯王、周の文王・武王の三代の王。　⑥**庶幾す**―望み願う。希望する。　⑦**汲汲**―一つの事にとらわれて、ゆとりなくそれだけに努めるさま。あくせく働き努めるさま。忙しく休まず努めるさま。⑧**財利兵革**—かねもうけと軍備。⑨**引用**—とりたて用いる。⑩**排擯**—押しのけ退ける。排斥。擯斥。⑪**躁迫**—性急。⑫**囂然**—衆人がなげき憂えるさま。⑬**群姦**—多くの悪者。⑭**崇宣の際**—崇寧・宣和年間のおり（一一〇二〜一一二一）。⑮**蔡卞**—宋の人。京の弟。字は元度。熙寧の進士。王安石は、妻すに女を以てす。因って之に従って学ぶ。官は紹聖中、尚書左丞。後、昭慶軍節度使。『宋史』巻四七二・『宋元学案』巻九十六・九十八を見よ。⑯**翛然**—物事にとらわれず、自由自在なさま。早いさま。⑰**出塵の趣**—俗世間の汚れから逃れる。世を捨てる。脱俗。『文選』巻四十三「北山移文」に「夫れ以（おもん）みれば、耿介抜俗の標、蕭灑出塵の想あり。」とある。⑱**肖似**—似ている。⑲**「絶命」**—漢の息夫躬の詞。『漢書』巻四十五「息夫躬伝」（列伝第十五）に「初め躬、詔を待ち、数々言を危くし論を高くし、自ら害に遭はんことを恐れ、〈絶命辞〉を著す。」とある（↓『後語』3 五〜一四）。

①建業《けんぎょう》の東郭《とうかく》より
②城《じょう》の西堠《せいこう》を望《のぞ》む
③千嶂《せんしょう》宇《のき》に承《う》けて
④百泉《ひゃくせん》霤《りゅう》を遶《めぐ》る
⑤青《せい》遥遥《ようよう》として纚属《りぞく》し

江寧の東郭から
府城の西櫓をはるばると眺める
そばだつ山々は連なって軒にまで続き
あまたの泉は雨だれのように流れめぐる
青山は遥か遠くに連なり続き

⑥緑《りよく》 宛宛《えんえん》として横亘《おうとう》す
⑦積《つも》れる李《すもも》は夜《よる》を縞《しろ》くし
⑧崇《たか》き桃《もも》は昼《ひる》を炫《てら》す
⑨蘭《らん》 馥《ふく》たり衆《おお》く植《う》ゑ
⑩竹《たけ》 娟《げん》たり常《つね》に茂《しげ》る
⑪柳《やなぎ》 蔫綿《えんめん》として姿《し》を含《ふく》む
⑫松《まつ》 偃蹇《えんけん》として秀《しゅう》を献《けん》ず

緑水はうねうねとあふれ流れる
満開のすももの花は夜も白くし
高い桃は昼もてらすように赤い
香りたかい蘭は多く植えられ
しなやかに美しい竹はいつも生い茂る
美しくしだれた柳は姿態をつつむ
高くそびえる松はこれ見よと言わんばかり

▼原文二八〇頁

注解　①**建業の東郭**―建業は、江蘇省江寧府（南京）。王安石の別墅があったところ。郭は、外側のかこい。城壁の外側をいう。　②**城の西堠を望む**―望城は、娘のいる処を遥かに眺める。城は、まちの周囲に築いた壁。城壁の内側を城という。堠は、物見台。のろし台。櫓を置く処。城の一段高くなった処で、娘が夫と共にいた処。　③**千嶂宇に承けて**―嶂は、高くけわしい山。屏風のようにそばだった峰。『集韻』に「嶂は、山の高険なる者なり。」とある。承宇は、わが家の軒にまで続いているかのように見える。「九章」渉江に「雲霏霏として宇に承く」とあり（→『全注釈』4 七三・七四）、「哀時命」に「雲依斐として宇に承く」とある（→『全注釈』8 九五～九九）。　④**百泉霤を遶る**―百泉は、あまた（数多・許多）の泉。霤は、あまだれ。屋根から落ちる雨水。遶（ジョウ）は、かこむ。めぐる。　⑤**青遥遥として**―遥遥は、はるかに遠いさま。纚（リ）は、連なり続く。「九章」悲回風に「翼（かけ）りて遥遥として其れ左右す」とある（↓『全注釈』④ 三一三～三一五）。**⑥緑宛宛として**―緑は、緑水。宛宛は、うねうねとして長く続くさま。『釈名』釈州国に「燕は、宛なり。北方は沙漠平広にして、此の地涿鹿山の南に在り。宛宛然として以て国都を為すなり。」とある。横逗は、あふれて自由に流れる。かってにはびこる。**⑦積れる李**―真白に咲いたすももの花。縞は、白い。**⑧崇き桃**―高いもも。崇は、高い。炫は、てらす。かがやく。ひかる。まぶしい。**⑨蘭馥たり**―馥（フク）は、かおる。かんばしい。香気の盛んなさま。**⑩竹娟たり**―娟（ケン）は、美しい。しなやかにうるわしい。あでやか。たおやかなさま。**⑪柳蔫綿として**―蔫綿（緜）は、連なっているさま。蔫（エン）は、ここでは、うるわしいさま。綿は、柳のしだれたさま。王安石「桃花」に「枝柯蔫緜として花爛漫たり、美錦千両亭皐に敷く」とある。**⑫松偃蹇として**―偃蹇（エンケン）は、高くそびえるさま。『楚辞』「離騒」に「瑤台の偃蹇たるを望み、有娀の佚女を見る」とある（↓『全注釈』① 一六五～一六七）。献秀は、これ見よがしというが如し。

①鳥《とり》は下上《かしよう》に跂《つまだ》ち
魚《うお》は左右《さゆう》に跳《おど》る
我《われ》を顧《かえり》み我《われ》に適《ゆ》く
斑《はん》たる②伏獣《ふくじゅう》有《あ》り
③時物《じぶつ》を感《かん》じて汝《なんじ》が遅《おそ》きを念《おも》ふ

鳥は上下する時、つまだててひょこひょこ歩き
魚は池中で右に左に跳ねおどる
伏獣はわれを顧み、なつきゆく
まだらな伏獣がいる
風物を見るにつけ早くそなたと会いたいと思う

汝《なんじ》帰《かえ》らば④幼《よう》を携《たずさ》へよ

そなたが帰って来る時は幼な子たちを連れて来てほしい

▼原文二八一頁

注解　①鳥は下上に―下上は、飛び上がり飛び下りる。跂（キ）は、つまだつ。つまだって遠く望む。②伏獣―伏し隠れている獣。狸などのように穴に潜んでいる獣をいう。③時物を感じて―時物は、その時節に応じた物。四時の動植物。『後漢書』巻三「章帝紀」に「宜しく萌陽を助けて、以て時物を育すべし。」とある。④幼を携へよ―携幼は幼児の手を引く。『文選』巻四十五「帰去来辞」（陶淵明）に「幼を携へて室に入れば、酒有り樽に盈てり」とある（→『後語』[4] 二七～三一）。

我《われ》れ北渚《ほくしょ》を営《いとな》む
①帰女《きじょ》を懐《おも》ふこと有《あ》り
②石梁《せきりよう》は苫《とま》を以《もつ》て蓋《おお》ふ
③緑陰陰《りよくいんいん》として宇《のき》に承《う》けたり
仰《あお》いでは桂《かつら》有《あ》り　俯《ふ》しては蘭《らん》有《あ》り
嗟《ああ》女《なんじ》帰《かえ》らば路《みち》豈《あ》に難《かた》からんや
④超然《ちようぜん》たるの白雲《はくうん》を望《のぞ》み

私は北渚に気楽に遊べる所を設け
そなたの里帰りを待っている
石橋はとまむしろで覆い
木陰はうす暗く、軒にまで続く
高い所には肉桂の木があり、低い所には香草の蘭がある
ああ、そなたの里帰りには道は容易である
空高く昇る浮き雲を遠く眺め

清流《せいりゅう》に臨《のぞ》んで長歎《ちょうたん》す

清流に臨んでそなたを待ち望んでため息をつく

▼原文二八一頁

注解　①**帰女を懐ふ**─娘の里帰りを思う。帰は、帰寧。父母の安否を問う。里帰り。『詩経』周南「葛覃」第三章に「父母を帰寧せん」とあり、「毛伝」に「寧は、安なり。父母在（いま）せば、則ち時有りて帰寧するのみ。」とある。『左氏伝』荘公二十七年に「冬、杞の伯姫来たりて、帰寧す。」とあり、「杜注」に「寧は、父母の安否を問ふなり。」とある。②**石梁は苫を以て**─石梁は、石橋。苫（セン・とま）は、菅や茅などで編み、家や舟の屋根を覆うむしろ。『水経注』淄水に「水に石梁有り、亦た之を謂ひて石梁水と為す。」とある。③**緑陰陰として**─緑は、緑陰。青葉の陰。木陰。陰陰は、うす暗く陰気なさま。静かなさま。空がくもっているさま。木が茂って暗いさま。王維「積雨輞川荘」の詩に「漠漠たる水田に白鷺飛び、陰陰たる夏木に黄鸝囀る」とある。白居易「間詠」の詩に「月に歩して清景を憐み、松に眠りて緑陰を愛す」とある。④**超然たるの白雲**─超然は、世俗のことにとらわれないさま。高くこえ出るさま。ここでは、雲が空高くのぼるさま。『老子』第二十六章に「栄観有りと雖も、燕処超然たり。」とある。『楚辞』「卜居」に「寧ろ超然として高く挙がり、以て真を保たんか。」とある（→『全注釈』5九五～九七）。

服胡麻賦　第四十八

「①胡麻《ごま》を服《ふく》するの賦《ふ》」は、②翰林学士《かんりんがくし》眉山《びざん》の③蘇《そ》公《こう》軾《しょく》の作《つく》る所《ところ》なり。④国朝文明《こくちょうぶんめい》の盛《さか》んなる、前世《ぜんせい》及《およ》ぶこと莫《な》し。⑤欧陽文忠公《おうようぶんちゅうこう》・南豊《なんぽう》の⑥曾公鞏自《そうこうきょうよ》り、公《こう》と三人《さんにん》相継《あいつ》ぎて迭《たが》ひに起《お》こり、各〻《おのおの》其《そ》の文《ぶん》を以《もつ》て名《な》を当世《とうせい》に擅《ほしいまま》にす。然《しか》も皆《みな》⑦傑然《けつぜん》として自《みずか》ら一代《いちだい》の文《ぶん》たり。楚《そ》人《ひと》の賦《ふ》に於《おい》て未《いま》だ⑧数数然《さくさくぜん》たらざる者有《ものあ》り。独《ひと》り公《こう》⑨蜀自《しょくよ》り東《ひがし》するとき、道《みち》屈原《くつげん》の祠《し》下《か》に出《い》づ。嘗《かつ》て之《これ》が賦《ふ》を為《つく》りて、以《もつ》て⑩揚雄《ようゆう》を詆《そし》りて原《げん》の志《こころざし》を申《の》ぶ。然《しか》も亦《ま》た専《もつぱ》らには楚語《そご》を用《もち》ひず。其《そ》の輯《しゅう》の乱《らん》に乃《すなわ》ち曰《い》はく、⑪君子《くんし》の道《みち》は全《まった》きことを必《ひつ》とせず、身《み》を全《まった》くし害《がい》に遠《とお》ざかるも亦《ま》た或《あるい》は然《しか》らん。嗟《ああ》、

「胡麻を服するの賦」は、翰林学士眉山県の蘇軾が作ったものである。当朝の礼楽文化が富み栄えることと、前世及ぶことがない。欧陽修・曾鞏に始まり、公と三人が相次いで代わる代わる登場し、それぞれその文名を当代にほしいままにした。しかも皆独り勝れてそれ自体一代の文である。楚辞を模した賦においてはまだあくせくと焦らない点がある。独り公には蜀を出て都に向かった時、その途中屈原の祠下に出、屈原の廟にて賦を作ったことがある。それで揚雄をしかりそしって、屈原の志を説明した。しかしやはり完全には楚辞の体ではない。その輯の乱に乃ち言うには、君子の道は全きことを必須としない、身を全くし害より遠ざかることまた時にはそうであろう。ああ、あなたはつとめ励んでそのむずかしいことをする。よくあたらないとしても、要するにそ

子《し》区《く》区《く》として独《ひと》り其《そ》の難《かた》きことを為《な》す。適中《てきちゅう》ならずと雖《いえど》も、要《よう》するに以《もっ》て賢《けん》なりと為《な》す。夫《そ》れ我《わ》れ何《なん》ぞ子《し》の安《やす》んずる所《ところ》を悲《かな》しまん、と。是《こ》れ原《げん》の心《こころ》に発《はっ》すること有《あ》りと為《な》す。而《しか》も其《そ》の詞気《しき》亦《ま》た⑫冥会《めいかい》する者有《ものあ》るが若《ごと》し。它《た》の詞《し》は則《すなわ》ち唯《た》だ此《こ》の賦《ふ》を「⑬橘頌《きつしょう》」に近《ちか》しと為《な》す。故《ゆえ》に其《そ》の篇《へん》を録《ろく》すと云《い》ふ。

れで賢だとなす。そもそもわたしはどうしてあなたの安んじる所を悲しもう、と。これこそ屈原の心について発明する点があるとなす。しかもその詞気もまた冥会するものがあるようだ。「屈原廟賦」以外の作品では唯一この賦を「橘頌」に似ているとする。故にその篇を録すと云う。

▼原文二八一頁

注解　①**胡麻を服するの賦**―『蘇東坡集』前集・巻十九「賦」に見える。その序に「始め余れ嘗て伏苓（フクリョウ・薬草）を服（飲む）するに、久しうして良（まこと）に益有り。夢に道士余に伏苓（松脂）の燥、当に胡麻に雑へて之を食ふべしと謂ふ。夢中に道士に問ふ、何をか胡麻と為す、と。道士言ふ、脂麻は是れなり、と。既にして『本草』を読みて云ふ、胡麻、一の名は狗蝨。一の名は方茎。黒き者を巨勝と為す。其の油正に食を作るべし。則ち胡麻之を脂麻と為すは、信なり、と。又た云ふ、性伏苓と相宜し、と。是（ここ）に於て始めて斯の夢を異とす。方に将に其の説を以て之を食ふ。而して子由（蘇轍の字）伏苓を賦して以て示す。余れ乃ち「服胡麻賦」を作りて以て之に答ふ。世間の人、脂麻を服して以て神仙を致すを聞き、必ず大笑して胡麻を求めて得べからず。則ち妄りに山苗野草の実を指して以て之に当つ。此れ古の所謂る道は邇（ちか）きに在りて諸を遠きに求むる者ならんか（『孟子』離婁上）。其の詞に曰はく、云云」とある。　②翰林学士―翰林は、翰林院の略。文人・学者を集め、天子の詔勅をつかさどった役所。唐の玄宗時代に置かれ、その官を翰林学士と称した。　③蘇公軾―蘇軾、一〇三六～一一〇一。北宋の詩人・文豪。字は子瞻。号は東坡居士。諡は文忠。眉山（四川省）の人。『宋元学案』巻九十九を見よ。　④国朝文明―国朝は、他国または他の朝代に対し、当代の朝廷をいう。文明は、文徳がかがやくこと。文采が美しくて光り輝くこと。学問が進み世の中が開けること。　⑤欧陽文忠公―欧陽修（脩）、一〇〇七～一〇七二。北宋の文人・政治家。字は永叔。諡は文忠。号は六一居士。廬陵（江西省）の人。　⑥曾公鞏―曾鞏、一〇一九～一〇八三。北宋の政治家・文人。字は子固。諡は文定。号は南豊。『宋元学案』巻四を見よ。　⑦傑然―独りすぐれたさま。衆にぬきんでるさま。秀でるさま。『荘子』天運に「又た奚（なん）ぞ傑然として建鼓（大きな太鼓）を負ひて亡子（逃げた人）を求（捜す）むる者の若くせん。」とある。⑧数数然―数数（サクサク）は、たびたび。汲汲として求めるさま。ここでは、しばしばその方へ心を用いかかわること。『荘子』逍遥遊に「夫の列子は風を御して行く。泠然として善きなり。旬有五日（十五日）にして後反る。彼の福を致す者に於ける、未だ数数然（あくせくと焦るさま）たらざるなり。」とある。　⑨蜀自り東す―『経進東坡集事略』巻一「屈原廟賦」題辞注に「晁無咎云はく」として「屈原廟賦は、蘇公の作る所なり。公の初めて京師に仕へ、父の喪に遭ひて江に浮かびて蜀に帰るや、楚の屈原の祠を過ぎりて、賦を為り以て弔ふ……」とあり、製作経緯が詳述されている。⑩揚雄―前五三～一八。前漢末の学者。字は子雲。成都（四川省）の人。「屈原廟賦」に「彼れ乃ち子を謂ひて智に非ずと為す」とあり、揚雄の立場を述べる。　⑪君子の道―「屈原廟賦」は、「嗚呼、君子之道豈必全兮」に作る。　⑫冥会―暗黙のうちに理解する。冥冥の内に一致する。　⑬橘頌―『楚辞』「九章」の篇名（→『全注釈』4 二五九～二七五）。

我《わ》れ①羽人《うじん》を夢《ゆめ》みるに
②頎《き》として長《たけたか》し
恵《めぐ》みありて我《われ》に告《つ》ぐ
薬《くすり》の良《よ》きを
③喬松千尺《きょうしょうせんじゃく》にして
老《お》いて僵《たお》れず
④流膏《りゅうこう》土《ど》に入《い》りて
亀蛇《きだ》のごとく蔵《かく》る
⑤得《え》て之《これ》を食《くら》へば
寿《いのち》量《はか》り莫《な》し
⑥此《ここ》に草《くさ》有《あ》り
衆《しゅう》の嘗《な》むる所《ところ》
⑦状《かたち》狗蝨《くしつ》の如《ごと》く
⑧其《そ》の茎方《くきほう》なり
⑨夜炊《よるかし》ぎ昼曝《ひるさら》し

わたしは飛行自在な仙人を夢にみたが
その仙人は背たけが高く立派だった
恵みものがあると私に告げた
良い薬があるぞよと
高い松は千尺ほどもあり
老木なのに倒れずに立つ
松やにが土中に入り
亀や蛇のようにかくれる
松やにを掘り起こして食べると
長寿を限りなく保つことができる
この地には胡麻が生え
それは民衆がなめるもの
その形は狗蝨のようで
その茎には角がある
なん度もなん度も炊ぎさらして胡麻を造り

久《ひさ》しくして乃《すなわ》ち臧《よ》し　　それは長い日時を経ても善い

▼原文二八三頁

注解　①**羽人**―羽翼を生じて昇天する仙人。飛行自在の仙人。『楚辞』「遠遊」第五段に「羽人に丹丘（昼夜常に明るい丘）に仍（したが）ひ、不死の旧郷（仙霊の住む処）に留まる」とある（→『全注釈』5四〇・四一）。　②**頎として長し**―頎（キ）は、たけが高いさま。背が高く立派なさま。『詩経』衛風「碩人」第一章に「碩人其れ頎たり（よき人荘姜さまは背たけも高い）」とある。　③**喬松**―高い松　④**流膏**―流れるあぶら。ここでは、松やに。松脂。『文選』巻十二「海の賦」（木玄虚・華）に「顱骨（頭の骨）は岳（やま）を成し、流膏は淵を為す」とある。　⑤**得て之を**―之は、松やにを指す。松脂を掘り起こして。　⑥**此に草有り**―此は、この地において。草は、ここでは、胡麻を指す。⑦**状狗蝨**―状は、形状。狗蝨（クシツ）は、胡麻の異名。『本草』胡麻を見よ。　⑧**其の茎方**―方は、四角。角がある。『本草』「胡麻」に「時珍曰はく、胡麻は即ち脂麻なり。遅早二種、黒白赤三色有り。其の茎皆方にして、秋に白花を開く。」とある。　⑨**夜炊ぎ昼曝し**―この句は、胡麻を製造する方法をいう。曝（バク）は、日光にあてて乾かす。さらす。

①伏苓《ふくりょう》を君《きみ》と為《な》せば　　松脂を君主に喩えると

②此《こ》れ其《そ》の相《しょう》なり　　胡麻はその宰相に喩えられる

③我《わ》れ興《お》きて書《しょ》を発《ひら》けば　　私は夢から覚めて医薬書を開いて調べると

④符《ふ》を合《あ》はせたるが若《ごと》し
⑤乃《すなわ》ち瀹《に》 乃《すなわ》ち烝《む》して
⑥甘《あま》くして且《か》つ腴《こ》えたり
骨髄《こつずい》を補塡《ほてん》して
髪膚《はっぷ》に流《なが》る
是《こ》の身《み》 雲《くも》の如《ごと》くにして
我《わ》れ何《なに》か居《お》らん
長生不死《ちょうせいふし》は
道《みち》の余《よ》
⑦神薬《しんやく》 蓬《ほう》の如《ごと》く
⑧爾《なんじ》が廬《ろ》に生《しょう》ず
世人《せじん》信《しん》ぜず
⑨空《むな》しく自《みずか》ら劬《くる》しむ

まるで割り符を合わせたよう
そこで煮たり蒸したりすると
その味は甘い上に美味である
それは骨髄の血を補足し
その上毛髪までも美麗にする
肥用すると体が雲のように軽くなり
わたしはどこにでも身をおける
不老長生などは
結局この養生法を知ってからだ
不死の神薬は蓬のように東海に行かずとも
あなたの家に生えている
世間の人はそれを信じないで
ただ空しく海や山に異物を探して苦しんでいるだけだ

▼原文二八三頁

注解 ①伏苓を君と―伏苓は、薬草の名。松やに。松脂・伏霊・伏兔・不老麺などの異名がある。君は、君主のこと。『淮南子』説林訓に「山雲蒸すれば、柱礎潤ふ。伏苓掘らるれば、兔糸死す。」とある。また、「説山訓」に「千年の松、下に茯苓（千歳の松脂。松の根に寄生するきのこの類）有り、上に兔糸有り。」とある。**②此れ其の相**—此は、胡麻。相は、宰相。**③我れ興きて**—興は、夢から覚めて起きる。書は、ここでは医薬書。**④符を合はせたる**—合符は、割り符を合わせる。物事がぴったり一致する喩え。二つに割った手形を突き合わせるようにぴったりと合う。双方が全く同じである喩え。『孟子』離婁下に「志を得て中国（天下の中央）に行ふは、符節を合するが若し。先聖（舜）・後聖（文王）、其の揆（考えや行い）一（同一）なり。」とある。**⑤乃ち瀹乃ち烝して**—瀹（ヤク）は、ひたす。にる。湯につける。ゆでる。烝は、むす。**⑥甘くして且つ**—且は、その上。腴（ユ）は、肥える。肥やす。美しくゆたか。甘腴は、甘くておいしい。**⑦神薬**—神仙から授かる薬。長生不死の薬。『列子』湯問に「投ずるに神薬を以てすれば、既に悟ること初めの如し。」とある。**⑧爾が廬**—あなたの家。廬は、いおり。家。**⑨空しく自ら劬しむ**—劬（ク）は、疲れる。苦しむ。ほねおり苦しむ。空劬は、ただ疲れるばかり。『詩経』邶風「凱風」第一章に「棘心（いばらの若芽）夭夭（つやつやと若芽が和らぎ茂るさま）、母氏（母なる人を指す）劬労（疲れ苦しむ）す」とある。

①異物《いぶつ》を捜抉《そうけつ》して
②怪迂《かいう》を出《い》だす
③空山《くうざん》に槁死《こうし》すること
固《まこと》に其《そ》の所《ところ》

海や山に異物を探し求めて
怪しく不正なものを探し出す
人気のない山で餓死する愚人が
まことにそこにいる

④至陽《しよう》は赫赫《かくかく》として
⑤坤《こん》自《よ》り発《はつ》す
⑥至陰《しいん》 粛粛《しゆくしゆく》として
⑦乾《けん》に躋《のぼ》る
⑧寂然《せきぜん》として反照《はんしよう》すれば
珠《たま》 淵《ふち》に在《あ》り
⑨沃《そそ》げども滅《めつ》せず
又《ま》た燔《や》けず
⑩長虹流電《ちようこうりゆうでん》
光《ひか》り天《てん》を燭《て》らす
嗟《ああ》 ⑪此《こ》の区区《くく》たる
何《なん》ぞ其《そ》の間《かん》に与《あずか》らん
之《これ》を膏油《こうゆ》に譬《たと》ふるに
火《ひ》の伝《つた》ふる所《ところ》のみや

太陽は光り輝き
地より発する
月は静かにひっそりと
天に昇る
ひっそりと静かに黄昏に至ると
珠が淵に散らばっているよう
どんなに灌いでもなくならないし
また焼けることもない
虹も稲妻も夕方に現れ
その光は天を照らして美しい
ああ、このまたたく間の人生が
どうして悠久の自然に参加できよう
人間を灯火に喩えると
油で火を点ずるだけで、油が尽きれば灯は消える

▼原文二八三頁

注解 ①**異物を捜抉して**―異物は、普通と違ったもの。珍しいもの。怪しいもの。『管子』小匡に「少（わか）くして習ひ、其の心安んず。異物を見て遷らず。」とある。捜抉は、さがしあばく。さがしだす。抉（ケツ）は、えぐる。ほじくり出す。あばく。②**怪迂**―怪しく正しくない。『史記』巻十二「孝武本紀」に「而して海上燕斉怪迂の方士、多く效（なら）ひ、更〻（こもごも）神事を言へり。」とある。③**空山に槁死する**―空山は、人気のない山。ひっそりと静かな山。王維「鹿柴」に「空山 人を見ず、但だ人語の響きを聞くのみ」とある。槁死は、草木が枯れること。転じて、飢えて死ぬこと。『韓非子』説疑に「或は窟穴に伏死し、或は草木に槁死し、或は山谷に飢餓し、或は水泉に沈溺す。」とある。④**至陽は赫赫として**―④至陽は、日のこと。純粋かつ最も盛んな陽気。赫赫は、明らかで盛んなさま。かがやくさま。名声の盛んなさま。『荘子』田子方に「至陰 粛粛として、至陽 赫赫たり。」とある。『詩経』小雅・節南山之什「正月」第八章に「赫赫（勢威の盛んなさま）たる宗周（西周・鎬京）」とある。大雅・文王之什「大明」第一章に「明明（明らかなさま）として下に在り、赫赫として上に在り」とある。『楚辞』「大招」に「雄雄赫赫として、天徳明らかなり。」とある（→『全注釈』7 一六八～一七一）。⑤**坤自り発す**―坤は、地をいう。『易経』繫辞伝上に「天は尊（たか）く地は卑（ひく）くして、乾坤定まる。」とあり、『易経』説卦伝に「乾を天と為し……坤を地と為す。」とある。⑥**至陰粛粛**―至陰は、至極の陰気。ここでは、月をいう。粛粛は、おごそかなさま。うやうやしいさま。⑦**乾に躋る**―乾は、天をいう。『説文』（二下）に「躋（セイ）は、登るなり。」とあり、『爾雅』釈詁下に「躋は、陞るなり。」とある。⑧**寂然として反照**―寂然は、ひっそりと静かなさま。『易経』繫辞伝上に「易は思ふこと无きなり、為すこと无きなり。寂然として動かず。感じて遂に天下の故に通ず。」とある。反照は、照りかえす。夕映え。夕焼けの光。王充

『論衡』訂鬼に「臥病及び狂の三者、皆精衰倦し、目光反照す。」とある。

「窓下遠岫に列なる」とある。白居易詩に「碧は新晴の後に愛し、明は反照の中に宜し」とある。⑨沃げども—沃（ヨク）は、そそぐ（灌ぐ）。水を流しこむ。⑩長虹流電—長虹は、長いにじ。流電は、いなずま。きわめて速いものの喩え。明の張纘「南征の賦」に「飛流を翠薄に界（くぎ）り、長虹を青霄に耿（あき）らかにす」とある。沈約（南朝梁）「褐を被（き）て山東を守る」詩に「掣曳（セイエイ・ひく。ひっぱる。引き止める）流電を瀉し、奔飛白虹に似たり」とある。⑪此の区区たる—区区は、小さいさま。わずかなさま。またたく間。こせこせしたさま。取るに足りない。『広雅』釈訓に「区区は、小なる貌なり。」とある。『左氏伝』襄公十七年に「子罕曰はく、宋国は区区たり。」とあり、『釈文』に「区区は、小なる貌。」とある。王充『論衡』明雩に「故に馨香を共し、旨嘉（味のよいもの。うまい食べ物）を奉進し、区区惓惓（ねんごろなさま。真心を尽くすさま）として、答享せられんことを冀（ねが）ふ。」とある。

毀璧　第四十九

「璧《たま》を毀《こぼ》つ」は、予章《よしょう》の①黄太史庭堅《こうたいしていけん》の作《つく》る所《ところ》なり。庭堅《ていけん》は詩《し》を能《よ》くするを以《もっ》て大名《たいめい》を致《いた》して尤《もっと》も『楚辞《そじ》』を以《もっ》て自喜《じき》せり。然《しか》れども其《そ》の奇《き》に意《こころ》有《あ》るの泰甚《はなは》だしきを以《もっ》ての故《ゆえ》に、論者《ろんしゃ》は以為《おも》へらく、詩《し》に若《し》かざるなり、と。独《ひと》り此《こ》の篇《へん》のみ、②其《そ》の女弟《じょてい》の為《ため》にして作《つく》る。蓋《けだ》し帰《とつ》いで愛《あい》を其《そ》の姑《しゅうとめ》に失《うしな》ひ、死《し》して猶《な》ほ③水火《すいか》を免《まぬか》れず。故《ゆえ》に其《そ》の詞《し》悲哀《ひあい》を極《きわ》めて為作《いさく》するに暇《いとま》あらず。乃《すなわ》ち它語《たご》に賢《まさ》れりと為《な》すと云《い》ふ。

「璧を毀つ」は、予章の黄太史庭堅が作ったものである。庭堅は詩を巧みに作ることで大きな誉れを極めて、とりわけ『楚辞』をみずから喜んでいた。しかしながら彼が奇異な面に意を注ぐことが甚だしいことの故に、論者は思うことに、詩にはとても及ばない、と。ただこの篇だけは、その妹のために作った。思うに嫁いでその姑に失愛し、死んでもなお水火の苦しみをのがれられなかった。故にその歌詞は悲哀を極めており、意匠を凝らすゆとりなどはない。そこでほかの語に賢っていると思うと云う。

▼原文二八四頁

注解　①黄太史庭堅―黄庭堅。一〇四五～一一〇五、北宋の詩人・書家。字は魯直。号は涪翁・山谷。分寧（江西省）の人。詩は杜甫の風を学び、蘇軾と併称されて蘇黄といわれる。江西詩派の代表。書は特に草書にすぐれた。『宋史』巻四四四を見よ。太史は、官名。国の記録を扱う史官と、天文・暦法を扱う暦官を兼ねた。その長官は太史令。②其の女弟―女弟は、妹。女妹。また、夫の妹。『説文』（十二下）に「妹は、女弟なり。」とある。『爾雅』釈親に「夫の女弟を女妹と為す。」とある。
③水火を免れず―水火は、水責め火責めの苦しみ。虐政に喩える。水に溺れ火に焼かれるような非常な苦しみ。『孟子』梁恵王下に「簞食壺漿して、以て王師を迎ふるは、豈に他有らんや。水火を避けんとてなり。」とある。

①璧《たま》を毀《こぼ》ち珠《たま》を隕《おと》す
手《て》に執《と》る者《もの》 過《とが》を問《と》ふ
愛憎《あいぞう》や②万世一軌《ばんせいいっき》
③物《もの》の忌《き》に居《お》る
固《まこと》に常《じょう》 以《もつ》て好《よ》く禍《わざわ》ひを為《な》す
④桃茢《とうれつ》を羞《すす》めて汝《なんじ》に飯《はん》せしむ
席《せき》有《あ》るも汝《なんじ》を擯《ひん》して坐《ざ》せしめず
⑤帰来《きらい》して逍遥《しょうよう》せよ
⑥芝英《しえい》を采《と》りて餓《うえ》を禦《ふせ》ぐ

そなたが璧や珠を落としこわすと
姑はお前の手を取ってその過ちを責める
姑が嫁を憎むのはいつの世も同じ
お前はこの憎悪のうちにいる
本当に常々その禍いにかかるものだ
桃茢をすすめて不浄を払ってお前に飲膳させる
席は設けたが、お前を座らせるわけにはいかない
魂よ帰来して逍遥して遊べ
霊芝の花を採って飢えをふせぐ

⑦淑善《しゅくぜん》にして清明《せいめい》なり
⑧陽春《ようしゅん》の玉冰《ぎょくひょう》
⑨世《よ》に畸《き》にして 天《てん》 其《そ》の纓《えい》を脱《だつ》す

そなたは善徳で清明な人柄である
陽春のような心でその容姿はすばらしい
ところが数奇な運命で早世した

▼原文二八五頁

注解 ①**璧を毀ち**—人の器物を預かって、取り落とすこと。璧は、たま。環状の平たい太玉で、外径が内径の三倍あるもの。毀（キ）は、こぼつ。こわす。隕（イン）は、おとす。おちる。②**万世一軌**—永遠に同じ。一軌は、同じ立場をとる。完全に一致する。③**物の忌**—『古逸叢書』本は、「忌」を「恚」に作る。④**桃茢を羞めて**—桃茢は、帚木（ははきぎ）。桃の木と葦の穂。茢は、葦の穂。葦の穂で作った箒。不祥を払うときに用いる。『礼記』檀弓下に「君（天子）、臣の喪に臨むときは、巫祝桃茢を以てし戈（カ）を執る。之（死人のそばの邪気）を悪むなり。」とある。『韓昌黎文集』巻三十九「仏骨を論ずる表」に「尚ほ巫祝をして先づ桃茢を以て不祥を祓除せしめて、然して後に進んで弔す。……巫祝 先んぜず、桃茢を用ひず。」とある。⑤**帰来して逍遥**—『楚辞』「招魂」に「魂よ帰り来たれ」とある（→『全注釈』[7] 一七、他多数）。「離騒」に「若木を折りて以て日を払ひ、聊らく逍遥して以て相羊す」（→『全注釈』[1] 一四二～一四五）とあり、また、「離騒」に「遠く集（いた）らんと欲すれども止まる所無し、聊らく浮游して以て逍遥せん」（→『全注釈』[1] 一七四・一七五）とある。『詩経』鄭風「清人」第二章に「河の上（ほとり）逍遥す」とある。⑥**芝英を采りて**—芝英は、霊芝の花。『楚辞』「九懐」通路に「北のかた飛泉に飲み、南のかた芝英を采る」とある。『史記』巻一一七「司馬相如列伝」「大人賦」に「沆瀣（コウカイ・夜中の清らかな空気）を呼吸し朝霞を飧（く）らひ、芝英を噍咀（ショウソ・かんで食う）し、瓊華を嘰（少し食う）らふ」とある。⑦淑善にして清明―この句は、生前の女の精神面の美をいう。『楚辞』「哀時命」に「形体白くして質素し、中皎潔にして淑清なり」とある（→『全注釈』8 一〇三～一〇七）。『礼記』「孔子間居」に「清明躬に在り、気志神の如し。」とある。淑善は、徳義・善徳のあること。⑧陽春の玉冰―この句は、生前の女の容姿を美なるをいう。陽春は、陽春の心があるということ。玉冰は、冰肌（透き通るほどのきめの細かい、美しい肌）玉骨の容姿。美人のさま。⑨世に畸にして―畸は、めずらしい。変わっている。『荘子』大宗師に「敢て畸人を問ふ」とあり、『釈文』に「畸は、其宜の反。奇異を云ふなり。」とある。天脱は、死んで繋ぎを離れたこと。纓は、ひも。冠のひも。ここでは、つながれること。

①骨人《こつじん》を愛《あい》して生冥冥《せいめいめい》
②汝《なんじ》を陽侯《ようこう》に棄《す》つ
汝《なんじ》に遇《ぐう》すること曾《かつ》て生《せい》の如《ごと》くならず
未《いま》だ以《もつ》て去《さ》るべからず
其《そ》の③雛嬰《すうえい》を殆《あや》くす
④衆雛《しゅうすう》羽翼《うよく》ありて故巣《こそう》傾《かたむ》く
帰来《きらい》して逍遥《しょうよう》せよ

死人を愛して生前は人に知られなかった
そなたを陽侯神のもとに投棄した
生前は憎いと思うもそれ程ではなかった
生きているうちは父の家に帰らなかったのは
可愛い幼な子の身を案じたからだ
幼な子たちが生長したとき古巣は傾く
魂よ やって来て庭のあたりで遊べ

西江《せいこう》の浪波《ろうは》 何《いず》れの時《とき》か平《たい》らかならん
⑤山《やま》 涔涔《しんしん》として猿鶴《えんかく》 社《しや》を同《おな》じうす
⑥瀑《ばく》 天《てん》に垂《た》れて雷霆《らいてい》 下《しも》に在《あ》り

西江の波はいつ平らかになるのだろう
山は雨降りしきり猿や鶴は居所を同じくしている
にわか雨は空いっぱいに 雷鳴は脚下でごろごろ

▼原文二八五頁

注解 ①**骨人を愛して**—骨人は、死人。生は、ここでは、生きているとき。生前。冥冥は、暗いさま。見分けがつけにくいさま。人に知られないさま。人目につかないさま。『楚辞』「九歌」東君に「杳冥冥として以て東に行く」とある（→『全注釈』2 一一七〜一二二）。「九歌」山鬼に「杳冥冥として羌 昼も晦し」とある（→『全注釈』2 一三九・一四〇）。②**汝を陽侯**—陽侯は、大波の神。水神の名。転じて、波をいう。『楚辞』「九章」哀郢に「陽侯の氾濫を淩ぎ、忽ち翺翔（飛びかける）して焉（いず）くにか薄（いたる・とどまる）まらん」とある（→『全注釈』4 九七・九八）。『淮南子』覧冥訓に「武王（殷の）紂を伐ちて孟津（シン）を渡るに、陽侯の波、逆流を撃つ。」とある。なお、『戦国策』韓策を見よ。③**雛嬰**—幼な子。④**衆雛羽翼ありて**—衆雛は、多くのひな鳥。ここでは、幼い子供たち。羽翼は、ここでは、成長したこと。『文選』巻十三「鸚鵡の賦」（禰正平・衡）に「余年の惜しむに足るに匪ず、衆雛の知る無きを愍（かな）しむ」とある。杜甫「彭衙行」に「衆雛（子供たち）爛漫（無邪気に熟睡しているさま）として睡（ねむ）れるを、喚起（呼びおこす）して盤飧（ソン）に霑はしむ（お皿の食べ物をいただかせた。その情けにうるおさせる）」とある。⑤**山涔涔として**—涔涔（シンシン）は、雨のしきりに降るさま。晋・潘尼「苦雨の賦」に「中塘（隄・池）の浩汗（水の広大なさま・広く限りないさま）たるを瞻、長霤（長いあまだれ・長いうけどい）の涔涔たるを聴く」とある。社は、居所。⑥**瀑天に垂れて**—瀑は、暴雨。にわか雨。垂天は、空いっぱいにたれさがる。雷霆は、かみなり。霆も雷。王逸「九思」怨上に「雷霆硠礚（雷声の貌）」とある。『易経』繫辞伝上に「之（万物）を鼓（振るい動かす）するに雷霆（稲妻）を以てし、之（万物）を潤するに風雨を以てす。」とある。

雲月《うんげつ》 昼《ひる》為《た》り風雨《ふうう》 夜《よる》為《た》り
①得意《とくい》の山川《さんせん》 絵画《かいが》すべからず
②寂寥《せきりょう》として朋《とも》無《な》く 道《みち》を去《さ》ること咫《し》の如《ごと》し
彼《か》の③幽坎《ゆうかん》や謝《しゃ》すべし
帰来《きらい》して逍遥《しょうよう》せよ
④増膠《ぞうこう》や此《こ》の暇《いとま》を聊《たの》しまざる

雲月は昼に、風雨は夜に、と変わり
心から満足した山川だが画けない
あの世はひっそりと淋しく友もなく世俗の道とどれほどもない
あの墓所の人よ、謝絶した方がいい
魂よ帰り来たりてぶらぶら遊べよ
増膠よ、この暇を楽しまないのか

▼原文二八六頁

注解 ①**得意の山川**—得意は、自分の望み通りになる。おごり高ぶる。愉快で心地よい。『列子』仲尼に「意を得る者は言無く、知を進（つ）くす者も亦た言無し。」とある。②**寂寥**—ひっそりとしてものさびしいさま。『漢書』礼楽志に「寂漻（寂寥・寂漠・寂寞に同じ）たる上天 厥（そ）の時を知る。」とある。劉向「九歎」惜賢に「声嗷嗷（呼ぶ声）として以て寂寥たり」とある。咫（シ）は、長さの単位。周代の八寸。約十八センチメートル。転じて、距離の近い喩え。少ない。わずか。

③**幽坎**―人を埋葬した穴。韓愈「豊陵行」に「哭声　天に訇（ひび）きて百鳥噪しく、幽坎昼閉ざして霊輿空し」とある。謝は、断。わけを述べる。謝絶する。ことわる。　④**増膠や**―この句の文義詳らかならず。朱熹は「卒章は、疑ふらくは誤字有らん。」という。浅見絅斎『漢籍国字解全書』第十七巻に「末句の文義取れぬぞ。」とあり、釈清潭『国訳漢文大成』は朱子の言をうけて「後賢の発明を俟（ま）つ。」という。

秋風三畳　第五十

「秋風《しゅうふう》①三畳《さんじょう》」は、原武《げんぶ》の②邢居実《けいきょじつ》の作《つく》る所《ところ》なり。居実《きょじつ》は恕《じょ》の子《こ》、少《わか》き自《よ》り逸才《いっさい》有《あ》り。大《おお》いに蘇《そ》・黄諸公《こうしょこう》の③称許《しょうきょ》する所《ところ》と為《な》る。而《しか》れども不幸《ふこう》にして蚤《はや》く死《し》せり。其《そ》の此《これ》を為《つく》る時《とき》、年未《としいま》だ④弱冠《じゃっかん》ならず。然《しか》れども其《そ》の言《げん》を味《あじ》はふに、⑤神会天出《しんかいてんしゅつ》、意《い》を経《へ》ざるが如《ごと》くにして、一字《いちじ》も今人《きんじん》の語《ご》を作《な》すこと無《な》し。同時《どう》《じ》の士《し》、号《ごう》して前輩《ぜんぱい》と称《しょう》して、古学《こがく》を好《この》むに名《な》ある者《もの》、皆能《みなよ》く及《およ》ぶこと莫《な》し。天《てん》をして之《これ》を寿《いのちなが》からしめば、則《すなわ》ち其《そ》の就《な》す所《ところ》、豈《あ》に量《はか》るべけんや。

「秋風三畳」は、原武の邢居実が作ったものである。居実は恕の子、年少からすぐれた才能を持っていた。大いに蘇軾・黄庭堅諸公らに賞賛され認められた。しかしながら不幸にして夭逝してしまった。居実が「秋風三畳」を作った時、年はまだ二十歳にもなっていなかった。しかしながらその言葉を玩味すると、神会天出のもので、苦心した跡がないようで、一字すらも今人の語を用いることがない。同時代の学識・徳行のある人たちは、呼んで前輩と称して、古学を好むことで名を知られる者、みな追いつくことができなかった。もし天神が居実を長生きさせてくれたとしたら、恐らく居実の成就するところ、どうして量ることができようか。

▼原文二八六頁

注解　①**三畳**―三度重ねて歌う。　②**邢居実**―宋の人。字は惇夫。陽武の人。司馬光らを宗師とし、蘇軾・黄庭堅らと従遊（従学する）す。卒年僅かに二十（『宋史』本伝「卒時年十九」）。『呻吟集』がある。『宋史』巻四七一、『宋元学案』巻一「安定学案」を見よ。　③**称許**―たたえ認める。称は、たたえる。賞賛する。許は、ゆるす。みとめる。　④**弱冠**―男子二十歳の称。男子二十歳（弱）で元服（冠をかぶる）したからいう。転じて、二十歳前後の年齢。『礼記』曲礼上に「人生まれて十年を幼と曰ふ、学ぶ。二十を弱と曰ふ、冠す。三十を壮と曰ふ、室有り。四十を強と曰ふ、而して仕ふ。」とある。　⑤**神会天出**―神会は、奇妙奇態なものではなく、鬼神の会うこと。天出は、天から自然に出たようなもの。

①秋風夕《しゅうふうゆうべ》に起《お》こりて白露霜《はくろしも》と為《な》る
草木《そうもく》②憔悴《しょうすい》して　窃《ひそ》かに独《ひと》り此《こ》の衆芳《しゅうほう》を悲《かな》しむ
③明月皎皎《めいげつこうこう》として空房《くうぼう》を照《て》らす
④昼日《ちゅうじつ》は短《みじか》きを苦《くる》しみ　夜未《よるいま》だ央《つ》きず
⑤美《び》なる一人《いちにん》有《あ》り　天《てん》の一方《いっぽう》に
往《ゆ》きて之《これ》に従《したが》はんと欲《ほっ》すれば⑥路渺茫《みちびょうぼう》たり
山《やま》に登《のぼ》らんとすれば車無《くるまな》し水《みず》を渉《わた》るに航無《ふねな》し

秋風は夕暮れに吹き起ち、霜の下りる時節となった
草木は色つやもなく衰え、そっとこの衆芳なきを悲しむ
明月は白々と人気ない部屋を照らしている
昼の短いのを苦しんで、夜はまだつきない
思慕する人は天のかなたに
私は行って、美なる人に従おうと思っても、道はるか
山に登ろうにも車はなく、川を渡るにも舟はない

⑦願《つね》に言《わ》れ　子《し》を思《おも》ふ　我《わ》が心《こころ》をして傷《いた》ましむ

つねに私はあなたを思慕すると、心を悲しませるばかり

▼原文二八七頁

注解　①**秋風夕に起りて**―『楚辞』「九章」抽思に「秋風の容を動かすを悲しむ」とある（↓『全注釈』[4]一二一～一二三）。『詩経』秦風「蒹葭」第一章に「蒹葭　蒼蒼（あしの葉は青々と茂っている）として、白露　霜と為る」とある。『楚辞』「九弁」第三段に「白露　既に百草に下れば、奄（たちま）ち此の梧楸（青桐やひさぎの葉）を離披（分散する）す」とあり（↓『全注釈』[6]二一一～二一三）、また、「秋既に先づ戒（注意を促す）むるに白露を以てし、冬又た之に申（かさ）ぬるに厳霜を以てす」とある（↓『全注釈』[6]二二三～二二七）。『楚辞』「九歎」逢紛に「白露紛として以て塗塗（厚いさま）たり」とある。　②**憔悴**―やせ衰える。やつれる。『楚辞』「漁父」に「顔色憔悴して形容枯槁せり。」とある（↓『全注釈』[5]一一三・一一四）。　③**明月皎皎**―『詩経』陳風「月出」第一章に「月出でて皎たり、佼人（美人）僚（美しく好きさま）たり」とある。皎は、白い。白く輝く。あきらか。皎は、白く清らかなさま。明るく光るさま。『詩経』小雅・鴻鴈之什「白駒」第一章から第四章に「皎皎（潔白なさま）たる白駒（白く逞しい馬）」とある。『文選』巻二十九「古詩十九首」第七首に「明月皎として夜光る」、第十首に「皎皎たる河漢の女」とある。『楚辞』「九懐」危俊に「白日に晞かして皎皎たり」とある。空房は、ひとりねの寝室。人気のない室。　④**昼日の短きを**―「古詩十九首」第十五首に「昼短くして夜の長きに苦しむ」とある。未央は、まだつきない。まだ夜があけない。『詩経』小雅・鴻鴈之什「庭燎」第一章に「夜如何（いか）ん、夜未だ央（あした）ならず」とある。「離騒」に「時も亦た猶ほ其れ央（つ）きざるに及べ」とある（↓『全注釈』[1]二〇三・二〇四）。

『老子』第二十章に「荒として其れ未だ央（つく）さざるか。」とある。 ⑤**美なる一人有り**―『詩経』鄭風「野有蔓草」第一・二章に「美なる一人有り」とある。『楚辞』「九弁」第二段に「美なる一人有り心釈（と）けず」とある（→『全注釈』⑥一五〜一七）。 ⑥**路渺茫**―渺茫は、広くはてしないさま。遠くかすかなさま。渺も茫も、広い・はるか。白居易「長恨歌」に「情を含み涕を凝らして君王に謝す、一別音容両つながら渺茫」とある。 ⑦**願に言れ**―願言は、つねに私は。私は思う。『詩経』邶風「二子乗舟」に「願（つね）に言（わ）れ子を思ふ」とある。

①秋風《しゅうふう》 淅淅《せきせき》として雲冥冥《くもめいめい》たり
②鵋《し》梟《きよう》昼《ひる》号《さけ》び 蟋蟀《しつしゅつ》夜《よる》鳴《な》く
歳月《さいげつ》徂《ゆ》き邁《ゆ》いて ③忽《こつ》として流星《りゅうせい》の如《ごと》し
④少壮幾時《しょうそういくとき》ぞ 老冉冉《おいぜんぜん》として其《そ》れ相仍《あいよ》る
⑤展転反側《てんてんはんそく》して夜《よる》従《よ》り明《めい》に達《たつ》す
悵《ちょう》として独《ひと》り此《ここ》に処《しょ》し ⑥誰《たれ》を適《てき》として情《じょう》を為《な》さん
⑦長歌激烈《ちょうかげきれつ》として涕泣《ていきゅう》交〻《こもごも》零《お》つ
⑧願《つね》に言《わ》れ 子《し》を思《おも》ふ 我《わ》が心《こころ》をして怦《いそ》がしむ

秋風はものさびしく吹き 雲は低くたれこめ
ふくろうは昼にさけび こおろぎは夜に鳴く
歳月の過ぎゆくさまはまるで流れ星のよう
血気盛んな時はどれほどもないのに 老衰はどんどん迫り来る
心の憂さは積もり寝つけずに、朝まで寝返りをうつ
ただ独りがっかりして誰を相手に情を交わそう
はげしく声を長く引いて泣き 涙はしとど流れる
いつもあなたを思慕すると わが心激しく胸うつ

▼原文二八七頁

注解　①**秋風淅淅として**―淅淅は、風や雨などの寂しい音のさま。寒々と吹く風のさま。『文選』巻三十「七月七日夜詠牛女」（謝恵連）に「団団（露の玉の多いさま）たり葉に満つる露、析析（風の吹く音のさま）たり条（木の枝）を振るふ風」とある。『楚辞』「九歎」遠逝に「雲冥冥（暗いさま）として前に闇し」とある。「九歌」東君に「杳冥冥として以て東に行く」、「九歌」山鬼に「杳冥冥として羌（ああ）昼も晦（くら）し」「靁塡塡として雨冥冥たり」とある（↓『全注釈』[2]一一七・一三九・一四六）。「九章」渉江に「深林杳として以て冥冥たり」とある（↓『全注釈』[4]七一・七二）。②**鵾梟昼号び**―『楚辞』「惜誓」に「鵾梟（ふくろう）群がりて之を制す」とある（↓『全注釈』[8]一七・一八）。『詩経』唐風「蟋蟀」第一・二・三章に「蟋蟀（こおろぎ）堂に在り」とある。『楚辞』「九弁」第三段に「蟋蟀此の西堂に鳴く」とある（↓『全注釈』[6]二七～三〇）。③**忽として流星**―「九弁」第八段に「願はくは言を夫の流星に寄せんに、羌（ああ）倏忽（シュクコツ・速いさま。たちまち）として当り難し」とある（↓『全注釈』[6]七四・七五）。④**少壮幾時ぞ**―『文選』巻四十五「秋風辞」（漢武帝）に「歓楽極まりて哀情多し、少壮幾時ぞ老いを奈何せん」とある（↓『後語』[2]一九・二〇）。「離騒」に「老い冉冉（進むさま）として其れ将に至らんとす」とある（↓『全注釈』[1]七一・七二）。「九歌」大司命に「老い冉冉として既に極まるに、寖（ようや）く近からずして愈〻（いよいよ）疏（とお）し」とある（↓『全注釈』[2]八四・八五）。「九弁」第七段に「老い冉冉冉として愈〻弛（うつ）る」とある（↓『全注釈』[6]六一～六三）。『楚辞』「哀時命」に「老い冉冉として之に逮（およ）べり」とある（↓『全注釈』[8]七三～七五）。相仍るは、その上に重なり重なりすること。⑤**展転反側**―眠れないで、いく度も寝返りを打つこと。ころびまろんで寝返りを打ち、心の落ち着かないさま。『詩経』周南「関雎」第二章に「之を求めて得ざれば、寤寐にして思服す、悠なるかな悠なるかな、輾転反側す」とある。（→拙著『朱熹詩集伝全注釈』[1]一二〜一六）。⑥**誰を適として**—誰を相手にしてわが情を晴らそう。⑦**長歌激烈**—『文選』巻二「西京賦」に「女娥（女英と娥皇。堯の二女）坐して長歌（声を長く引いて歌う）す」とある。激烈は、極めてはげしいこと。『文選』巻二十九「詩四首」（蘇武）其の二に「長歌しては正に激烈、中心愴として以て摧く」とある。『楚辞』「九章」悲回風に「涕泣交りて凄凄たり」とあり（→『全注釈』[4]二八六〜二八八）、「七諌」哀命に「涕泣流れて於悒（悲しみで気がふさぐ）す」とある。⑧**願に言れ子を思ふ**—『詩経』邶風「二子乗舟」第一・二章に見える。願は、毎・つねに（「毛伝」）。『説文』段注は、切に思う。言は、助辞。ここに。鄭玄は「我」と訓ず。怦は、こころせく。はやる。心がおどる。胸がどきどきする。『楚辞』「九弁」第二段に「心怦怦として諒（まこと）に直し」とあり（→『全注釈』[6]一九・二〇）、「哀時命」に「志怦怦として内直し」とある（→『全注釈』[8]一〇〇〜一〇三）。

秋風《しゅうふう》①浩蕩《こうとう》として　天宇《てんう》高《たか》し
②群山《ぐんざん》逶迤《いい》として渓谷寂寥《けいこくせきりよう》たり
③高《たか》きに登《のぼ》りて遠《とお》きを望《のぞ》み　自《みずか》ら聊《やすん》ぜず
④駕《が》して言《ここ》に野《や》に適《ゆ》きて　誰《たれ》と与《とも》に遊遨《ゆうごう》せん

秋風は広々と吹き渡り天空は高い
山々は長く続き谷川はさびしい
高所に登って遠く眺めても心の憂さは晴れない
車で郊外に出て誰と一緒に大いに遊ぼう

⑤空原《くうげん》 人無《ひとな》くして 四顧《しこ》 蕭条《しょうじょう》たり
⑥猿狖《えんゆう》と与《とも》に伍《ご》し 麋鹿《びろく》を曹《そう》と為《な》す
浮雲千里《ふうんせんり》 帰路遠《きろとお》く遥《はる》かなり
願《つね》に言《わ》れ 子《し》を思《おも》ふ 我《われ》が心《こころ》をして労《ろう》せしむ

人気ない原野を眺めまわすとなんとも物さびしい
猿も狖も仲間となり大しかとしかを連れとする
浮き雲は千里のかなたまでたなびき帰路もまた遠くはるけし
私はいつもあなたのことが気がかりで不安な心はつかれるばかり

▼原文二八八頁

注解 ①**浩蕩**―広く大きなさま。水が広くゆたかなさま。気ままなさま。ここでは、広々と吹くさま。『楚辞』「離騒」に「怨むらくは霊脩（ここでは、懐王をいう）の浩蕩たる、終に夫の民心を察せざることを」とある（↓『全注釈』[1]八一・八二）。「九歌」河伯に「心飛揚して浩蕩たり」とある（↓『全注釈』[2]一二四～一二六）。天宇は、天を見上げた空の景色をいう。②**群山逶迤として**―逶迤は、長く続くさま。曲がりくねっているさま。『文選』巻二十九「古詩十九首」第十二首に「東城高く且つ長し、逶迤として自ら相属（つづ）く」とある。寂寥は、ひっそりとしてさびしいさま。『楚辞』「九歎」惜賢に「声嗷嗷として以て寂寥たり」とある。③**高きに登りて**―『礼記』曲礼上に「高きに登らず、深きに臨まず。」とある。登高は、中国で陰暦九月九日（重陽の節句）に、丘などに登り、茱萸（かわはじかみ）を髪にさし、菊酒を飲んで厄払いをした行事。『書言故事大全』九月に「九月初めの九日、是れ重陽なり。」とある。高い丘などに登るのは、心の憂さを晴らす行為。望遠も同じ行為。杜甫「登高」に「風急に天高くして猿嘯哀し、渚清く沙（すな）白くして鳥飛廻す、無辺の落木蕭蕭として下り、不尽の長江滾滾（コンコン）として来る、万里悲秋常に客と作（な）り、百年多病独り台に登る、艱難苦（はなは）だ恨む繁霜の鬢（ビン）、潦倒新に停む濁酒の杯」とある。王維「九月九月、山中の兄弟を憶ふ」に「独り異郷に在りて異客と為る、佳節に逢ふ毎に倍ゝ（ますます）親を思ふ、遥かに知る兄弟高きに登る処、遍（あまね）く茱萸を挿（さしはさ）みて一人を少（か）くを」とある。④**駕して言に**―『詩経』邶風「泉水」第四章に「駕して言（ここ）に出遊し、以て我が憂ひを寫（のぞ）かん」とある。『詩経』斉風「載駆」第三章に「魯道蕩たる有り、斉人遊敖す」とある。『文選』巻二十五「従弟恵連に酬ゆ」（謝霊運）に「暮春に未だ交らずと雖も、仲春善く遊遨せん」とある。⑤**空原人無くして**―空原は、なにもない原野。四顧は、四方を見まわす。あたりをながめる。『荘子』天地に「方に且に四顧して物応ぜんとす。」とある。「古詩十九首」第十一首に「四顧すれば何ぞ茫茫たる」とある。蕭条は、ものさびしいさま。『楚辞』「遠遊」第六段に「山は蕭条として獣無く、野は寂漠として其れ人無し」とある（→『全注釈』[5]四五～四八）。陳・沈炯「帰魂賦」に「故老の訊すべきこと無く膴膴（ブブ・肥えてうるわしいさま）たる空原に並す」とある。⑥**猿狖と与に**―猿狖は、手長ざると尾長ざる。さる。「九章」渉江に「深林杳として以て冥冥たり、猿狖の居る所なり」とある（→『全注釈』[4]七一・七二）。『文選』巻三十三「招隠士」（劉安）に「猿狖群嘯して虎豹嗥（ほ）ゆ」とある（→『全注釈』[8]一〇九～一一二）。羆（ビ）は、大しか。「九歌」湘夫人に「羆何為れぞ庭中にある」とある（→『全注釈』[2]六三・六四）。

鞠歌　第五十一

「鞠歌《①きくか》」は、横渠張夫子《②おうきょちょうふうし》の作《つく》る所《ところ》なり。孟《③もう》子没《しぼつ》せし自《よ》り聖学《④せいがく》其《そ》の伝《でん》を得《え》ず。是《ここ》に至《いた》りて蓋《けだ》し千有五百年《せんゆうごひゃくねん》、夫子《ふうし》蚤《つと》に范文正公《⑤はんぶんせいこう》に従《したが》ひて『中庸《⑥ちゅうよう》』の書《しょ》を受《う》け、中歳老《ちゅうさいろう》・仏諸家《ぶつしょか》の説《せつ》に出入《しゅつにゅう》して左右《さゆう》に采獲《⑦さいかく》すること十有余年《じゅうゆうよねん》なり。既《すで》に自《みずか》ら以為《おも》へらく、之《これ》を得《え》たり、と。晩《ばん》に二程夫子《⑧にていふうし》を京師《けいし》に見《み》て、其《そ》の論説《ろんせつ》を聞《き》きて警《けい》すること有《あ》り。是《ここ》に於《おい》て尽《ことごと》く異学《⑨いがく》を棄《す》てて醇如《じゅんじょ》たり。嘗《かつ》て神宗《⑩しんそう》に見《まみ》えて治道《ちどう》の要《よう》を顧問《⑪こもん》せらる。即《すなわ》ち漸《ようや》く三代《⑫さんだい》に復《ふく》するを以《もっ》て対《こた》ふることを為《な》す。退《しりぞ》いて宰相《⑬さいしょう》と議《ぎ》して合《かな》はず。因《よ》つて病《やまい》と謝《しゃ》して帰《かえ》る。『訂頑《⑭ていがん》』『正蒙《せいもう》』等《など》の書《しょ》、数万言《すうまんげん》を

「鞠歌」は、横渠張夫子が作ったものである。孟子が没してから儒学は伝習されなかった。ここに至ってたしかに一千五百年、張先生は早くから范文正公に従って『中庸』の書を受取し、中年のころ老荘・仏諸家の説に出入して、自在にとり入れること十余年である。みずから考えてみるに、すでに老・仏諸家の教えを理解した、と。晩年には明道・伊川の二先生に都でお会いし、その論説を聞いていましめることがあった。そこですべて異端の学を棄てて純粋であった。以前、神宗皇帝にお目通りした際に、天下を治める道の要点を尋ねられた。すぐさま徐々に夏・殷・周三代の治道にもどすことをもってお答えした。退出して宰相と相談したが意見が合わなかった。そこで病と称して辞去した。『訂頑』『正蒙』などの書、数万言を著わした。時折古楽府詞をよく観

著《あら》はす。間《まま》⑮古楽府詞《こがふし》を閲《けみ》して、其《そ》の語《ご》の卑《いや》しきを病《うれ》へ、乃《すなわ》ち更《さら》に此《これ》を作《つく》りて以《もっ》て自《みずか》ら見《しめ》し、并《あわ》せて以《もっ》て二程《にてい》に寄《よ》すと云《い》ふ。

察して、その語の下品なことを憂え、そこで更にこれを作って、それでみずからの考えを示し、あわせて二程先生に寄せられたと云う。

▼原文二八八頁

注解 ①**鞠歌**―けまり歌。鞠は、毛毬のようにして、中に綿を入れ、馬上で投げ上げたり蹴り上げたりする遊戯。晋・陸機「鞠歌行」序に「案ずるに、漢の宮門に含章鞠室・霊芝鞠室有り。後漢の馬防の第宅臨道を卜し、閣を連ね池を通じ、鞠城街路に弥（わた）る。鞠歌は、将た此を謂ふか。云々」と。 ②**横渠張夫子**―張載（一〇二〇～一〇七七）。北宋の儒学者。宋学（秦・漢以来の経書の字句の解釈を重んじる学問に対して、宋代の学者による、経書の哲学的解釈を重んじる傾向の学）の先駆者の一人。字は子厚。横渠先生と呼ばれた。陝西省の人。当時の実権者、王安石と合わず、やめて故郷に帰り読書に専心した。その学は『易』と「中庸」とに基づき、孔孟の学を最高とした。『西銘』『東銘』『正蒙』『易説』などがある。『宋元学案』巻十七・十八を見よ。 ③**孟子**―前三七二～二八九。戦国時代の鄒（山東省）の人。名は軻。字は一説に子輿。子思（孔子の孫）の門人に学び、のち梁の恵王・斉の宣王らに性善説に基づく仁義・王道を説いたが用いられず、子弟の教育に専念した。『史記』巻七十四「孟子荀卿列伝」を見よ。 ④**聖学**―聖人の説いた学問。聖人の道を修める学問。儒教・儒学をいう。 ⑤**范文正公**―范仲淹、九八九～一〇五二。北宋の名臣。字は希文、諡は文正。呉県（江蘇省）の人。仁宗のとき参知政事（副宰相）となる。『范文正公集』二十四巻がある。 ⑥**中庸**―四書の一つ。『礼記』の一篇。中庸（行き過ぎも不足もなく、ほどよいこと）の徳を説く。孔子の孫・

子思の作と伝えられる。⑦**采獲**―とり入れる。疑問な点を尋ね、答えをもらう。疑義を問いて答えを得る。『後漢書』列伝第三十下「班彪伝」に「遷の著作の若きは、古今を採獲し、経伝を貫穿す。」とある。⑧**二程夫子**―北宋の儒学者程顥（明道）と程頤（伊川）の兄弟をいう。程顥（一〇三二～一〇八五）、字は伯淳、謚は純公。洛陽（河南省）の人。弟の頤（イ）と共に周敦頤（一〇一七～一〇七三）に学んだ。程頤（一〇三三～一一〇七）、字は正叔、謚は正公。性理の学を大成し、その学は朱子に継承された。『宋元学案』巻十三～十六を見よ。⑨**異学**―異端の学問。正統でない学問。聖人の道でない別の学説。楊墨仏老の学。『宋史』道学伝を見よ。宋・蘇軾「善相程傑に贈る」に「心 異学を伝へ、身を謀らず、自ら清時を要（もと）め、搢紳を閲す」とある。⑩**神宗**―一〇四八～一〇八五。北宋第六代の天子。在位一〇六七～一〇八五。十九歳で即位し、内政外交に積極的にとりくみ、王安石の新法を採用して改革を断行したが、志を得ないまま三十八歳の若さで死んだ。⑪**顧問**―天子が臣下に意見をたずねきく。また、たずねられる人。相談する。気にかける。『淮南子』「氾論訓」に「誅賞の制断、顧問する所無し。」とある。⑫**三代**―夏・殷・周の三王朝。『礼記』「表記」に「昔三代の明王、皆天地の神明（神がみ）に事ふ。」とある。⑬**宰相**―王荊公（安石）を指す。⑭**訂頑・正蒙**―『訂頑』は、張載が学堂の西窓にかけて誡とした文章で、のち『西銘』と改称した。その大旨は、天地はわが父母で、人類はわが同胞である。故に人たる者は天地の心を心として、君父に事え、同胞を愛し、善を為すべしという。『正蒙』は、張載の学術を窺うべき第一の書。⑮**古楽府詞**―楽府詞は、楽人が楽屋で歌うことばをいう。

鞠歌《きくか》　①胡《なん》ぞ然《しか》くせる
②邈《ばく》として余《わ》が楽《たの》しみの猶《おな》じからず
③宵耿耿《よるこうこう》として其《そ》れ寐《い》ねられず
④日《ひ》に孜孜《しし》として焉《いず》くんぞ余《われ》を厥《そ》の脩《しゅう》に継《つ》がん
⑤井行《せいこう》して王《おう》の収《おさ》むるを惻《いた》む
曷《なん》ぞ賈《か》ふものの售《う》られざる
⑥徳音《とくいん》を阻《はば》んで其《そ》れ幽幽《ゆうゆう》たり

どうしてこんな俗楽を作って歌うのか
はるかにわが楽しみと異なっている
夜だというのに心も目もさえて寝つけない
私は毎日努めはげんで前修の跡をつぎたいものだ
清らかな井戸水は王だけが収めているのを悲しむ
どうして買う者がいるのに売るものがないのか
王の本領を阻害する人あれば道はうす暗くなりゆく

▼原文二九〇頁

注解　①胡ぞ然くせる―どうして鞠歌を作ってこのように歌うのか。鞠歌は、ここでは、当時の俗楽を広く指していうのであろう。然は、しかく。しかくする。このように。　②邈として余が楽しみ―邈（バク）は、遥かに離れたさま。はるか。はるかに遠いさま。『楚辞』「九章」懐沙に「邈として慕ふべからず」とあり（→『全注釈』④一八〇・一八二）、「遠遊」第三段に「高陽邈かに以て遠し」とある（→『全注釈』⑤二七〜三〇）。余楽之不猶とは、普通の人が鞠を蹴って楽しむのとは同じではないこと。　③宵耿耿として―耿耿は、光るさま。心安らかでないさま。心がうれいおそれて眠れないさま。ここでは、心・目ともに澄むこと。『詩経』邶風「柏舟」第一章に「耿耿として寐ねられず」とある。『楚辞』「遠遊」第一段に「夜耿耿として寐ねず、魂煢煢（ケイケイ・孤独で頼るところのないさま。うれえるさま）として曙（あけぼの）に至る」とある（→『全注釈』⑤九・一〇）。

④日に孜孜として―孜孜は、つとめ励んでやまないさま。『書経』皋陶謨に「予れ思（こ）れ日に孜孜せん。」（別解に「予れ日に孜孜たるを思ふ。」）とある。厥脩は、前輩の身を修めた人。『楚辞』「離騒」に「謇（ああ）、吾れ夫の前脩に法り、世俗の服する所に非ず」とある（→『全注釈』1七六・七七）。　⑤井行して王の―『易経』四八「井」、九三に「井　渫（さら）へども（井戸さらえをして水がきれいに澄んでいるのに）、食はれず（飲料とされない）。我が為に心惻む（痛み悲しむ）。用て汲むべし（このきれいな井戸の水は汲んで飲料に用いるべきである）。王　明らかなれば並びに（賢臣・王・人民。上下等しく）其の福を受けん。」とあり、「象伝」に「井　渫へども食はれずとは、行くもの（道を行く人）惻むなり。王の明らかなるを求むるは、福を受けしめんとするなり。」とある。

⑥徳音を阻んで―徳音は、天子のお言葉。立派なことば。よい評判。天子の恵み深いみことのり。ここでは、王の本領、天子の意旨をいう。『詩経』邶風「日月」第三章に「徳音良（善・よい徳）無し」、「谷風」第一章に「徳音違ふこと莫くんば、爾と死を同じうせん」、鄭風「有女同車」第二章に「徳音忘られず」などとある。幽幽は、うす暗いさま。奥深いさま。静かなさま。ここでは、身の顕栄ならざるをいう。『詩経』小雅・鴻鴈之什「斯干」第一章に「幽幽（奥深くこんもりしているさま）たる南山」とある。

①空文《くうぶん》を述《の》べて以《もつ》て志《こころざし》を見《しめ》す　　秋は今　鞠歌を作って志を示すのは

庶《こいねが》はくは②来古《らいこ》に感通《かんつう》せん　　将来の知己に十分感じ取ってほしいからだ

③昔為《せきい》の純英《じゅんえい》を搴《と》り　　昔の賢者のすばらしい所為を取り挙げ

④又《ま》た申申《しんしん》として其《そ》れ以《もっ》て告《つ》ぐ
⑤鼓《こ》するも躍《おど》らず　靡《さしまね》くも前《すす》まず
⑥千五百年《せんごひやくねん》　寥《りよう》なるかな闊焉《かつえん》
謂《おも》ふに⑦天《てん》　実《まこと》に為《な》す　則《すなわ》ち吾《わ》れ豈《あ》に敢《あえ》て嗟《なげ》かんや
⑧己《おのれ》を審《つまび》らかにするに茲《こ》れ乾乾《けんけん》たり

くり返し世人に告げる
太鼓を打っても躍らないし、さしまねいても進まない
道衰えて千五百年、空しいなあ　遠くへだたること
これも天命と思えばどうして嘆いたりしよう
私は自分を賢明にするために勉励しよう

▼原文二九〇頁

注解　①空文を述べて―空文は、役に立たない文章。実用に適しない文章。あっても実行されない法律や規則。ここでは、鞠歌をいう。『史記』巻一二七「日者列伝」に「虚功を飾り、空文を執り、以て主上を誷ふ（モウ・事実を曲げていう）。」とある。②来古に感通せん―来古は、将来の知己その人。感通は、よく心に感じ取る。相手の心に十分とどく。『後漢書』巻三「章帝紀」に「至徳の神明に感通する所、功烈四海に光（かがや）き、仁風千載（年）に行はる。」とある。③昔為の純英―昔為は、昔の賢者の所為。純英は、正純美英。純粋で美しい。搴（ケン）は、取る。抜き取る。『楚辞』「九歎」惜賢に「芳鬱渥（厚）として純美なり」「夷（伯夷）由（許由）の純美なるが若し」とある。④又た申申として―申申は、のびのびして和らいでいるさま。整っているさま。たび重なるさま。繰り返すさま。『爾雅』釈詁下に「申は、重ぬるなり。」とある。『楚辞』「離騒」に「申申として其れ予を詈（ののし）る」とある（→『全注釈』[1]一〇二～一〇四）。『書経』堯典に「申（かさ）ねて義叔（堯帝の臣）に命じて、南交に宅（お）らしめ、明都と曰ふ。」とある。⑤鼓するも躍ら

ず—鼓を打っても躍らない。人間でありながら求道の念のないことをいう。⑥千五百年—道の暗いこと今に至るまで千五百年。寥（リョウ）は、むなしい。ものさびしい。静か。闊は、広い。とおざかる。へだたる。遠く離れる。寥闊は、物寂しいさま。むなしく広いさま。⑦天実に為す—『詩経』邶風「北門」第一・二・三章に「天実に之を為す」とある。⑧己れを審らかにする—審は、審明。詳しく明らかにする。明らかにする。乾乾は、勤勉にして休息しないさま。進んでやまないさま。努力して怠らないさま。『易経』乾に「君子（有徳の人）は終日乾乾し、夕に惕若（恐れ憂えるさま）たり。厲（危）ふけれども咎（災）無し。」とある。乾は、『易』の八卦の一つ。☰。また、六十四卦の一つ。䷀。剛健で進んでやまないさま。

擬招　第五十二

①「擬招《ぎしょう》」は、京兆藍田《けいちょうらんでん》の②呂大臨《りょたいりん》の作《つく》る所《ところ》なり。大臨《たいりん》は学《がく》を③程《てい》・張《ちょう》の門《もん》に受《う》け、其《そ》の此《こ》の詞《し》を為《つく》る。蓋《けだ》し以《もっ》て夫《か》の④放心《ほうしん》を求《もと》め、⑤常性《じょうせい》に復《ふく》するの微意《びい》を寓《ぐう》す。特《ただ》に詞賦《しふ》の流《たぐい》たるのみに非《あら》ず。故《ゆえ》に張子《ちょうし》の言《げん》に附《ふ》して、以《もっ》て⑥是《こ》の書《しょ》の卒章《そつしょう》と為《な》し、⑦芸《げい》に游《あそ》ぶ者《もの》をして⑧帰宿《きしゅく》する所有《ところあ》るを知《し》らしむ。

「擬招」は、京兆藍田の呂大臨が作ったものである。大臨は学問を程・張二子の門に受け、この詞を作る。思うに孟子が「放心を求め」、荘子が「常性に復す」と言ったあの絶妙な心づかいを喩えた。単に詞賦の類であるだけではない。故に張子の言に付けて、それでこの書の終章となし、遊芸の人たちに落ち着く所があることを分からせた。

▼原文二九〇頁

注解　①擬招―利害情欲に迷惑して、離れているものを招くという意。『楚辞』「招魂」に似せた作品（→『全注釈』7五～一〇四）。②呂大臨―宋の人。呂大鈞の弟。字は与叔。初め張載に学んだが、張載の卒するに及んで二程子に師事し、謝良佐・游酢・楊時らと共に程門四先生と称された。『宋元学案』巻三十一を見よ。③程・張―程は、二程子（程顥・程頤の兄弟）。張は、張横渠（張載）。④放心を求め―『孟子』「告子上」に「学問の道は他無し。其の放心を求むるのみ。」とある。⑤常性に復する―常性は、定まった性。一定の性質。『荘子』馬蹄に「彼の民常性有り。織りて衣（き）、耕して食らふ。」とある。復性は、欲心を除き去って生まれながらの善性にたちかえること。宋代の儒学者の唱えた説で、孟子の性善説・荘子の繕性説などに基づいたもの。唐・李翺「復性書」に「誠は、聖人之を性とするなり。其の性に復（かえ）る、聖人之を脩む。」とある。⑥**是の書**―『楚辞後語』を指す。⑦**芸に游ぶ**―ここでは、文章を作り、楚辞を学び、詩を賦すことをいう。『礼記』少儀に「士は徳に依り、芸に遊ぶ。」とある。『論語』述而第七・第六章に「子曰はく、道に志し、徳に拠り、仁に依り、芸に遊ぶ、と。」とある。⑧**帰宿する所**―浮末に流れないように、常に聖学に帰るということ。帰宿は、ある点に落ち着く。帰着する点。帰って宿る。また、その場所。『荀子』「非十二子」に「終日言ひて（言説をなす）文典（文理典則）を成すも、反紃して（くりかえす）之を察すれば、則ち倜然（テキゼン・物にとらわれず、飛び離れて大まかなこと。支離滅裂なさま）として帰宿する所無し。」とある。『淮南子』「本経訓」に「民の専室（小室）蓬廬（よもぎでふいた庵。粗末な家）、帰宿する所無し。」とある。

①上帝若《じょうていいか》く曰《い》はく　　天帝が次のように言われた
哀《かな》しむらくは②我人《がじん》　　悲しいのは人民が
③資道《しどう》の微《び》　　道に因る助けは微力なもの
④肖天《しょうてん》の儀《ぎ》　　人徳は天道を受けそなえ
⑤神明精粋《しんめいせいすい》　　精神は純一

⑥爾《なんじ》に徳《とく》を降《くだ》せり
⑦予《わ》れ汝《なんじ》を欺《あざむ》くこと無《な》し
視聴食息《しちょうしそく》
⑧皆《みな》則《のり》有《あ》り
⑨予《わ》れ何《なん》ぞ敢《あえ》て私《わたくし》せん
顧《おも》ふに⑩弱喪《じゃくそう》にして以《もっ》て流徙《りゅうし》す
⑪故居《こきょ》に返《かえ》らんとすれば謬迷《びゅうめい》す
⑫圏豚放馳《けんとんほうち》すれば
⑬散《さん》じて適帰《てきき》すること無《な》し
⑭蟻《あり》は羊羶《ようせん》を慕《した》ひて
⑮聚附《しゅうふ》して離《はな》れず
⑯予《わ》れ哀《かな》しむらくは若《こ》の時《とき》
⑰魂《こん》予《われ》を追《お》ふこと莫《な》きを

人民に徳を与えた
天帝は人民を欺くことがない
視聴食息は
みな規則整然としたものがある
天帝はどうして自分勝手なことをしようぞ
考えてみると法を守る力が弱喪して道に返れないで
移りさまよっている
真の道に返ろうとするとあやまり迷う
おりの豚は放たれると
ばらばらになって身を寄せるところもない
蟻は羊の脂を望み求めて
むらがりついて羊脂を離れない
天帝が悲しむのはこの時
魂が私（上帝）を追慕しないことを

▼原文二九一頁

注解 ①**上帝若く曰はく**―上帝は、天帝・天をいう。『楚辞』「天問」第九段に「何ぞ親（みずか）ら上帝の罰に就き、殷の命を以て救はれざる」とある（→『全注釈』3 二〇五～二〇七）。「招魂」第一段に「上帝其の命従ひ難し」とある（→『全注釈』7 一四～一六）。若く曰はくとは、次のように言われた。その言われるところはしかじかこれこれである、の意。『書経』立政に「周公若（か）く曰はく……」とある。 ②**我人**―一般の人。われわれ人民。『詩経』唐風「羔裘」第一章に「我人を自（もち）ふること居居たり（悪心を抱いて親しまないさま）」、第二章に「我人を自ふること究究たり（にくんで親しまないさま）」とある。 ③**資道の微**―資道は、道をとり用いる。道に因ってわが資（たすけ）とする力。微は、極めて微々たること。『隋書』「経籍志」に「仁者は道を資り以て仁と成す。道は仁の謂ひに非ざるなり。智者は道を資りて以て智と為す。道は智の謂ひに非ざるなり。百姓道を資りて日に用ふるも、其の用を知らざるなり。」とある。 ④**肖天**―天に肖（に）る。天道を受けて生まれたということ。『広韻』に「肖は、似るなり。像なり。」とある。人の徳は天と同じ。天に仁・義・礼・智の徳があれば、人も同じようにこの四徳をそなえている。天人異ならず。儀は、儀容。礼儀作法にかなった姿・態度。礼容。 ⑤**神明精粋**―神明は、神。また精神。精粋は、まじりけのないこと。雑駁でない純一の徳をいう。『漢書』「刑法志」に「夫れ人は天地の貌に宵（肖・にる）、五常の性を懐き、聡明精粋、有生の最も霊なる者なり。」とある。『書経』君陳に「至治（よく治まった政治）の馨香（祭りにささげる芳しい香り）、神明（神々）に感ず（感動させる）。」とある。 ⑥**爾に徳を**―爾は、さきの「我人」を指す。 ⑦**予れ汝を欺く**―予は、上帝自らいう。汝は、「我人」を指す。 ⑧**皆則有り**―皆は、視聴食息、規則整然としたものをいう。食息は、食休み。 ⑨**予れ何ぞ敢て私せん**―予は、上帝・天帝。私は、自分勝手にすること。 ⑩**弱喪にして以て流徙す**―弱喪は、我人が弱喪する。我人が法則を守る力が弱喪して、我人は道に返るのを忘れて移りさまよう。『管子』

侈靡に「之を使ふ能はずして流徙す。」とある。　⑪**故居に返らん**―故居は、もとのすみか。故郷。ここでは、真の徳。真の道。『楚辞』「遠遊」第四段に「奚（なん）ぞ久しく此の故居に留まらん」とある（↓『全注釈』5 三〇～三四）。「招魂」に二箇所「魂よ帰り来たれ、故居に反れ」とある（↓『全注釈』7 三六・九一）。謬迷は、あやまり迷う。　⑫**圏豚放馳**―圏は、家畜を飼う閑（おり・かこい）。放馳は、追い払う。追い出す。　⑬**散じて適帰する**―散は、人心が四散する。適帰は、行って身を寄せる。つき従う。ここでは、道に帰る。『史記』巻六十一「伯夷列伝」に「我れ安（いず）くにか適帰せん」とある。　⑭**蟻羊羶を慕ひて**―羊羶は、羊の脂（あぶら）。羶（セン）は、羊のなま肉。なま臭い獣肉。蟻は、人欲に喩える。『荘子』徐無鬼に「羊肉は蟻を慕はざるに、蟻は羊肉を慕ふは、羊肉羶（なまぐさ）ければなり。舜に羶行（仁義という生臭い行為）有りて、百姓之を悦ぶ。故に三たび徙（うつ）りて都を成し、鄧の墟に至りて、十有万家有り。」とある。　⑮**聚附して離れず**―聚附は、あつまりつく。むらがりつく。弗離は、羊脂を離れないということ。上句と合わせて、人が邪径に入って正道に帰ることを知らざるに喩える。　⑯**予れ哀しむ**―予は、上帝を指す。　⑰**魂予を追ふこと**―魂は、ここでは、邪径に入って帰らざる人の魂。追は、追慕する。

①乃《すなわ》ち巫陽《ふよう》に命《めい》じて　　そこで天帝は巫陽に命令して
予《わ》が為《ため》に之《これ》を招《まね》かしむ　　私のために遊離魂（放心）を招かせた
②陽拝稽首《ようはいけいしゅ》して　　巫陽は深ぶかとおじぎをして

敢《あえ》て祇《つつし》んで③上帝《じょうてい》の耿命《こうめい》を承《う》けざらんや
④退《しりぞ》いて之《これ》を招《まね》くに辞《じ》を以《もつ》てす
⑤辞《じ》に曰《い》はく
⑥魂《こん》よ来《き》たり帰《かえ》れ　魂《こん》東《ひがし》すること無《な》かれ
⑦大明《たいめい》　朝《あした》に生《しょう》じて群蒙《ぐんもう》を啓《ひら》く
⑧万物揺蕩《ばんぶつようとう》して隠《くも》り以《もつ》て風《かぜ》ふく
⑨正性《せいせい》を遷流《せんりゅう》して厥《そ》の中《ちゅう》を失《うしな》ふ
魂《こん》よ来《き》たり帰《かえ》れ　魂《こん》南《みなみ》すること無《な》かれ
⑩離明独照《りめいどくしょう》して万物《ばんぶつ》瞻《み》る
⑪文章煥発《ぶんしょうかんぱつ》して緘《かん》すべからず
⑫夸淫侈大《かいんしだい》にして　志《こころざし》厭《あ》かず
魂《こん》よ来《き》たり帰《かえ》れ　魂《こん》西《にし》すること無《な》かれ

上帝の明らかな命令をつつしんで承諾しよう
退出して招辞をもって魂を招く
その招辞にはつぎのように言う
魂よ帰って来いよ、魂よ東方へ行くな
太陽は早朝に東の空に出て暗い四方を明るくする
どこともなく風吹き万物をゆり動かしている
人の善性を他に移すと中庸の心を失う
魂よ帰って来いよ、魂よ南方に行くな
太陽は輝き照らし万物は皆はっきり見える
文章は光り輝いて隠すこともできない
善性に背いて勝手気ままにふるまうも満足しない
魂よ帰って来いよ、魂よ西方へ行くな

▼原文二九一頁

注解　①乃ち巫陽に命じて――『楚辞』「招魂」第一段（序辞）に「帝　巫陽に告げて曰はく」、第二段に「巫陽　焉（ここ）に乃ち下り招いて曰はく」とある（→『全注釈』⑦一三・一五～一七）。『山海経』「海内西経」に「開明の東に巫彭・巫抵・巫陽・巫履・巫凡・巫相有り。」とあり、「郭璞注」に「皆神医なり。」とある。巫陽は、神巫の名。招魂を掌る。②**陽拝稽首して**―陽は、巫陽。拝は、両手を以て地を撫する礼。おがむ。おじぎをする。稽首は、叩首（頭を地にたたきつけておじぎをする。ぬかずく）して地に至る礼。『書経』堯典に「禹は拝稽首して、稷（農田の事をつかさどる官名。棄を指す）・契（殷族の始祖の名）暨（およ）び皐陶（コウヨウ・舜の臣下）に譲る。」とある。③**上帝の耿命**―上帝は、天帝。耿命は、明らかな命令。立派な命令。『書経』立政に「亦た成湯に越（お）いて、陟りて丕（おお）いに上帝の耿命を釐（おさ）む。」とある。④**退いて之を招くに**―退は、退出する。招之は、遊離魂を招く。ここでは、人の放心を招き返すこと。⑤**辞に曰はく**―辞は、招辞をいう。⑥**魂よ来たり帰れ**―来帰は、ここでは、人の人たる常性に帰れということ。⑦**大明朝に生じて**―大明は、日・太陽をいう。『礼記』礼器に「大明は東に生ず。」とあり、「鄭注」に「大明は、日なり。」とある。群蒙を啓くは、四方の暗黒を啓くということ。啓は、閉ざした物をあける。⑧**万物揺蕩して**―揺蕩は、ゆれ動く。『荘子』天地に「季徹曰はく、大聖の天下を治むるや、民心を揺蕩し、之をして教へを成し、俗を易へしむ。」とある。隠は、うす明かり。かすか。明晳でないさま。⑨**正性を遷流して**―正性は、正しい生まれつき。よい天性。人の性は善にして正である。『漢書』律暦志上に「楽を作す所以の者は、八音を諧へ、人の邪意を蕩滌し、其の正性を全くし、風を移し俗を易ふるなり。」とある。遷流は、よそへ移り行く。人が善性を遷流する。中は、中庸をいう。『礼記』「中庸」に「仲尼曰はく、君子は中庸し、小人は中庸に反す。」とある。⑩**離明独照して**―離は、明らかなさま。八卦の一つ。☲。日の象。また、方位では南に当たる。『易経』説卦伝に「離なる者は、明なり。万物皆相見る。」とあり、また、「離を火と為し、日と為し、電（いなずま）と為し……」とある。⑪**文章煥発**―文章が人目を引くように派手にする。文章の外見を飾ること。文章は、あや。もよう。色どり。飾り。礼楽制度など、国の文化を形成しているもの。徳や教養が言葉や動作となって外に表れたもの。煥発は、火が燃え出るように外面に輝き表れる。輝きあらわれる。緘は、とじる。封をする。からげる。かくす。　⑫夸淫侈大―淫侈は、ひどく贅沢なこと。非常に勝手気ままなこと。夸大は、大げさ。驕り高ぶってもっともらしく構える。夸（カ）は、おごる。たかぶる。淫は、わがまま。みだりにする。侈大は、豊かなさま。大きい。広い。『詩経』小雅・節南山之什「小宛」第二章「壱（専ら）に酔うて日に富む」の「鄭箋」に「夸淫自恣（勝手気まま。わがまま）、財を以て人に驕る。」とある。『国語』呉語に「伯父徳を秉（と）ること、已（はなは）だ侈大なるかな。」とある。弗厭は、正性に背く夸淫侈大に走って厭かないということ。

①日《ひ》は昧谷《まいこく》に入《い》りて草木《そうもく》萎《しぼ》む
実《み》落《お》ち②材成《ざいな》ること時《とき》有《あ》りと雖《いえど》も
③志意《しい》彫謝《ちょうしゃ》して物《もの》と衰《おとろ》ふ
魂《こん》よ来《き》たり帰《かえ》れ　魂《こん》よ北《きた》すること無《な》かれ
④幽都《ゆうと》闇黯《あんあん》として深《ふか》く蔽塞《へいそく》す
⑤帰根《きこん》独《ひと》り有《あ》りて専《もっぱ》ら静黙《せいもく》なり
⑥独蔵《どくぞう》するに心有《こころあ》りて徳《とく》を為《な》すに吝《りん》なり

太陽が昧谷に沈んで草も木もしぼみ
実が落ち木が立派に成長するにはふさわしい時があるが
心は衰えしぼんで万物と共に衰える
魂よ帰って来いよ、魂よ北方へは行くな
北方は暗く深ぶかと覆いふさぐ
わが心根だけは活動して他はひたすら物静かに黙している
自分だけ取り入れおさめ　恵みを施すことを殊のほか惜しんだ

魂《こん》よ来《き》たり帰《かえ》れ　魂《こん》よ⑦上《のぼ》ること無《な》かれ
⑧清陽《せいよう》朝《あした》に徹《てつ》して文惚恍《ぶんこうこつ》たり
⑨類《るい》を絶《た》ち群《ぐん》を離《はな》れて⑩無象《むしょう》に入《い》る
⑪杳然《ようぜん》として高挙《こうきょ》して極《きわ》めて驕亢《きょうこう》
魂《こん》よ来《き》たり帰《かえ》れ　魂《こん》よ⑫下《しも》する毋《な》かれ

魂よ帰って来いよ、魂よ天に昇るな
太陽は早朝に清く澄み色どりはぼんやりしている
倫類を絶って仲間を離れ無象の世界に入る
遠く遥かに飛びあがり　この上なくおごり高ぶる
魂よ帰って来いよ、魂よ下っちゃいけないよ

▼原文二九二頁

注解　①**日は昧谷に**―昧谷は、太陽のしずむ所。『書経』堯典に「分かちて和仲に命じて西に宅（お）らしめ、昧谷と曰ふ。」とある。『淮南子』巻三「天文訓」に「蒙（昧）谷に至る、是を定昏と謂ふ。日虞淵の汜に入り、蒙谷の浦に曙（あ）く。」とある。草木萎むは、正性がしぼむに喩える。②**材成ること時有り**―材成は、木が立派に成長したということ。用に立つ程に木が成長したこと。時は、ふさわしい時。適時。③**志意彫謝**―心が衰えしぼむ。志意は、思い。こころばえ。彫謝（凋謝）は、しぼみおちる。謝は、辞し去るの意。④**幽都闇黮として**―幽都は、北を指す。北は、冬をいう。『書経』堯典に「申（かさ）ねて和叔に命じ、朔方に宅（お）らしめ、幽都と曰ふ。」とある。『楚辞』「招魂」に「魂よ帰り来たれ、君此の幽都に下る無かれ」とある（↓『全注釈』7 三三〜三五）。闇黮は、くらいさま。黒いさま。蔽塞は、おおいふさぐ。人目をさえぎる。『管子』禁蔵に「遺るに竽瑟美人を以てして、以て其の内を塞ぎ、遺るに詔臣文馬を以てして、以て其の外を蔽ふ。内外蔽塞せられて、以て敗を成すべし。」とある。⑤**帰根独り有りて**―帰根は、もとに帰る。本源にもどって

行く。冬に水が地中にしみ込み、根に帰ることをいう。ここでは、己れの心の根本をいう。『老子』第十六章に「夫れ物の芸芸たる、各〻其の根に復帰す。」とある。独有静黙は、活動して力を他に与えないことをいう。静黙は、静かにして黙っている。物静かで口数が少ない。『管子』宙合に「賢人の乱世に処するや、道の行はるべからざるを知れば、則ち沈抑して以て罰を辟け、静黙して以て免を侔（と）る。」とある。⑥**独蔵するに心有りて**―吝為徳は、公徳を施為することを惜しむということ。吝は、慳吝（ケンリン）。物惜しみのひどいこと。⑦**上ること無かれ**―上は、天にのぼること。ここでは老荘などの異端を学ぶことに喩える。⑧**清陽朝に徹して**―清陽は、天の気。清澄なる太陽のこと。『淮南子』天文訓に「清陽なる者は、薄靡にして天と為り、重濁なる者は、凝滞して地と為る。」とある。朝徹は、朝旦に清く澄みわたる。文は、色どり。飾り。もよう。ここでは、日光の文章。惚恍は、おぼろげなさま。かすかなさま。恍惚の倒用。光が清く澄みわたって判然と見ることができないということ。『文選』巻十二「海の賦」（木玄虚）に「廓如として霊変し、惚怳として幽暮なり」とある。⑨**類を絶ち**―『易経』六一「中孚」の象伝に「類（同類・仲間）を絶ちて（私的関係を断ち切る）上るなり。」とある。⑩**無象に入る**―『老子』第十四章に「無物に復帰す。是を無状の状、無物の象と謂ひ、是を惚恍と謂ふ。」とある。『呂氏春秋』君守に「故に曰はく、昊天は形無くして、以て万物成り、至精は象（かたち）無くして、万物以て化す。」とある。⑪**杳然として高挙して**―杳然は、遠く遥かなさま。深く遠いさま。李白「山中問答」に「桃花流水 杳然として去る、別に天地の人間に非ざる有り」とある。高挙は、高く飛び上がる。高い位にのぼる。俗世間を離れてくらす。『楚辞』「九弁」（宋玉）に「鳳愈〻飄翔して高挙す」とある（→『全注釈』[6]三七～四〇）。「卜居」に「寧ろ超然として高挙し、以て真を保たんか。」とある（→『全注釈』[5]九五～九七）。『文選』巻二十九「古詩十九首」（第七首）に「昔我が同門の友、高挙して六翮を振るふ」とある。驕亢は、おごりたかぶる。ほしいままにたかぶる。驕は、おごる。ほしいまま。亢は、たかぶる。
⑫下する毋かれ―下は、地上。俗世間。世俗に従うに喩える。

①位《くらい》に素《そ》して安行《あんこう》し時《とき》を以《もっ》て舎《す》つ
②下流《かりゅう》に沈濁《ちんだく》して　土苴《どしゃ》に甘《あま》んず
③固《かた》いかな成形《せいけい》は化《か》することを知《し》らず
魂《こん》よ来《き》たり帰《かえ》れ　④故居《こきょ》に反《かえ》れ
⑤盍《なん》ぞ帰休《ききゅう》して吾《わ》が初《はじ》めに復《かえ》らざる
⑥博厚《はくこう》を範《はん》して以《もっ》て宮《きゅう》と為《な》し
⑦高明《こうめい》を戴《いただ》きて以《もっ》て廬《いおり》と為《な》し
⑧大中《たいちゅう》を植《た》てて以《もっ》て常《つね》の産《さん》と為《な》し
⑨至和《しわ》を蘊《あつ》めて以《もっ》て厨《くりや》と為《な》し
⑩震雷《しんらい》を動《うご》かして以《もっ》て昕《きん》を鼓《こ》し
⑪艮山《ごんざん》を守《まも》りて以《もっ》て隅《ぐう》を止《とど》む
⑫離明《りめい》を秉《と》りて以《もっ》て燭《しょく》と為《な》し

大臣の地位にいて安心して政を行うも　その地位に
長くはいられない
異学の道に沈み染み　俗学に甘んじる
固いなぁ　人は一たび形を成すと二度と変化しない
ことが分からない
魂よ帰って来いよ、旧居にもどれ
どうして帰休して正性の道にかえらないのか
面積を一定に区切って御殿とし
高明な天を戴いて草屋とし
偉大な中庸の道をうち立てて不変の産とし
至和を集めて料理場とし
震雷を動かして朝日の光を輝かし
艮山を守ってどっしりと動かない
離明をとって灯とし

⑬巽風《そんぷう》を御《ぎょ》して以《もつ》て車《くるま》を行《や》る
⑭吾《わ》が坎《かん》を守《まも》りて以《もつ》て侮《あなどり》を禦《ふせ》ぎ
⑮吾《わ》が兌《だ》を開《ひら》きて以《もつ》て進《すす》み趨《はし》る

順風に乗って車を進める
わか艱難を守って侮りをふせぎ
欲心をおこして喜んで小走りに進む

▼原文二九二頁

注解　①**位に素して安行し**―素位は、その地位に応じてその分をはげむこと。『礼記』「中庸」に「君子は其の位に素（むか）ひて行ひ、其の外を願はず。」とある。安行は、安心して行う。ゆっくり行く。『詩経』小雅・節南山之什「何人斯」第五章に「爾の安行する、亦た舍するに暇あらず」とある。以時舍は、長くその地位にいられない。一説に、好い時世に生まれながら、時運に恵まれない。②**下流に沈濁して**―下流は、正性を説く道以外のものをいう。沈濁は、しずみにごる。溺れて本性を失う。転じて、世の汚れてきたないことに喩える。『荘子』天下に「天下を以て沈濁にして与に荘語すべからずと為す。」とある。『楚辞』「遠遊」第一段に「沈濁して汙穢に遭ふ」とある（↓『全注釈』5九・一〇）。異学・俗学に沈濁する。土苴に甘んずとは、俗学に甘んじていること。土苴は、あくた。かす。一説に、無心のさま。『呂氏春秋』巻二「仲春紀」貴生に「道の真、以て身を持し、其の緒余、以て国家を為（おさ）め、その土苴、以て天下を治む。」とある。また、『荘子』譲王に「道の真、以て身を治め、其の緒余、以て国家を為（おさ）め、其の土苴、以て天下を治む。」とある。③**固いかな成形**―成形は、出来上がったかたち。よい形になる。『荘子』斉物論に「一たび其の成形を受くれば、亡びざるも尽くるを待つ。」とある。化は、変化する。④**故居に反れ**―故居は、以前の住居。旧居。ここでは、真の徳。真の道。本然の正性。⑤**盍ぞ帰休して**―盍（コウ）は、何不。

なんぞ〜ざる。どうして〜しないのか。帰休は、家に帰って休む。『漢書』巻七十六「張敞伝」に「宜しく几杖帰休を賜ひ、時に存問召見すべし。」とある。吾初は、自分の本然の正性。⑥**博厚を範して**—博厚は、本性の博厚。地の面積に喩える。範は、のり。手本。一定の区切り。さかい。宮は、大きな建物。御殿。『礼記』「中庸」に「故に至誠は息（や）む無し。息まざれば則ち久し。久しければ則ち徴（しるし）あり。徴あれば則ち悠遠なり。悠遠なれば則ち博厚なり。博厚なれば則ち高明なり。博厚は物を載する所以なり。高明は物を覆ふ所以なり。悠久は物を成す所以なり。博厚は地に配し、高明は天に配し、悠久に疆（かぎり）無し。」とある。⑦**高明を戴きて**—高明は、本性の高明。天の気象に喩える。戴は、頭の上にのせる。かぶる。⑧**大中を植てて**—大中は、大きくてこの上もない中正。また、その道。『易経』一四「大有」（六十四卦の一つ。䷍）に「象伝。大有。柔 尊位を得、大中（偉大なる中庸の徳）にして上下 之に応ずるを、大有と曰ふ。」とある。⑨**至和を蘊めて**—至和は、最高の調和。調和の極地。『書経』大禹謨に「至諴（きわめて和らぐ）神を感ぜしむ。」とある、「蔡伝」に「諴（カン）は、和なり。至和 神を感ぜしむ。」とある。蘊（ウン）は、つつむ。あつめる。厨は料理場。台所。⑩**震雷を動かして**—震卦は雷なり。その徳は動。東方の活動。昕（キン）は、朝日の光。聡明に喩える。聡明を輝かして本方の徳を研くこと。鼓は、かがやかす。うごく。震の卦は一陽が二陰の下に生じ、震るって動くこと。雷に型取る。故に震の象を雷とし、その意味を振とし、動とする。『易経』五一「震」を見よ。⑪**艮山を守りて**—艮は、山なり。その徳は止。東北の活動。艮（静止）は山の象。山はどっしりと安定して動かない。『易経』五二「艮」の象伝に「艮は、止まるなり。時止まるときは則ち止まり、時行くときは則ち行く。動静其の時を失はず、其の道 光明なり。」とある。⑫**離明を乗りて**—離は、火なり。その徳は明。南方の活動。離の象は火。火は外明らかにして内が暗い。よく外を照らして内を照らさないもの。また、火は物にくっついて光明を発する。故に離の性能を明とする。離は、反訓で、つくの意。『易経』説卦伝に「万物は、震に出づ。震は、東方なり。巽（ソン）に斉（ととの）ふ。巽は、東南なり。斉ふとは、万物の潔斉なるを言ふなり。離なる者は、明なり。万物皆相見る。南方の卦なり。」とある。⑬**巽風を御して**―巽は、風なり。その徳は順。東南の活動。巽の象は、風であり、風が風が物を動かすところから、巽にはまた命令の意味がある。御風は、風にのる。『荘子』逍遥遊に「夫の列子は風を御して行く。泠然として善きなり。」とある。⑭**吾が坎を守りて**―坎は、水なり。その徳は険。北方の活動。『易経』二九「習坎」。九二「坎に険有り。求めば小（すこ）しく得らる。」とあり、「象伝」に「求めば小しく得らるとは、未だ中（険阻艱難の中）より出でざればなり。」とある。坎は、ここでは、北方のけわしい艱難な処をいう。⑮**吾が兌を開きて**―兌は、決なり。その徳は説（エツ）。西方の活動。兌（ダ）☱は二陽が内に在り、一陰が外に在って、内剛外柔で、喜ぶ性能がある。『易経』五八「兌」の象伝に「兌は、説（よろこぶ）なり。剛は中にして柔は外なり。説びて以て貞（ただ）しきに利（よろ）し。云云」とある。開兌は、口を開く。欲望の心をおこす。『老子』第五十二章に「其の兌を開きて、其の事を済（な）せば、終身救はれず。」とある。

①資糧械器《しりようかいき》 惟《こ》れ用《もち》ふる所《ところ》のままにす
何《いず》れの物《もの》をか之《こ》れ儲《たくわ》へざらん
四方上下《しほうしようか》 惟《こ》れ之《ゆ》く所《ところ》のままにす

食糧や器物は 必要なものは何でもある
どんな物でも備えてある
上下四方どこへでも思いのままにゆく

何《いず》くに適《ゆ》くとして塗《みち》に非《あら》ざらん
物《もの》を備《そな》へて以《もつ》て②用《よう》を致《いた》すと雖《いえど》も
③吾《わ》が府《ふ》を 廓《ほがらか》にして常《つね》に虚《きよ》なり
④縦《ほしいまま》 に奔《はし》り鶩《は》せて以《もつ》て日《ひ》を終《お》へ
⑤吾《わ》が居《きよ》を燕《やすん》じて晏如《あんじよ》たり
⑥惟《こ》れ寞《ばく》 惟《こ》れ寂《せき》
有《あ》りと疑《うたが》ひ 無《な》しと疑《うたが》ふ
其《そ》の尊《そん》 対《たい》無《な》く
其《そ》の大《だい》 余《あま》り無《な》し
曷《なん》ぞ自《みずか》ら苦《くる》しんで一方《いつぽう》に拘《かかわ》る
魂《こん》よ来《き》たり帰《かえ》れ ⑦故居《こきよ》に返《かえ》れ

どこへ行っても道はある
わが身に物を備えて役に立てても
わが心をむなしくしていつも虚霊である
気のむくままに忙しく走りまわって一日を終え
わが居所を楽しみ 安らかで落ち着いている
それこそ静かでひっそりとして
それはあるのか無いのかと迷うほど
わが心の尊さは何ものにも代えがたいし
その偉大さはちょうどよい
どうして自分で苦しんで一方にこだわるのか
魂よ帰って来いよ、旧居にもどれ

▼原文二九三頁

注解 ①**資糧械器**―資糧は、食糧をいう。資材糧食の略。『左氏伝』僖公四年に「若（も）し陳鄭の間より出て、其の資糧・屝屨（ヒク・くつ。草で作ったものを屝、麻で作ったものを屨という）を供へば、其れ可ならん。」とある。械器は、道具。器物。器具。『孟子』滕文公上に「粟を以て械器に易ふる（交換する）は、陶冶（陶工やかじ屋）を厲（や）ます（苦労を掛ける）と為さず（思わない）。」とある。　②**用を致す**―致用は、役に立つ。役に立てる。晋・郭璞「爾雅図賛」亀賛に「亹亹（ビビ・一心につとめるさま）として用を致し、数を極めて幾を尽くす。」とある。　③**吾が府を廓にして**―『楚辞』「九章」橘頌に「深固（志が深く固い）にして徙（シ・うつす）し難く、廓（広くむなしいさま。心広く無欲なさま）として其れ求むる無し」とある（↓『全注釈』④二六一・二六二）。　④**縦に奔り鶩せて**―奔鶩は、疾く走る。鶩（ブ）は、奔走する。縦横にかけまわる。『楚辞』「九歎」（劉向）怨思に「玉門（君門）に背きて以て奔鶩し、蹇（ああ）尤（とが）に離（あ）ひて詬（はじ）を干（もと）む」とある。　⑤**吾が居を燕じて**―燕は、やすんじる。たのしむ。『論語』述而第七・第四章に「子の燕居（くつろぎのありさま）するや、申申如（のびやかなさま）たり」とある。晏如は、安らかなさま。安らかで落ち着いているさま。『文選』巻二十三「幽憤詩」（嵆康）に「世と営むこと無く、神気晏如たり」とある。　⑥**惟れ寞　惟れ寂**―寂寞は、ひっそりしてさびしい。『楚辞』「遠遊」第六段に「野は寂漠として其れ人無し」とある（↓『全注釈』⑤四五〜四八）。『楚辞』「七諫」（東方朔）謬諫に「卒に情を撫して以て寂寞たり」とある。　⑦**故居に返れ**―故居は、もとの住居。旧居。『楚辞』「遠遊」第四段に「奚（なん）ぞ久しく此の故居に留まらん」とある（↓『全注釈』⑤三〇〜三四）。「招魂」に二箇所「魂よ帰り来たれ、故居に反れ」とある（↓『全注釈』⑦三六・九一）。

原文

楚辭後語卷第五

招海賈文第三十六

晁氏曰招海賈文者唐柳州刺史柳宗元之所作也昔屈原不遇於楚徬徨無所依欲乘雲騎龍遨遊八極以從已志而不可猶怛然念其故國至於將死精神離散四方上下無所不往又有衆鬼虎豹怪物之害故大招其䰟而復之言皆不若楚國之樂者招海賈文雖變其義蓋取諸此也言賈尚不可爲而又浮於海大泊奫淪八方易位魚龍神怪其禍不測孰與上黨易野出入無虞而可樂哉上黨亦晉地宗元以謂崎嶇冒利遠而不復不如已故鄉常產之樂亦以諷世之士行險以徼幸不如居易以俟
命云

咨海賈兮君胡以利易生而卒離其形大海盪
泊兮顛倒日月龍魚傾側兮神怪隤突滄涬無
形兮往來遽卒陰陽開闔兮氛霧滃渤君不返
兮逝恍惚舟航軒昂兮下上飄鼓騰趠嶢嵲兮
萬里一覩萃入泓坳兮視天若畝奔蝸出抃兮
翔鵬振舞天昊九首兮更笑迭怒垂涎閃舌兮
揮霍旁午君不返兮終爲虜黑齒棧齴鱗文肌
三角駢列耳離披反斷叉牙踔嶔崖蛇首稀鬣
虎豹皮羣沒互出讙遨嬉臭腥百里霧雨瀰君

不返兮以充飢溺水蓄縮其下不極投之必沉
負羽無力鯨鯢疑畏淫淫嶷嶷君不返兮卒自
賊怪石森立涵重淵高下迾置滑危顛崩濤捜
踈剡戈鋋君不返兮着沉顛其外大泊泙㵿淪
終古迴薄旋天垠八方易位更錯陳君不返兮
亂星辰東極傾海流不屬泯泯超忽紛盪沃殆
而一跌兮沸入湯谷舳艫霏解梢若木君不返
兮魂焉薄海若齎貨號風雷巨鼇頷首丘山頽
猖狂震虩翻九垓君不返兮麋以摧沓海賈兮

君胡樂出幽險而疾平夷惸駭愁苦而以忘其
歸上黨易野恬以舒蹈蹂厚土堅無虞歧路脉
布彌九區出無入有百貨俱周游傲睨神自如
撞鍾擊鮮淡歡娛君不返兮欲誰須膠葛得聖
捐鹽魚范子去相安陶朱呂氏行賈南面孤弘
羊心計登謀謨煮鹽大冶九卿居祿秩山委收
國租賢智走諸爭下車逍遙縱傲世所趨君不
返兮謚爲愚汝海賈兮賈尚不可爲而又海是
圖死爲險隗兮生爲貪夫亦獨何樂哉歸來兮

寧君軀

懲咎賦第三十七

晁氏曰懲咎賦者柳宗元之所作也貞元十九年宗元爲監察御史裏行時年三十三矣王叔文韋執誼用事二人竒其才引納禁中與計議擢禮部員外郎欲大用之俄而叔文敗宗元與劉禹錫等七人俱貶而宗元爲永州司馬元和十年乃徙柳州刺史以卒初宗元竄斥崎嶇蛮瘴間堙阨感鬱一寓於文爲離騷數十篇懲咎者悔志也其言曰苟餘齒之有懲兮蹈前烈而不頽後之君子欲成人之美者讀而悲之

懲咎愆以本始兮孰非余心之所求處卑汙以閔世兮固前志之爲尤始余學而觀古兮怪今

昔之異謀惟聰明爲可考兮追駿步而遐游潔
誠之既信直兮仁友藹而萃之日施陳以繫縻
兮邀堯舜與之爲師上睢盱而混茫兮下駁詭
而懷私旁羅列以交貫兮求大中之所宜曰道
有象兮而無其形推變乗時兮與志相迎不及
則殆兮過則失貞謹守而中兮與時偕行萬類
芸芸兮率由以寧剛柔弛張兮出入綸經登能
抑枉兮白黒濁清蹈乎大方兮物莫能嬰奉訏
謨以植内兮欣余志 之有獲再徵信乎策書兮

謂炯然而不惑愚者果於自用兮惟懼夫誠之不一不顧慮以周圖兮專茲道以爲服讒妬構而不戒兮猶斷斷於所執哀吾黨之不淑兮遭任遇之卒迫勢危疑而多詐兮逢天地之否隔欲圖退而保己兮惜乖期乎曩昔欲操術以致忠兮衆呀然而互嚇進與退吾無歸兮甘脂潤乎鼎鑊幸皇鑒之明宥兮纍郡印而南適惟罪大而寵厚兮宜夫重仍乎禍謫既明懼乎天討兮又幽慄乎鬼責惶惶乎夜寤而晝駭兮類麏

麚之不息淩洞庭之洋洋兮泝湘流之汯汯飄
風擊以揚波兮舟摧抑而廻邅日霾曀以昧幽
兮黝雲涌而上屯暮屑窣以淫雨兮聽嗷嗷之
哀猨衆鳥萃而啾號兮沸洲渚以連山漂遙逐
其詎止兮逝莫屬余之形䰟攢巒奔以紆委兮
東洶涌之崩湍畔尺進而尋退兮蕩湓洄泊乎淪
漣際窮冬而止居兮羈纍棼以縈纏哀吾生之
孔艱兮循凱風之悲詩罪通天而降酷兮不亟
死而生爲逾再歲之寒暑兮猶貿貿而自持將

沈淵而隕命兮詎蔽罪以塞禍惟滅身而無後兮顧前志猶未可進路呀以劃絶兮退伏匿又不果爲孤囚以終世兮長拘攣而轗軻曩余志之脩蹇兮今何爲此戾也夫豈貪食而盜名兮不混同於世也將顯身以直遂兮衆之所宜蔽也不擇言以危肆兮固羣禍之際也御長轅之無橈兮行九折之峩峩却驚棹以横江兮泝凌天之騰波幸余死之已緩兮宁形軀之既多苟餘齒之有懲兮蹈前烈而不頗死蠻夷固吾所

兮雖顯寵其焉加配大中以爲偶兮諒天命之謂何

閔生賦第三十八

晁氏曰閔生賦者柳宗元之所作也宗元雅善蕭俛在江嶺閒貽書言情云宗元與罪人交十年官以是進辱在附會今天子定邪正海內皆欣欣怡愉而僕與四五子者淪陷如此豈非命歟然居治平終身爲頑人之類猶有少恥未能盡忘此蓋以叔文輩爲罪人頑人謂已恥辱雖在困事當云爾者然悔厲極矣其曰閔吾生之險阨兮紛喪志以逢尤蓋自以生之不幸喪志而爲此云

閔吾生之險阨兮紛喪志以逢尤氣沈鬱以杳

眇兮涕浪浪而常流膏液竭而枯居兮魄離散而遠遊言不信而莫余白兮雖遑遑欲焉求合喙而隱志兮幽默以待盡爲與世而斥繆兮固離披以顛隕騏驥之棄辱兮駑駘以爲騁玄虬蹶泥兮畏避鼀黽行不容之崢嶸兮質魁壘而無所隱鱗介槁以橫陸兮鴟嘯羣而厲吻心沈抑以不舒兮形低摧而自愍肆余目於湘流兮望九疑之垠垠波淫溢以不返兮蒼梧鬱其蚩雲重華幽而野死兮世莫得其僞眞屈子之悄

微兮抗危辭以赴淵古固有此極憤兮矧吾生之藐艱列往則以考己兮指斗極以自陳登高嵓而企踵兮瞻故邦之殷轔山水浩以蔽虧兮路蓊勃以揚氛空廬頹而不理兮翳丘木之榛榛塊窮老以淪放兮匪魑魅吾誰鄰仲尼之不惑兮有垂訓之暮言孟軻四十乃始持心兮猶希勇乎黝賁顧余質愚而齒減兮宜觸禍以阽身知徙善而華非兮又何懼乎今之人噫禹績之勤備兮曾莫理夫茲川殷周之廓大兮南不

盡夫衡山余囚楚越之交極兮邈離絶乎中原壤汙潦以墳洳兮蒸沸熱而恒昏戲鳧鸛乎中庭兮兼葭生於堂筵雄虺蓄形於木杪兮短狐伺景於深淵仰矜危而俯慄兮弭日夜之拳攣慮吾生之莫保兮忝代德之元醇孰眇軀之敢愛兮竊有繼乎古先神明之不欺余兮庶激烈而有聞冀後害之無辱兮匪徒蓋乎曩愆

夢歸賦第三十九

晁氏曰夢歸賦者柳宗元之所作也宗元既貶悔其年少氣鋭不識幾微久幽不還

復貽其所知許孟容書其略云立身一敗萬事瓦裂墳墓不埽宅三易主恐一日死曠墜先緒意託孟容以北者故作夢歸賦初言覽故都喬木而悲中言仲尼欲居九夷老子適戎以自釋末云首丘鳴號示終不忘其舊當世憐之然衆畏其才高竟廢不復云

罹擯斥以窘束兮余惟夢之爲歸精氣注以凝沍兮循舊鄉而顧懷夕余寐于荒陬兮心慊慊而莫違質舒解以自恣兮息愔翳而愈微紛騰踴而上浮兮俄滉瀁之無依圓方混而不形兮顥醇白之霏霏上茫茫而無星辰兮下不見夫

二五四

水陸若有鉥余以往路兮馭儗儗以回復浮雲縱以直度兮云濟余乎西北風纚纚以驚耳兮類行舟迅而不息洞然於以瀰漫兮虹蜺羅列而傾側橫衝飆以盪擊兮忽中斷而迷惑靈幽漠以澌汩兮進怊悵而不得白日邈其中出兮陰霾披離以泮釋施岳瀆以定位兮互參差之白黑崩騰上下以恫惶兮聊按衍而自抑指故都以委墜兮瞰鄉閭以脩直原田蕪穢兮崢嶸榛棘喬木摧解兮垣廬不飾山嵎嵎以嵒立兮

水汩汩以漂激魂恍恍若有無兮涕浪浪以隕軾類曛黄之黯漠兮欲周流而無所極紛若喜而佁儗兮心迴于以壅塞鍾鼓喤以戒旦兮陶去幽而開寤詈蔚蒙其復體兮孰云桎梏之不固精誠之不可再兮余無蹈夫歸路偉仲尼之聖德兮謂九夷之可居惟道大而無所入兮猶流游乎曠野老聃遁而適戎兮指淳茫以縱步蒙莊之恢怪兮寓大鵬之遠去苟遠適之若茲兮胡爲故國之爲慕首丘之仁類兮斯君子之

所譽鳥獸之鳴號兮有動心而曲顧膠余哀之莫能捨兮雖判析而不悟列茲夢以徃復兮極明昏而告愬

弔屈原文第四十

晁氏曰弔屈原文者柳宗元之所作也原没賈誼過湘初爲賦以弔原至楊雄亦爲文而顛反其辭自㟭山投諸江以弔之誼愍原忠逢時不祥以比鸞鳳周鼎之竄棄雄則以義責原何必沉身二人者不同亦各從志也乃宗元得罪與昔人離讒去國者異太史公所謂虞卿非窮愁亦不能著書以自見於世者故補之論宗元之弔原殆困而知悔者其辭慗矣

後先生蓋千祀兮余再逐而浮湘求先生之汨
羅兮擥蘅若以薦芳願荒忽之顧懷兮冀陳辭
而有明先生之不從世兮惟道是就支離搶攘
兮遭世孔疚華蟲薦壤兮進御羔褏牝雞咿嚘
兮孤雄束咮哇咬環觀兮蒙耳大呂菫喙以爲
羞兮焚棄稷黍犴獄之不知避兮宮庭之不處
陷塗藉穢兮榮若繡黼𥙊折火烈兮娭娭笑語
讒巧之嘵嘵兮惑以爲咸池便媚鞠恧兮美愈
西施謂謨言之怪誣兮反寘瑱而遠違匿重痼

以諱避兮進俞緩之不可爲何先生之凛凛兮厲鍼石而從之仲尼之去魯兮曰吾行之遲遲柳下惠之直道兮又焉往而可施今夫世之議夫子兮曰胡隱忍而懷斯惟達人之卓軌兮固僻陋之所疑委故都以從利兮吾知先生之不忍立而視其覆墜兮又非先生之所志窮與達固不渝兮夫唯服道以守義矧先生之悃愊兮滔大故而不貳沉璜瘞珮兮孰幽而不光荃蕙蔽匿兮胡久而不芳先生之皃不可得兮猶

髣髴其文章託遺編而歎喟兮渙余涕之盈眶
呵星辰而驅詭怪兮夫孰救於崩亡何揮霍雷
電兮苟爲是之荒茫耀姱辭之曭朗兮世果以
是之爲狂哀余衷之坎坎兮獨蘊憤而增傷諒
先生之不言兮後之人又何望忠誠之旣內激
兮抑銜忍而不長芊爲岳之幾何兮胡獨焚其
中腸吾哀今之爲仕兮庸有慮時之否臧食君
之祿畏不厚兮悼得位之不昌退自服以默默
兮曰吾言之不行旣媮風之不可去兮懷先生

之可忘

弔萇弘文第四十一

晁氏曰弔萇弘文者柳宗元之所作也萇弘字叔周靈王之賢臣爲劉文公之屬大夫敬王十年劉文公與弘欲城成周使告于晉魏獻子涖政悅萇弘而與之合諸侯于狄泉衛彪傒曰萇弘其不歿乎周詩有之曰天之所壞不可支也及范中行之難周人殺萇弘莊周云萇弘胣藏其血三年而化爲碧蓋語其忠誠然也宗元哀弘之以忠死故弔云

有周之羸兮邦國異圖臣乘君則兮王易爲侯威強逆制兮鬱命轉幽殄蠱膠密兮肝膽化仇

姦權蒙貨兮忠勇以劉伊時云幸兮大夫之羞
嗚呼危哉河渭潰溢兮横軀以抑嵩高垪陊兮
舉手排直壓溺之不慮兮堅剛以爲式知死不
可撓兮明章人極夫何大夫之炳烈兮王不寤
夫讒賊卒施快於剽狡兮怛就制乎強國松栢
之斬刈兮蓊茸欣植盜驪折足兮罷駑抗臆鶩
鳥之高翔兮蘡孤惴而不食竊畏忌以羣朋兮
夫孰病百而申一挺寡以校衆兮古聖人之所
難矧擾羸以威憿兮茲固蹈殆而違安殺身之

匪子戚兮閔宗周之不完豈成城以夸功兮哀
清廟之將殘嫉彪子之肆誕兮彌皇覽以爲謾
姑舍道以從世兮焉用夫考古以登賢指白日
以致憤兮卒頹幽而不列版上帝以飛精兮黜
寥廓而殄絕揭馮雲以羾愬兮終冥冥以鬱結
欲登山以號辭兮愈洋洋以超忽心沍涸其不
化兮形凝冰而自慄圖始而慮末兮非大夫之
操陷瑕委厄兮固衰世之道知不可而愈進兮
誓不偷以自好陳誠以定命兮俾貞臣與爲友

比干之以仁類兮緬遼絶以不羣伯夷殉潔以莫怨兮孰克軌其遺塵苟端誠之内虧兮雖耆老其誰珍古固有一死兮賢者樂得其所大夫死忠兮君子所與嗚呼哀哉兮敬弔忠甫

弔樂毅第四十二

晁氏曰弔樂毅文者柳宗元之所作也樂毅其先曰樂羊燕昭王以子之之亂而齊大敗燕昭王怨齊未嘗一日而忘報齊也廼先禮郭隗而毅往委質焉以爲上將軍下齊七十餘城田單閒之毅畏誅遂西降趙以書遺燕惠王曰臣聞聖賢之君功立而不廢故著於春秋蚤知之士名成而不毀故稱於後世宗元傷毅之有功而不見

知而以讒廢
也故弔云

大厦之騫兮風雨萃之車亡其軸兮乘者棄之
嗚呼夫子兮不幸類之尚何爲哉昭不可留兮
道不可常畏死疾走兮狂顧傍徨燕復爲齊兮
東海洋洋嗟夫子之專直兮不慮後而爲防胡
去規而就矩兮卒陷滯以流亡惜功美之不就
兮俾愚昧之周章豈夫子之不能兮無亦惡是
之遑遑仁夫對趙之悃款兮誠不忍其故邦君
子之容與兮彌億載而愈光諒遭時之不然兮

匪謀慮之不長兮卑陳辭以隕涕兮仰視天之茫
茫苟偷世之謂何兮言余心之不臧

乞巧文第四十三

晁氏曰乞巧文者柳宗元之所作也傳曰周鼎鑄倕而使吃其指先王以見大巧之不可爲也故子貢教抱甕者爲桔槔用力少而見功多而抱甕者羞之夫鳩不能巢拙莫比焉而屈原乃曰雄鳩之鳴逝兮吾猶惡其佻巧原誠傷世澆僞固抵拙以爲巧意昔之不然者今皆然矣甚之也柳宗元之作雖亦閔時奔騖要歸諸厚然宗元愧拙矣

柳子夜歸自外庭有設祠者餟餌馨香蔬果交

羅捕竹垂綏剖瓜犬牙且拜且祈怪而問焉女
隷進曰今茲秋孟七夕天女之孫將嬪於河鼓
邀而祠者幸而與之巧驅去蹇拙手目開利組
紝縫製將無滯於心焉爲是禱也柳子曰苟然
歟吾亦有所大拙儻可因是以求去之乃纓弁
束衽促武縮氣旁趨曲折傴僂將事再拜稽首
稱臣而進曰下土之臣竊聞天孫專巧于天軫
轕璇璣經緯星辰能成文章黼黻帝躬以臨下
民欽聖靈仰光耀之日久矣今聞天孫不樂其

獨得貞卜於玄龜將蹈石梁款天津儷于神夫
于漢之濵两旗開張中星耀芒靈氣翕欻茲辰
之良幸而弭節薄遊民閒臨臣之庭曲聽臣言
臣有大拙智所不化醫所不攻威不能遷寬不
能容乾坤之量包含海岳臣身甚微無所投足
蟻適于垤蝸休于殼龜黿螺蚌皆有所伏臣物
之靈進退唯辱彷徉爲狂局束爲諂吁吁爲詐
坦坦爲忝他人有身動必得宜周旋獲笑顛倒
逢嘻己所尊昵人或怒之變情徇勢射利抵巇

中心甚憎爲彼所哥忽仇佯喜悦譽遷遁隨胡執
臣心常使不移反人是己曾不惕疑貶名絶命
不負所知抃嘲似傲貴者啓齒臣旁震驚彼且
不聡叩稽匍匐言語譎詭令臣縮恧彼則大喜
臣若效之瞋怒叢聚己彼誠大巧臣拙無比王侯
之門狂吠狴犴臣到百步喉喘顛汗睢盱逆走
魍遁神叛欣欣巧夫徐入縱誕毛羣掉尾百怒
一散世途昏險擬歩如漆左低右昂鬭冒衝突
鬼神恐悸聖智危慄泯焉直透所至如一是獨

何工縱横不恤非天所假彼智焉出獨嗇於臣
恒使玷黜沓沓謇謇恣口所言迎知喜怒默測
憎憐摇脣一發徑中心原膠加鉗夾誓死無遷
探心扼膽踊躍拘牽彼雖佯退胡可得擨獨結
臣舌喑抑銜冤擘眦流血一辭莫宣胡爲賦授
有此奇偏眩耀爲文瑣碎排偶抽黄對白唵哢
飛走駢四儷六錦心繡口宮沉羽振笙簧觸手
觀者舞悦誇談雷吼獨溺臣心使甘老醜嚚昏
莽鹵樸鈍枯朽不期一時以俟悠久旁羅萬金

不鬻獘帚跪呈豪傑投棄不有眉矉頻蹙喙唾
胷歐大赧而歸填恨低首天孫司巧而窮臣若
是卒不余畀獨何酷歟敢願聖靈悔禍矜臣獨
艱付與姿媚易臣頑顏鑿臣方心規以大圓拔
去吶舌納以工言文詞婉軟步武輕便齒牙饒
美眉睫增妍突梯卷臠爲世所賢公侯卿士五
屬十連彼獨何人長享終天言訖又再拜稽首
俯伏以俟至夜半不得命疲極而睡見有青褏
朱裳手持絳節而來告曰天孫告汝汝詞良苦

凡汝之言吾所極知汝擇而行嫉彼不爲汝之所欲汝自可期胡不爲之而誑我爲汝唯知恥諂貌淫詞寧辱不貴自適其宜中心已定胡妄而祈堅汝之心密汝所持得之爲大失不汙卑凡吾所有不敢汝施致命而昇汝愼勿疑嗚呼天之所命不可中革泣拜欣受初悲後懌抱拙終身以死誰惕

憎王孫文第四十四

晁氏曰憎王孫文者柳宗元之所作也離騷以虬龍鸞鳳託君子以惡禽臭物指讒

使而宗元
放之焉
湘水之㴒㴒兮其上羣山胡兹鬱而彼瘁兮善
惡異居其閒惡者王孫兮善者猨環行遂植兮
止暴殘王孫兮甚可憎噫山之靈兮胡不賊旃
跳踉叫囂兮衝目宣齗外以敗物兮内以爭羣
排鬭善類兮譁駭披紛盜取民食兮私已不分
充嗛果腹兮驕傲驩欣嘉華美木兮碩而繁羣
披競齧兮枯株根毁成敗實兮更怒喧居民怨
苦兮號穹旻王孫兮甚可憎噫山之靈兮胡獨

不聞後之仁兮受逐不校退優游兮惟德是傚廉來同兮聖囚禹稷合兮凶誅羣小遂兮君子違大人聚兮孽無餘善與惡不同鄉兮否泰旣兆其盈虛伊細大之固然兮乃禍福之攸趨王孫兮甚可憎噫山之靈兮胡逸而居

楚辭後語卷第五

楚辭後語卷第六

幽懷賦第四十五

晁氏曰幽懷賦者唐山南節度使李翺之所作也翺從韓愈爲文章見推當時性鯁直議論不能下人仕不得志鬱鬱無所發面斥宰相李逢吉坐此不振故翺自叙云其交有相歎者賦幽懷以荅之昔歐陽文忠公嘗云始余讀翺復性書曰此特中庸之義疏耳不作可焉意翺特秦漢間好事行義之一豪耳最後讀幽懷賦云衆囂囂而雜處兮咸歎老以嗟卑視余心之不然兮慮行道之猶非乃始太息至薄韓愈不及翺賦以謂不過羨二鳥之光榮歎一飽之無時耳又云翺怪神堯以一旅取天下而後世子孫不能以天下取河北爲憂曰嗚呼使當時君子皆易其歎老嗟卑之心

爲翺所憂之心則唐之天下豈有
亂與亡哉其重若是故附見於此
衆囂囂而雜處兮咸嗟老而羞卑視予心之不
然兮慮行道之猶非儻中懷之自得兮終老死
其何悲昔孔門之多賢兮惟回也爲庶幾超羣
情以獨去兮指聖域惟高追固簞食與瓢飲兮
寧服輕而駕肥望若人其何如兮慙吾德之纖
微躬不田而飽食兮妻不織而豐衣援聖賢而
比度兮何僥倖之能希念所懷之未展兮非悼
己而陳私自祿山之始兵兮歲周甲而未夷何

神堯之郡縣兮乃家傳而自持秖生人而育卒兮列髙城以相維何茲世之可乆兮宜永念而遐思有三苗之逆命兮舞干羽以來之惟刑德之既修兮無遠邇而咸歸當髙祖之初起兮提一旅之羸師能順天而用衆兮竟掃寇而戡隋況天子之神明兮有烈祖之前規剗弊政而還本兮如反掌之易爲苟廟堂之治得兮何下邑之能違哀孑生之賤遠兮包深懷而告誰嗟此誠之不達兮惜此道而無遺獨中夜以潛歎兮

匪吾憂之所宜

書山石辭第四十六

書山石辭者宋丞相荊國王文公安石之所作也公遊舒州山谷書此詞於澗石蓋非學楚言者而亦非今人之語也是以談者尚之

水泠泠而北出山靡靡以旁圍欲窮原而不得竟悵望以空歸

寄蔡氏女第四十七

寄蔡氏女者王文公之所作也公以文章節行高一世而尤以道德經濟爲己任被遇
神宗致位宰相世方仰其有爲庶幾復見二帝三王之盛而公乃汲汲以財利兵革爲先務引用凶邪排擯忠直躁迫強戾使天下之人囂然喪其樂生之心卒之羣姦嗣虐流毒四海至於崇宣之際而禍亂極矣公又以女妻蔡卞此其所子之詞也然

其言平淡簡遠翛然有出塵之趣視其平
生行事心術略無豪髪肖似此夫子所以
有於子卧是之歎也歟鼂氏録其少作兩
賦而獨遺此蓋不可曉故今特收采而幷
著其本末亦使讀者無疑於宜陵絶命之
章云
建業東郭望城西堠千嶂承宇百泉遶霤青遙
遥兮纚屬緑宛宛兮橫逗積李兮縞夜崇桃兮
炫晝蘭馥兮衆植竹娟兮常茂柳蔫綿兮含姿

松偃蹇兮獻秀鳥跋兮下上魚跳兮左右顧我兮適我有斑兮伏獸感時物兮念汝遲汝歸兮攜幼

我營兮北渚有懷兮歸女石梁兮以苫蓋緑陰陰兮承宇仰有桂兮俯有蘭嗟女歸兮路豈難望超然之白雲臨清流而長歎

服胡麻賦第四十八

服胡麻賦者翰林學士眉山蘇公軾之所作也國朝文明之盛前世莫及自歐陽文

忠公南豐曾公鞏與公三人相繼迭起各
以其文擅名當世然皆傑然自爲一代之
文於楚人之賦有未數數然者獨公自蜀
而東道出屈原祠下嘗爲之賦以詆揚雄
而申原志然亦不專用楚語其輯之亂乃
曰君子之道不必全兮全身遠害亦或然
兮嗟子區區獨爲其難兮雖不適中要以
爲賢兮夫我何悲子所安兮是爲有發於
原之心而其詞氣亦若有冥會者它詞則

唯此賦爲近於撟頌故録其篇云
我夢羽人頎而長兮惠而告我藥之良兮喬松
千尺老不僵兮流膏入土龜蛇藏兮得而食之
壽莫量兮於此有草衆所嘗兮狀如狗蝨其莖
方兮夜炊晝曝乆乃臧兮伏苓爲君此其相兮
我興發書若合符兮乃瀹乃烝甘且腴兮補塡
骨髓流髮膚兮是身如雲我何居兮長生不死
道之餘兮神藥如蓬生爾廬兮世人不信空自
劬兮捜抉異物出怪迂兮槁死空山固其所兮

至陽赫赫發自坤兮至陰肅肅躋於乾兮寂然
反照珠在淵兮沃之不滅又不燔兮長虹流電
光燭天兮嗟此區區何與於其間兮譬之膏油
火之所傳而已耶

毀璧第四十九

毀璧者豫章黃太史庭堅之所作也庭堅
以能詩致大名而尤以楚辭自喜然以其
有意於奇也泰甚故論者以爲不詩若也
獨此篇爲其女弟而作蓋歸而失愛於其

姑死而猶不免於水火故其詞極悲哀而
不暇於爲作乃爲賢於它語云
毀璧兮隕珠執手者兮問過愛憎兮萬世一軌
居物之忌兮固常以好爲禍蓄桃菊兮飯汝有
席兮不嬪汝坐歸來兮逍遥采芝之英兮禦餓淑
善兮清明陽春兮玉冰畸於世兮天脫其纓愛
胥人兮生具具棄汝陽侯兮遇汝曾不如生未
可以去兮殆其雛嬰衆雛羽翼兮故巢傾歸來
兮逍遥西江浪波何時平山涔涔兮猿鶴同社

瀑垂天兮雷霆在下雲月爲晝兮風雨爲夜得意山川兮不可繪畫寂寥無朋兮去道如咫彼幽坎兮可謝歸來兮逍遥增膠兮不聊此暇辛章疑有誤字

秋風三疊第五十

秋風三疊者原武邢居實之所作也居實恕子自少有逸才大爲蘇黃諸公所稱許而不幸蚤死其爲此時年未弱冠然味其言神會天出如不經意而無一字作今人

語同時之士號稱前輩名好古學者皆莫
能及使天壽之則其所就豈可量哉

秋風夕起兮白露爲霜草木憔悴兮竊獨悲此
衆芳明月皎皎兮照空房晝日苦短兮夜未央
有美一人兮天一方欲往從之兮路渺茫登山
無車兮涉水無航願言思子兮使我心傷

秋風淅淅兮雲冥冥鵾鳥晝號兮蟋蟀夜鳴歲
月徂邁兮忽如流星少壯幾時兮老冉冉其相
仍展轉反側兮從夜達明帳獨處此兮誰適爲

情長歌激烈兮涕泣交零願言思子兮使我心怦

秋風浩蕩兮天宇高羣山逶迤兮溪谷寂寥登高望遠兮不自聊駕言適野兮誰與遊遨空原無人兮四顧蕭條猿狖與伍兮麋鹿爲曹浮雲千里兮歸路遠遙願言思子兮使我心勞

鞠歌第五十一

鞠歌者橫渠張夫子之所作也自孟子沒而聖學不得其傳至是蓋千有五百年矣

夫子蚤從范文正公受中庸之書中歳出
入於老佛諸家之說左右采獲十有餘年
既自以爲得之矣晩見二程夫子於京師
聞其論說而有警焉於是盡棄異學醇如
也嘗見
神宗顧問治道之要即以漸復三代爲對
退與宰相議不合因謝病歸著訂頑正蒙
等書數萬言閒閲古樂府詞病其語卑乃
更作此以自見并以寄二程云

鞠歌胡然兮邈余樂之不猶宵耿耿其不寐兮
日孜孜焉繼余乎廠脩井行惻兮王收曷賈不
售兮阻徳音其幽幽述空文以見志兮庶感通
乎來古搴昔爲之純英兮又申申其以告鼓弗
躍兮麾弗前千五百年兮寥哉闊焉謂天實爲
兮則吾豈敢嗟審己茲乾乾

擬招第五十二

擬招者京兆藍田呂大臨之所作也大臨
受學程張之門其爲此詞蓋以寓夫求放

心復常性之微意非特爲詞賦之流也故
附張子之言以爲是書之卒章使游藝者
知有所歸宿焉

上帝若曰哀我人斯資道之微肖天之儀神明
精粹降爾德兮兮無汝欺視聽食息皆有則兮
兮何敢私顱弱喪以流徙返故居兮謬迷圈豚
放馳散無適歸蟻慕羊羶聚附弗離兮哀若時
魂莫兮追乃命巫陽爲兮招之陽拜稽首敢不
祗承上帝之耿命退而招之以辭辭曰魂乎來

歸魂無東大明朝生兮啓羣蒙萬物搖蕩兮隱
以風遷流正性兮失厥中魂兮來歸魂無南離
明獨照兮萬物瞻文章煥發兮不可緘奢淫侈
大兮志弗厭魂兮來歸魂無西日入昧谷兮草
木萎實落材成兮雖有時志意彫謝兮與物衰
魂兮來歸魂毋北幽都闇黮兮深蔽塞歸根獨
有兮專靜默有心獨藏兮各爲德魂乎來歸魂
無上清陽朝徹兮文惚恍絕類離羣兮入無象
杳然高舉兮極驕亢魂兮來歸魂毋下素位安

行兮以時舍沉濁下流兮甘土苴固哉成形兮不知化魂兮來歸反故居盍歸休兮復吾初範博厚以爲宮兮戴高明以爲廬植大中以爲常産兮蘊至和以爲廚動震雷以鼓昕兮守艮山以止隅秉離明以爲燭兮御巽風以行車守吾坎以禦侮兮開吾兌以進趨資糧械器惟所用兮何物之不儲四方上下惟所之兮何適而非塗雖備物以致用兮廓吾府而常虛縱奔騖以終日兮燕吾居而晏如惟寞惟寂疑有疑無其

尊無對其大無餘曷自苦兮一方拘魂兮來歸
反故居

楚辭後語卷第六

吹野　安（ふきの　やすし）
1932年、茨城県生れ。国学院大学文学部卒。先師柏軒藤野岩友に師事して楚辞を学ぶ。文学博士。国学院大学名誉教授/国学院大学大学院・東海大学大学院講師歴任。2015年没。
＜著書＞
『中国古代文学発想論』・『漢の詞華』・『論語新釈』（笠間書院）、佐藤一斎全集 第六巻〔『論語欄外書』・『大学欄外書』〕・第七巻〔『孟子欄外書』・『中庸欄外書』〕・『楚辞集注全注釈』 全８巻・『罅割れた器』・『飛翔への凸凹路』（明徳出版社）
＜共・編著＞
『朱熹詩集伝全注釈』1～9（明徳出版社）、『孔子全書』1～13（明徳出版社）ほか多数。

宮内　克浩（みやうち　かつひろ）
1962年、東京都生れ。国学院大学文学部卒。同大学院博士課程後期単位取得退学。国学院大学文学部中国文学科教授。
＜論文＞
「劉禹錫「問大鈞賦」について」（『国学院雑誌』第94巻第２号）、「後漢「北征頌」三首考」（同第109巻第９号）、「後漢・高彪「督軍御史箴」小考」（同第113巻第３号）ほか多数。

ISBN978-4-89619-976-5

楚辞後語全注釈　五

平成三十年十一月五日　初版印刷
平成三十年十一月十五日　初版発行

著者　吹野　安
　　　宮内　克浩
発行者　佐久間　保行
印刷・製本　㈱興学社
発行所　㈱明徳出版社

〒162-0801 東京都新宿区山吹町三五三
（本社・東京都杉並区南荻窪一－二五－三）
電話　〇三－三二六六－〇四〇一㈹
振替　〇〇一九〇－七－五八六二四

楚辞集注全注釈　全八巻

吹野　安　訳注

楚辞研究に必読の書である朱熹の「楚辞集注」を底本にして、これを全訳注。注解には王逸「章句」、洪興祖「補注」、「六臣注文選」等を訓読文で掲げ、巻末には原文の影印を収載する。

各A5判並製

第一巻　離騒経第一「離騒」
三二三頁　**本体三、〇〇〇円**

第二巻　離騒九歌第二「九歌」
二三〇頁　**本体二、八〇〇円**

第三巻　離騒天問第三「天問」
一八三頁　**本体三、〇〇〇円**

第四巻　離騒九章第四「九章」
三九〇頁　**本体三、八〇〇円**

第五巻　離騒遠遊第五「遠遊」、第六「卜居」、第七「漁父」
一五四頁　**本体二、二〇〇円**

第六巻　続離騒九弁第八「九弁」
一三〇頁　**本体二、〇〇〇円**

第七巻　続離騒招魂第九「招魂」、第十「大招」
一一二頁　**本体二、八〇〇円**

第八巻　続離騒惜誓第十一「惜誓」、第十二「弔屈原」、第十三「服賦」、第十四「哀時命」、第十五「招隠士」
一五七頁　**本体二、二〇〇円**